ムービータウン・マーダーズ

ジョシュ・ラニヨン

冬斗亜紀〈訳〉

The Movie-Town Murders

by Josh Lanyon

translated by Aki Fuyuto

Monochrome Romance

THE MOVIE-TOWN MURDERS
THE ART OF MURDER BOOK5

Japanese translation and electronic rights arranged with the author,
through Tuttle-Mori Agency, Inc., Tokyo

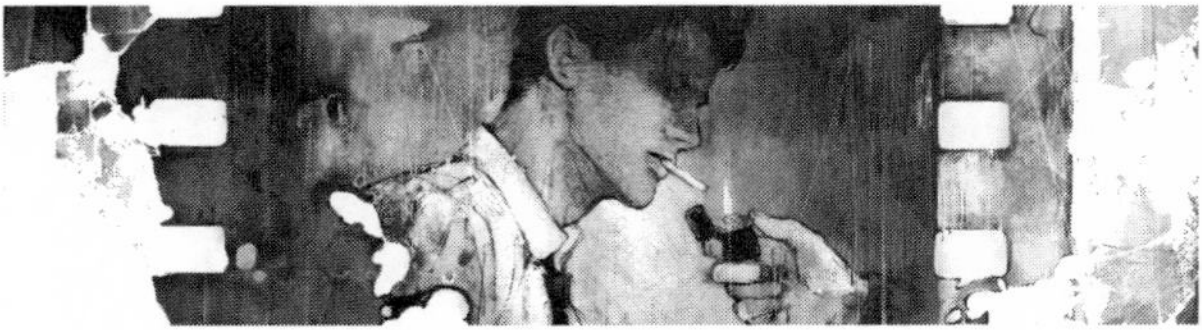

The Movie-Town Murders

THE ART OF MURDER BOOK 5

ムービータウン・マーダーズ

ジョシュ・ラニヨン

〈訳〉冬斗亜紀 〈絵〉門野葉一

ハッピーエンドを望むなら、結局はどこで話を切るかの問題だ。

オーソン・ウェルズ

1

キャプスーカヴィッチとの面談の途中でジェイソンは悟った——クビになることはないと。

ＦＢＩの美術犯罪班《ACT》所属のジェイソン・ウエスト特別捜査官は心底啞然とし、おかげで、ＡＣＴを管轄する窃盗課主任の言葉をいくつか聞きとばした。

「何とも皮肉な話だと思わないか?」とキャプスーカヴィッチに聞かれる。

ジェイソンは「はい」と絞り出した。

ああ、じつに苦い皮肉だ。サムもそう思うだろうか?

「言っておくが、私は〝一度のミスは甘く見るべき〟という考えには与《くみ》しない」

ジェイソンは半ば飲みこむようにかすれた声で「はい」と答えた。

「あなたがやり直すチャンスを与えられるのは、ウエスト、このただ一度の例外を除けば、六年間の働きぶりが模範的なものだったからだ。一度の過ちを許される権利を、それによって与えられた。一度。一度きりだぞ。次はない。ほかの部下なら誰だろうと、バッジと銃を取り上げて追い出している」

「理解しています」鋭い息を吸いこんだ。「くり返しになりますが、大変申し訳――」

「聞きたくない」

キャプスーカヴィッチのいつもは温かな青い目が、今は氷点下だった。

「総論としては、今回の件には酌量に足る余地があった、ということだ。私も同意見だ。この判断が間違っていたと思わせないでくれ。このチャンスを台無しにしてくれるな」


七分後、ジェイソンは専用エレベーターを降り、防犯カメラの前を通り、受付カウンター、警備エリア、巨大な二本の旗（一本は昔ながらのアメリカ国旗、もう一本はＦＢＩの局旗）の間の巨大な青と金のＦＢＩの紋章の上を、そしてセキュリティゲートの金属探知機を通過した。防弾ガラスのドアを押し開け、エアコンが効いた局の静かな建物から、暑くてやかましい七月の昼下がりのペンシルバニア大通りに出ていた。

現実の世界に戻ってきたと――しかも職を失わずにすんだと、そのことに頭がくらくらする。夏の空気は、排気ガスと熱されたコンクリートの匂いがした。首が薄皮一枚でつながったピンチの匂いも。

ＩＤカードのストラップをポケットにしまうと、白茶色のコンクリートの外壁沿いに歩いた。黒枠にはまった不透明なブロンズ色の角窓が規則正しく並んでいる。Ｊ・エドガー・フーヴァービルというあだ名に似て、無骨な建物だ。事実、この建築スタイルはブルータリズムと呼ばれている。非情《ブルータル》とは、何とも鼻につくとり合わせ。

ジェイソンは見つけたタクシーにすぐ乗りこんだ。

「クリスタル・シティのダブルツリーまで」

タクシーは停まったか停まらないかのうちに走り出し、匿名の人々の車列にするりと溶けこんだ。上流を目指す魚の一匹。

ジェイソンはシートに体を預け、汗のにじむ額を袖で拭ってネクタイをゆるめてから、携帯電話を取り出した。サムの番号を押す。

二コール目にサムが出た。

『今どこだ』

「空港に向かってます。というか、そばのホテルに。でも大丈夫だった。俺は。まだ雇われてる。首がつながった」

一時間前のジェイソンは、どれだけ甘くても無給の停職処分か、ストレス休暇に追いこまれるだろうと見ていた。どちらでも運がいいと思っていたくらいだ。だが現実はあまりにもうまくいきすぎて、まだ実感すら湧いてこない。

サムが簡潔に言った。

『スカイドームラウンジで会おう』

「会おうって……まだDCにいるんですか？」

『そうだ』

　ロサンゼルスからワシントンDCまで同じ便で飛んできたとはいえ、サムはすぐクワンティコへ車で向かい、スタッフォードの自宅へ戻ることになっていたはずだった。

　ジェイソンは、耳から離した携帯電話を疑り深く眺めた。また耳に当てると憂鬱に言い返す。

「俺はもう運の尽きだと思ってたってことですか」

『いや。キャプスーカヴィッチほど賢ければ、まとめてゴミ箱行きのような雑な真似はしないと思っていた。だが予想が当たるとは限らない』

「俺は、クビになると思ってました」

　本心だった。ジェイソンは上司との面談に、銃殺刑に臨むくらいの希望しか持たずに向かったのだ。

　抑えた声からでさえ、サムの『お前は長年行方不明だったフェルメールを見つけた捜査官だ、ウエスト』という言葉の辛辣さははっきり聞こえた。

『お前を解雇するのは、マスコミ受けが悪い』

　痛い一言。

　だがそれもたしかに、キャプスーカヴィッチが言及した〝総論〟とやらの一部なのだ。LA支局のロバート・ウィート部長はジェイソンをクビにしたがるどころか、逆に、ソルトレイクシティ支局の美術犯罪班がジェイソンの〝秘密作戦〟の手柄を「横奪りしようとしている」と騒いだ――もっと攻撃的な言葉で。さすがにジェイソンの行動を自分が認可したとまでは言わなかったが、ウィートはそれに近いことは言った。出世欲の強い人物で、ここ十年で最大級の絵画再発見の栄誉を、ＬＡ支局の――そして自分の――ものにしようと躍起《やっき》なのだ。

「まあ、そうですね」

『着いたら話そう』

サムが通話を切った。

ジェイソンはシートに沈みこみ、また額を拭った。

スカイドームラウンジは、アーリントンのクリスタル・シティにあるヒルトン北棟の回転レストランだ。地味な宇宙船のような内装は退屈だが、客を呼ぶのはベージュ色のインテリアでも、メニューのトマホークステーキでさえない。ガラス張りのドームは四十五分もかけずにぐるっと一回転し、天気がよければ（今日のように）国防総省《ペンタゴン》やＤＣ、ポトマック川の眺望はじつに見事なものだった。

その上、スカイドームのバーテンダーたちは、瓶からグラスに直注ぎする美学を知っている。

ほとんど客のいないラウンジを見回したジェイソンは、ガラス壁そばの席にサムを見つけた。

ダークスーツの上着を椅子の背にかけ、ノートパソコンで仕事をしている。しばし、ジェイソンはいかにもサムらしい姿を目で楽しんだ。美形、というタイプではない横顔は読んでいるものに集中し、まくり上げられた白いシャツの袖口から日焼けした筋肉質な腕がのぞき、上等な靴先の片方が無意識にせわしないリズムを刻んでいる。

近くのテーブルでは、二人のお洒落で魅力的な女性がクスクスと囁き交わしながら、サムを値踏みしていた。

それ以外、レストラン内は閑散としていた。中央にはぽつんとＤＪブースが鎮座し、それを囲む寄せ木張りの小さなダンスフロアは三組もカップルが入ればいっぱいだ。天井からは大画面テレビが四台吊り下げられ、ニュース専門局が流されて、誰が協力的でないのまとまらないのと、いつものよくあるニュースを報じている。

ジェイソンが近づくと、サムが顔を上げた。いかめしい表情がやわらいだが、見方を熟知していないと認識できないほどのものだ。サムが金縁の眼鏡を外し、ノートパソコンを閉じた。

「どうも」とジェイソンは言った。サムがホテルで待っていたなんて、まだ現実味がない――もちろんうれしいが。

「ああ」サムがジェイソンを観察した。「大丈夫か」

ジェイソンはうなずき、向かいの椅子を引いて座る。

「ええ。ただ……驚いています」

すべてに対して。じつのところ緊張の余韻でまだくらくらする。間一髪だった時のように。最悪の結果に備えて心がまえはしていた。その最悪が訪れなかった事実を、まだ受け止めきれないでいる。

サムがうなずきで合図すると、バーテンダーが小さなダンスフロアをこちらへ横切ってきた。

「何を飲む?」とサムが聞く。

「生ビールをどれか」とジェイソンはバーテンダーに伝えた。

彼女はうなずく。サムの肘横にある空のロックグラスへ目をやった。

「おかわりお持ちしますか?」

サムは首肯した。バーテンダーが去っていくと、ジェイソンに聞いた。

「それでどうなった」

ジェイソンはうかがうように問い返す。

「キャプスーカヴィッチがあなたと電話したと言ってましたけど?」

「金曜に話はした。彼女はまだ決めかねていた」

ジェイソンはいびつな笑みを向けた。

「なら、この皮肉を楽しめるのでは。キャプスーカヴィッチによれば、俺の祖父もロイ・トンプソンも双方他界している以上、今回の件はそもそも〝関心を寄せるべき〟ものではないと——なかったんだそうです」

サムは眉を寄せて聞いている。

「トンプソンがまだ存命で、裁判にでもなれば、祖父から美術品の横奪を命じられたという彼の主張が俺の立場を微妙なものにしたかもしれません——そうなれば、俺の捜査対象に祖父が深く関わっていたという、ここが肝心ですが、主張がなされたでしょうし」

サムが腑に落ちた瞬間が、ジェイソンにはわかった。サムの目——ＦＢＩの紋章と同じ何もよせつけぬ青——がかすかに光る。口元が苦笑に歪んだ。

「お前の捜査対象は、美術品の所有者が誰なのかであって、トンプソンが窃盗を行ったかどうかは関係ない」

「そう。そうなんです」ジェイソンは長い息をついた。「祖父がトンプソンに、美術品やその他の品を持ち出すよう——絶対にありえませんが、命じたか、トンプソンが自分の意志で美術品を〝解放した〟のか、どちらだろうとそもそもあの宝が盗品だという事実は変わらない」

サムは考えこんでいた。

「美術品を入手した経緯は捜査結果に影響しない、か」

ジェイソンは笑い、目を拭った。この話はまだつらい。

「つまるところ、そうです。俺も頭に泥でもつまってたんでしょうね、あれはどうかしてた。キャプスーカヴィッチが問題にしてるのは、倫理違反じゃない。問題なのは、俺が倫理に違反すると考えていたこと——それでも行動に出たことだ」

「〝犯罪よりも隠蔽のほうが高くつく〟」サムが引用して、すぐにつけ足した。「お前が犯罪をしたわけじゃないし、するとも思わんが」

今、そう思ってくれているのがありがたい。三日前のサムはそうは考えていなかったように見えた。

「ええ。俺はただ……過剰反応してしまった。どうしてかわかりません」

「俺にはわかる」サムはそう切り捨てる。「お前にもわかっているだろう。キャプスーカヴィッチもだ」

ジェイソンが精神的に疲弊して神経過敏だという見解を、サムはこれまで遠慮なく示してきた。おそらくキャプスーカヴィッチにも話しただろう。ジェイソンとしては愉快ではないが、直近の出来事を見ると反論もできない。

サムは自分の態度や反応に思い至ったのだろう、補足した。

「だからこそ、事の前に倫理委員会に話しておくのが肝心なんだ」

「そうですね。たしかに」

サムはジェイソンの行動を、ジェイソン自身にも劣らず否定的に見ていたのだった。笑い話になることはないだろうが、二人にとっていい教訓になった出来事ではあった。様々に。

ジェイソンは暗いまなざしを投げた。

「そう言えば、金曜にあなたがキャプスーカヴィッチに電話したのは、モンタナを発つ前ですよね？」

サムの淡い眉が問い返すように上がる。

「ＬＡに着く前。俺と話をする前」

二人の関係は完全に終わったと、ジェイソンが信じ切っていた時間。そしてまた、サムのほうもあの時は、彼らはもう終わりだと信じていたはずだ。自分で終わりにしたのだから。

それはジェイソンの勝手な見方かもしれないが。何しろあの時も今も、サムは無言のままだ。

そして沈黙を続けている。

「ありがとうございます」ジェイソンは声を整えた。「本心からです。電話する義理はなかったのに。あなたの……色々なことへの、気持ちを思うと、特に」

「俺は自分の意見をキャプスーカヴィッチに伝えた。だが、ほかの班の長に方針を押し付けることはできない。できたとしても、俺はしない」

「わかってます」

それでも、キャプスーカヴィッチによれば、サムはたしかに――彼なりのやり方で――ジェイソンのために取りなそうとしたのだという。それだけでジェイソンにとっては驚愕だった。まるで、太陽がその気になれば西から上って東に沈むこともあると知らされたように。

ボズウィン地方支部内のサムの臨時オフィスで対立した後、二人は随分と長い旅をし、変化を遂げた。モンタナとカリフォルニアを隔てる千五百キロの距離とは関係のない、長い旅だ。

むしろその旅の多くは、キャロル・カナルに面したジェイソンの小さなバンガローの中で進んだ。

「個人的感情を置いても、お前は優秀な捜査官だ、ウエスト。ACTの輝かしい注目株。お前を解雇するのは大いなる損失となるだろう。様々にな」

ジェイソンは反論の口を開いたが、サムが重ねた。

「それに俺の個人的な感情を言うなら」と奇妙な笑みを見せる。「わかっていると思うが、俺はお前のためなら、大抵のことはやる」

ビール片手に泣くような真似はしたくない——そもそもビールがまだ来ていない。ジェイソンは淡々と言った。

「ジョージも電話してくれたんですよ、恩赦をたのみにね」

冗談めかそうとはしたが、あの穏和な管理官ジョージ・ポッツが彼を救おうと動いてくれたのは、ジェイソンにとってサムの行動と並ぶくらいに大きなことだった。

バーテンダーが飲み物を運んでくる。サムは勘定をまとめて伝票につけてもらっているようだ。クワンティコへ出立する気はない、ということだろうか？

ジェイソンはビールの入ったフロストマグを手にした。サムが自分のグラスの底をジェイソンのグラスと軽く合わせた。

「おかえり、ウエスト」

返事がわりにジェイソンはうなずく――この頃はおかしな出来事にやたら胸がつまる。「ジェロニモ」と乾杯の声を返して、長々とビールをあおった。

「何にせよ、さっきも言ったが、お前は得難い人材だ」

サムがグラスに口をつける。だがジェイソンと合わせたまなざしには、不思議な形で心に伝わってくるものがあった。共感とは言えないものの、そこには深く完全な理解がある――それが腹の底をおかしなふうにざわつかせ、温かな脱力感をもたらす。

もしかしたら、いや疑問の余地なくフェアでも正確でもない思いこみだが、ジェイソンははじめから、サムの……愛情は、条件付きだと感じていた。だが今の二人はその先の、互いを認め許し合う、道なき地へたどりついた気がする。未来に何が待つかはわからないが、今のジェイソンはかつてないほど、サムからの思いを確かなものとして信じられるようになっていた。

ジェイソンはビールを飲み、ロナルド・レーガン・ワシントン・ナショナル空港へ到着する旅客機を眺めた。数時間のうちに自分もそこから飛び立つのだ。だが今は、この瞬間の先は考えまい。隙間で手に入った、サムとの短い時間。いつまた一緒の時と場所で出くわせるかは神のみぞ知ることだ。

不意に、キャプスーカヴィッチのオフィスでの面談を思い出し、含み笑いがこぼれた。

「どうした」とサムが聞いた。

「思い出したことが。キャプスーカヴィッチが言ってましたが、J・Jが彼女に電話をかけてきて、現場訓練期間中に三人もパートナーを変えるのは嫌だから、俺をＬＡ支局に残してほしいと言ってきたそうです」

サムがウイスキーサワーでむせた。「本気か」と手早く顎を拭う。

ジェイソンは笑った。

二人はさらに数杯飲み、さしたる話はしなかった。ジェイソンの脳はキャプスーカヴィッチとの面談をくり返し流し、耐えがたい一瞬ずつを再生してくる。まだ自分にキャリアがあるというさもしい安堵感と、それを失う寸前まで行ったという情けなさの間で心がぐらつく。

五時を回る頃にはバーは満員になり、騒がしさも増していた。

サムが眉を上げる。

「夕飯を注文するか、それとも……？」

ジェイソンの心が浮き立った。これで、一つの問いは解けた。サムは泊まるつもりだ。微笑み返した。

「それとも、のほうで。絶対にそっちで」

サムの口元がくいと上がる。椅子を後ろへ押しやった。

2

エレベーターは混雑していた。

ワシントンDCなので、ホテルには政府機関の職員があふれている。サムとジェイソンは無言で立ち、肩をふれ合わせ、時おりひそかに互いの手をかすめさせながら、のろのろと下へ向かった。一階、また一階と、二人が辛抱強く待つ間、エレベーターは揺れて停まってはドアが開き、人々が流れこみ、流れ出し、またドアが閉まる。

エレベーターの停止音が鳴るたびジェイソンは、知っている相手に——特にありそうなことだがサムの知り合いに——出くわさないよう祈った。

二人が規則に抵触しているからではない。FBIには、局員同士の交際を禁じる規定はない。そうではなく、知り合いに会えばそれだけ足止めになるからだ。

七度、スローモーションの停止を経て、やっとジェイソンの部屋の階に着く。

ついに二人は廊下に出た。鉄の壁掛け燭台と、深紅とオリーブゴールド色のアールデコ調カーペット。あたりは掃除用薬剤の匂いと、あえて控えめに散らされたシトラス系の香りがした。

ほのかな照明で緑がかった影がすべてについている。サムとジェイソンにも。二人は少し意識した微笑をさっとかわした。

エレベーターの扉が背後で閉まり、そして一分もしないうちに、ついに二人きりだ。

ジェイソンの部屋からは、明かりがきらめきはじめたワシントンDCのパノラマビューがまだ見渡せる。ワシントン記念塔、ジェファーソン記念館、リンカーン記念堂、そして無論ホワイトハウスの象徴的なシルエットが夕日に映えている。

部屋にはありがちなワークデスク、薄型テレビ、そして何より肝心の、快適なキングサイズのベッドがあった。

ベッドこそ、今、唯一の目的地。

ジェイソンはキーカードをデスクに投げ、ホルスターも外して脇へ置いた。サムがドアをロックし、ブリーフケースとジャケットを角の椅子へ投げる。ネクタイをゆるめながらベッドへ向かうと、そのネクタイをブリーフケースとジャケットの山の上へ放り捨てた。拳銃はサイドテーブルへ置く。

その頃にはジェイソンもシャツとズボンを脱いでいた。微笑みながらサムへ腕をのばすと、慣れた手早さでシャツのボタンを次々外す。サムがジェイソンの首筋に頬ずりしながら、自分のズボンのボタンへ手をのばした。ジェイソンはサムの糊の利いた白シャツを肩から落とし、顎の猛々しいラインにキスをした。

「何の文句もありませんけど、でも、どうして泊まることにしたんです？」

サムが落ちたズボンから足を抜き、両腕をジェイソンの腰に回して引き寄せる。

「ＷＷＷＤだからだ」

サムの笑みは小馬鹿にするようだったが、むしろ自嘲の笑いに見えた。

「ワールド・ワイド・レスリング・デー？」

「〝ウエストならこうする〟《What Would West Do》」

「俺なら……」

ジェイソンは笑った。たしかに。もしサムに支えが必要だと思えば、自分ならすべてを投げ打ってでもそばにいる。もっともサムが、そんな深刻な形で彼の支えを必要とするなんて想像できないが。それにサムからはもともと、そう、自分に多くを期待するなと言い渡されていた。まあそれについては幾度となくサムの勘違いが証明されてきたが。この間のモンタナでさえ、あんなに怒ってこちらを見放していたサムが——二人の仲も終わったようだったのに——ジェイソンのために取りなそうとしてくれたのだ。ジェイソンにとってはそれがすべてだった。

「あなたはいい人だ、ケネディ」とジェイソンは重々しく述べた。

「わかっている」

サムの口元がピクッと、半分だけの笑みに上がる。

「俺は他人の評判なんか気にしてませんよ」

サムが笑った。「そうか、俺もだ」とまぎれもない真実で返す。

とにかくジェイソンは、やがて来る別離を先延ばしにできるなら何だろうとかまわない。ただ、今回の別れはモンタナでの別れのように胸がつぶれるものではなく、そのことがうれしい。

二人はベッドにゆったりと横たわり、抱き合って、互いの目をのぞきこんだ。エレベーターではこの瞬間にたどりつけないのではとすら思ったが、今こうしてまた互いの腕の中に戻ると、あらゆる一瞬を味わい尽くしたくなる。

サムにも急ぐ様子はなく、そっとキスを交わし、優しく頬ずりし、やわらかに、そして愛おしそうなキスをくり返した。

平日の昼下がりに手に入った逢瀬。交わしたキスの思わぬ甘さ。

厳密に言えばもう夕方だが。大きな窓の向こうに、夕日でローズゴールドに光る雲が見える。

ジェイソンはうっとりと呟いた。

「キャプスーカヴィッチに新しい任務までもらえましたよ」

「そうなのか?」サムが頭を上げ、息がジェイソンの顔に温かくくぐもった。「どんな」

「カリフォルニア大学ロサンゼルス校《UCLA》への潜入捜査です」

サムの片眉が上がる。

「潜入捜査。それは楽しいだろうな」

その皮肉には同意だが、現状のジェイソンはシベリアの張り込み任務でも喜んでとびついただろう。

「ＦＢＩが、カリフォルニアの元上院議員フランシス・オーノのために一肌脱ごうと」

「フランシス・オーノ？　また古い名前だな」

「そうなんですよ。かつての、原子力推進派ですね。昔ながらの保守ってやつかと。だからこそ彼がクラークの再選を支持したことが大きくものを言った」

クラーク・ヴィンセントは野心的な共和党下院議員で、ジェイソンの姉であるソフィーの夫だ。じつのところ、ＤＣにいるのにジェイソンが姉の家でなくわざわざホテルに泊まったと知れば、彼女は傷つくだろう。ジェイソンは姉を愛してはいるがクラークを忌み嫌っているので、全力を尽くして必要以上の接触を避けていた。

「ならオーノと面識があるのか？」

「俺？　いいえ。会ったことはないですね。彼の孫娘が映画学の教授だったんです。彼女は六ヵ月前に亡くなって、ＬＡ市警はそれを〝自殺の可能性がある事故〟と結論付けた。遺族はありえないと主張している」

サムは憂鬱に言った。

「遺族とはそういうものだ。死因は？」

「自己性愛的窒息」

「それはなかなかだな」

まさに。自分をあえて窒息させて性的快感を高めている最中の死は、品のいい去り方とは言えない。

「事故の可能性はありますが、議員は孫娘が殺されたと信じこんでいるんです」

「映画学の教授を、誰が何のために殺す?」

「それを調べることになるんでしょうね。まだ捜査ファイルを見てませんが」

サムは少し考えをめぐらせていた。

「UCLA。お前の母校だったな?」

「ええ、まあ」

「その上、お前の姉のシャーロットがお前に紹介しようともくろんでいた可愛い美術教師がいるところだな」

サムの口調はそっけない。

「俺は美術教師に興味はないですよ。可愛いのもそうでないのも」

本音だ。サムがアレクサンダー・ダッシュのことを覚えていただけでも、ジェイソンには驚きだった。二月の、ジェイソンの誕生パーティーでちらっと会っただけなのに。

サムの口角が上がった。

「ならいい。浮かれて脇見はするなよ、ウエスト」

ジェイソンは笑いまじりに「脇じゃなくて正面なら見ていいと、ケネディ?」と言い返す。

　サムが笑い、たくましい腕でジェイソンの腰をすくってひっくり返したので、二人の目と目、鼻と鼻、口と口が向き合った。

「ハロー」とジェイソン。

　サムの口元がピクついた。「やあ」

「今日、残ってくれてありがとうございます。本当に」

「感謝の必要はない」

　サムが頭を上げ、その唇がジェイソンの口にかぶさって、計算された巧みなキスをする。ジェイソンは微笑むと、口を開けて舌の侵入を許した。サムがくり返したキスは、今度はもっと勢いにまかせて熱を帯びたものだった。

　ジェイソンは、キスで息を吹き返した眠れる美女のごとく喘ぎ、キスを返した。キャプスーカヴィッチのオフィスを出た時から拭えずにいた非現実感や奇妙な乖離感が、すべて消える。サムの手が髪の間をまさぐり、ジェイソンをとらえてキスを深めた。髪の先への愛撫を、足先までに感じる。感電したかのように。

「愛してる」

　ジェイソンは囁いた。サムがその言葉を飲みこみ、内に取りこむのを感じる。

　小さな奇跡——本来ならサムはもうずっと離れたところに去っているはずで、手は届かないはずなのに、かわりに今ここにいて、心得た指がジェイソンの肌をすべり、そのぬくもりが腰

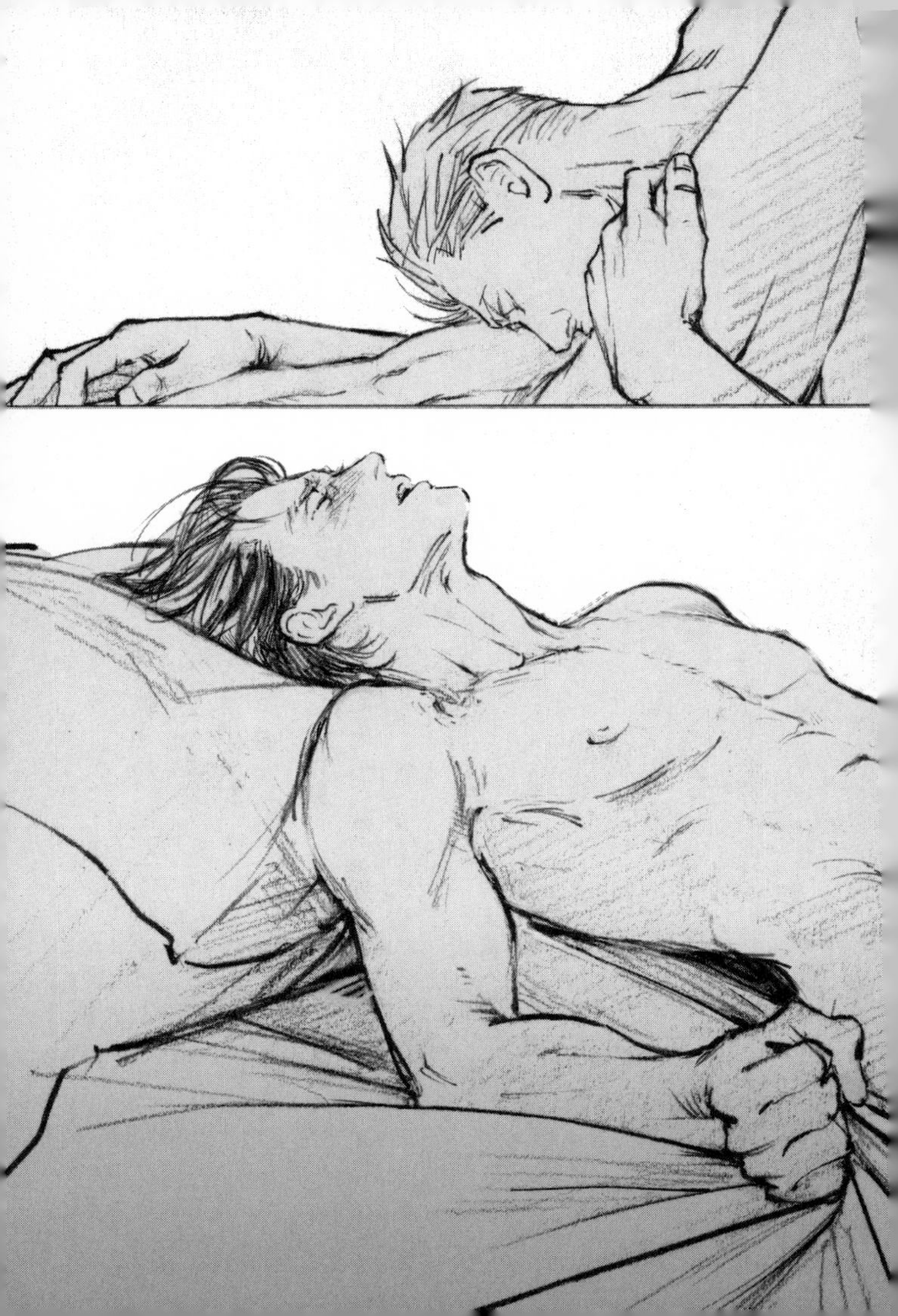

や胸元の薄い肌に温かく、火をともすほどに熱い。肌がティッシュペーパーのように燃え上がらないのが不思議なほどに。サムの指先が乳首をかすめ、敏感な先端を爪ではじく。

ジェイソンは喉から上がる快感の呻きをこらえて唇を噛んだ――政府関係者がこのダブルツリーホテルにあふれているのを頭の隅で思い出して――が、その気遣いも、ボクサーショーツをつかんで引き下ろしたサムの手がペニスをぐっと握りこむと、散り散りになった。

高い声を上げ、ジェイソンは腰をそらした。サムが体勢を変えたのをマットレスの沈みこみでぼんやり意識する。サムは頭を下げ、ジェイソンのペニスの先端を熱く気持ちのいい口に含んだ。

「ああ、サム、それ……すごい、とてもいい――」

いいどころではない。ゆっくり、強く、熱く濡れた口に吸い上げられる。深く、もっと深く……ペニスがサムの喉奥でヒクついて――このサム・ケネディがそんな狂おしいほどに濃密な行為をしているという、それもジェイソンのためにしているという事実が、さらに激しく彼を駆り立てる。

サムはたっぷり時間をかけた。

「もう、イく」

ジェイソンは予告はしたが、隣室も――きっと頭上を飛ぶ飛行機の乗客にも――すでにわかりきっていたことだったろう。

サムは返事がわりに、半分までくわえこんだ。

視界が白熱し、ジェイソンは踵をベッドにめりこませると、荒々しい、揺れ動くようなオーガズムの乱流に身悶えした。血のように熱い体液がほとばしり、サムがそれを飲み下す。それを感じてあやうくもう一度達しかかった。行為の生々しさだけでなく、すべてを受け止めるその信頼――苦しみや誤解に満ちた先週の後では、それがあまりに愛おしかった。

まだどれほど睡眠を欲しているかは、おかしなくらいだ。

とはいえ、セックス直後のこのまどろみは、長々と寝過ごしたこの週末に比べれば軽いものだった。サムが隣室で仕事をしているとか、庭で水をまいているとか、キッチンで夕食の支度をしているとわかっていても、ジェイソンは重い無気力感でなかなか起き上がれずにいたのだった。

常に眠りに飢えていて、重い毛布のように眠気がまとわりついていた。

たしかに、神経衰弱というサムの見立ても、そう外れていなかったのかもしれない。

そうなら回復まで見守っていてくれたサムに感謝だ。

とにかく、目を覚ますと、隅のランプが灯されてシェードが傾けられ、隣にはサムがおり、捜査資料を読んでいた。

ジェイソンが身じろぐと、サムはちらりと目を上げ、薄く微笑した。

「よく眠れたか」

「相手が退屈だからじゃないですよ。誓って」

「わかっている」

サムは眼鏡を外して、ファイルを床に置いた。

体を寄せたジェイソンを腕の中に引き寄せてくつろぐ。サムの胸元を枕にすると、ジェイソンは強く、規則的な鼓動に聞き入った。

少しして、口を開く。

「キャプスーカヴィッチに、一週間の休暇を願い出ました」

サムの驚きを感じとる。もっとも口に出しては「そうなのか?」と返しただけだった。

「どうせ休暇を溜めすぎているので、了承されました」

「仕事から少し離れるのはいいことだ」とサムがゆっくり言う。

「ハンス・デ・ハーンの恋人、アンナに会いに行こうかと」

一拍置いて、サムが答えた。

「それは休暇ではないな。仕事の延長だ」

口調こそさりげなかったが、あまり賛成ではないのがジェイソンにはわかる。ある意味、予想どおりだ。

「そのためだけじゃないですよ。オランダを見てみたいんです。特にフェルメールの出身地をね。でも、ハーンにそれだけの借りがある気持ちもある」

加えて、口に出して認めはしないが、少し国外に出てドクター・ジェレミー・カイザーの手の届かないところに行けるのもたしかに魅力的だった。

「デ・ハーンの行動は彼の判断だった」

「そうですね、借りは言い過ぎかも。俺はただ、誰かが彼女にデ・ハーンの様子を伝えるべきだと思ってるだけです。デ・ハーンが何を思っていたのか」

サムは静かに、陰鬱に言った。

「俺から言えるのは、そういう行動にはまず、期待どおりの反応は得られないということだ」

頭を上げ、ジェイソンはサムの顔を見つめる。

「何も期待はしてません。ただ恋人に、ハンスは本気で、約束を守って彼女と結婚して子供を持つつもりだったと伝えたいだけで」

「彼女がそれを知らないと思うのか？」

「知っているかもしれませんね。長くつき合っていたそうだから。でも、もしあなたの身に何かあったら俺も知りたい、あなたが俺のことを話していたとか、俺のことを考えていたとか」

サムがぶっきらぼうに言った。

「お前のことを考えるに決まっているだろう」

ジェイソンは短い笑い声を立てた。

「わかりましたよ。うん、ありがとう。覚えておきます。俺も同じだし。でも人によっては、それじゃ足りないかもしれない。ハンスもきっと何かしてほしいと思うだろうし」

サムは溜息をついた。

「お前はとんだロマンチストだな、ウエスト」

ジェイソンは片方の肩を軽くすくめ、指先で軽くサムの、たくましくゆるみのない胸元をなぞり、優しく下へ向かい——サムの下腹がふっと締まるとひそかに微笑んで——まばらでやわらかな毛の向こうから、なめらかなペニスの感触が手を押し返す。

サムが低くうなって、ジェイソンの上にかぶさり、互いの勃起を体の間にとらえた。

ジェイソンの息が速まり、上から突きこむサムに腰を上げて合わせる。突き、押し合い、滑り、それからリズムを見つけて互いと見つめ合う。まなざしを絡めたまま、服だけでなく、あらゆるものを脱ぎ捨てて。ジェイソンは膝を立て、サムがその気なら応じるつもりだったが、サムは彼を抱き寄せて足を絡め、互いに勢いを増しながら腰をゆすった。

あまりにきつく抱きしめられて、骨がきしむようになりながら、二人のリズムが荒々しく高まっていく。

サムが「くそ、ウエスト」と絞り出し、マグマのように熱いほとばしりを噴出させた。

ジェイソンの絶頂は、背骨の付け根から膨れ上がってくるような一瞬後、はじけとんだ。

終わっても、どちらも動かなかった。体を重ねてまどろみながら、ただ夜空をゆるやかに渡る星々や、流れる銀の雲を眺めていた。

次にジェイソンが目覚めたのは、携帯電話の耳ざわりなうなりのせいだった。

何とか現実世界へ意識を戻し、ゴソゴソと携帯をまさぐっていると、右隣でサムも同じことをしているのに気付く。

「俺のだ」と肩ごしにサムが言ったので、ほっとして顔から枕に崩れた。目をとじて意識を手放そうとするが、いくら粘っても眠りの中に戻れもしないし、サムの側の会話がどうしても耳に入ってくる。

「いいや。続けろ」

沈黙。

いやそうではない、電話の向こう側の誰かの声が小さくザザッと聞こえてくる。火が出る前の電気のショートのように。

サムが小さく毒づき、マットレスを沈ませて立ち上がると、窓に向かった。ジェイソンは頭を上げる。大きな窓の前に立つサムのシルエットが見えた。耳に携帯を当てて、サムはジェファーソン記念館を見下ろしているようだった。ジェイソンに気を使って声を抑えているが、そのせいで向こう側からザアッと届く小さな女の声が、かえって聞き取りやすくなっている。ジョニーだろう。行動分析課《BAU》に加わって間もないが、ジョニー・グールドはあっという間にこの上司にとって欠かせない存在になってのけた。

大したものだ。サムが仕事上で〝欠かせない〟人間など、ジェイソンにはほかに心当たりすらない。

「わかった。ナショナル空港からの一番早い便に俺の席を取ってくれ」

電話向こうのちっぽけな声が抗議を始める。

サムがさえぎった。

「お前は副部長に報告してこい。いい経験だ」

抗議の声が大きくなる。サムはにべもなく「決定事項だ」と言って切った。

ジェイソンは無音で口笛を吹く。

サムがベッドに戻った。その重みでマットレスが沈む。互いの腕の中に戻ると、ジェイソンは呟いた。

「ジョニーが辞めたら、あなたの自業自得ですよ」

「彼女は辞めない。この仕事が生き甲斐だからな」

たしかに。いや、それは違う。サムの部下の誰ひとり、サムほどこの仕事が生き甲斐の者はいない。

ジェイソンは頭を傾け、薄闇の中でサムの横顔を見つめた。

「どこに向かうんです？」

「アイダホだ」

アイダホは、いつものサムの移動ルートにはない。ジェイソンは考えをめぐらせた。

「カウボーイ・アイクですね」とサムが管理職に昇進する寸前の、現場捜査官として最後の仕事の一つを名指しする。「あの事件が何か？」

「市長と州検察で内輪もめの権力争いだ」

「は？　どうして――」

「証人が証言撤回した」

「げ」

「警察の基本的捜査能力の著しい低下だな」

おっと、その演説は前にも聞いた。

「今から現地に行って何かできるんですか？」

「行けばわかる」とサムはむっつり言った。苛ついた息を長くこぼして、上の空でジェイソンの髪をなでる。「まあいい、起きる時間までまだ二時間ある」

ジェイソンはうなずき、目をとじた。数秒、二人の呼吸の静かなリズムが重なる。

この四日間を共にすごし、週末の大部分は眠っていたものの、運河沿いの小さなあの家で、サムの存在は心強かった。再会は何週間も先だろうと思うと、ほとんど身を切られるように痛い。胸がつぶれそうで、息が深く吸えない。

今さらだ、前と何も変わっていないのに。変わったことといえば、この一週間の出来事でジェイソンが理解したことだけだ――別離はサムにとってもつらいことなのだと。

ジェイソンは呟いた。

「さよならを言うのが、段々つらくなってきた」

「ああ」とサムが答えた。

3

愛しき我が家。

ジェイソンは、小さな青い家のサイドドアの錠に鍵を差しこんだ。家の向こうの運河から夏の音が流れてくる。鴨の鳴き声、小舟の立てる水音、笑い声。歩道の煉瓦から熱気が上がり、パーゴラを覆うブーゲンビレアの蜜が甘く香る。

帰ってきてほっとしていたが、いい旅だった。オランダ――特にデルフトの美しさには心を奪われた。ベネチアと同じくデルフトも運河に囲まれた町だが、デルフトのほうは古い建築や中世風の庭園、神聖さすら感じられるような教会の町だった。

そもそも旅は嫌いではない——この仕事とは切り離せないものだし。だが我が家というのはいいもので、寝心地のいいマットレスも待っている。

ジェイソンがこのキャロル・カナルの流れに面した、風変わりだが愛らしい一九二四年建築のバンガローに住んでおよそ一年になる。自分にとって初めての本当の〝家〟で、隅々《すみずみ》まで愛着があった。青い羽目板、直角ではない部屋、傾斜天井。すべての窓から、描いたような運河の景色が臨めて、小さいが瀟洒な庭が水辺にまっすぐ続いている。竹とバナナヤシの高い生け垣はあるが、地表からの視線をさえぎる役にしか立たない。バンガローをはさんだ両隣の現代建築の二階からはこの裏庭が丸見えだ。

キーを回し、ドアを開けて入ったジェイソンは、家の角を回って突進してきた誰かに「お前！　動くな！」と怒鳴られてとびのいた。

警備会社の青い制服を着たがっしりした中年男が、セミオートマチックの拳銃でジェイソンの胸を狙っていた。

「手を上げろ！」

ジェイソンはスーツケースのハンドルを離し、両手を上げて、三段跳びを始めた心臓をなだめてたずねた。

「誰だ?」

警備員の小さな目がジェイソンのスーツケースと表情を見比べ、またスーツケースを見た。

「あなたがジェイソンか? 身分証を見せろ」

「ふざけてるのか? お前は誰だ」

「身分証だ。ゆっくりと!」

低く毒づきながらジェイソンはジーンズのポケットに手をのばしてゆっくりパスポートを取り出した。開いて、掲げる。

警備員はそれをじっくり見ると、やがてうなずき、拳銃をホルスターに収めた。

「申し訳ない、ジェイソン。ひげで顔がわからなくて。戻るのは夜だろうと、我々は考えていたし」

ジェイソンはポケットにパスポートをつっこんだ。

「我々? 誰のことだ? きみは誰なんだ」

「ホラス・プラットです。あなたの家族からこの家を警備するよう雇われています」

「ならクビだ」

ホラスは少しばかり——ほんのわずかだけ——申し訳なさそうな顔になった。

「そう言われても、雇い主はあなたではない。私をクビには——」

「俺の所有地から出ていけ」

またもや少々申し訳なさそうな顔はしたが、ろくに動じていなかった。

「わかります、驚いたんですよね。でもミセス・ボールドウィンに連絡なさってみては？」

ミセス・ボールドウィン、すなわちシャーロットはジェイソンの長姉である。

「無論、連絡させてもらう。出ていく準備をしとけ」

ジェイソンはスーツケースをまたつかむと、持ち上げてドアストッパーをまたぎ、キッチンのドアを叩きつけて閉めた。キッチンの窓から、背を向けて家の裏手へ曲がっていくホラスを見送る。

うんざりした息を吐き出し、ル・コタージュ・ブルー――シャーロットが所有するヴィンテージインテリアの店に電話をかけた。

シャーロットがはつらつと出る。

『おかえりなさい！　旅はどうだった？　美術館にはたくさん行けたかしら？』

「いい旅だった。たくさん行った。姉さん、俺の家を警備員に見張らせてるのか？」

『あらよかった、ホラスに会ったのね？』

「全然よくはない。ホラスに銃を向けられたんだぞ。俺は、拳銃を向けてくる相手は好きになれない」

『かわいそうに、そうでしょうとも』シャーロットになだめられる。『好きになれる人なんかいませんとも。でもこれでホラスに顔を覚えられたのだし、そんなことは二度と起きないわ』

「ああ起きないね、クビにしたから」

それを聞いた姉はひどく愉快そうだった。

『クビにはできないわよ。あなたが雇ってるわけじゃないもの』

「敷地内へ立ち入り禁止にすることはできる！」

『そうね。そのせいで彼の仕事がやりづらくなるけれど』

シャーロットが溜息をついた。

忍耐の限界に達しそうだったが、こらえた。姉が善意なのはわかっている。全員——彼の家族の全員が、そうなのだ。

「シャーリー、俺にボディーガードは必要ないしほしくもない——」

『ボディーガードじゃないわ、警備員よ』

「警備員も必要ないしほしくもない！　勘弁してくれ。俺はＦＢＩの捜査官なんだ。こんなの馬鹿げてる！」

『いいこと、別に恥ずかしがることじゃないのよ』

「恥ずかしいなんて言ってないだろ、俺が言ってるのは——」

『お父さんとも話し合ってね、誰かにあなたの家に目を配ってもらうのが一番いいだろうって、皆で意見が一致したのよ。そうすればあなたも少しは気が休まるでしょ。それに、私たちの気も休まるし』

「心配はありがたいが、でも断る。お断りだ」

ぐらつく携帯電話を頬と肩ではさんで、ジェイソンはスーツケースのファスナーを開くと洗濯する服を取り出していった。数時間後には元上院議員のフランシス・オーノと会う予定があるし、その後はウィルシャー大通りにあるジョーゼット・オーノが居住していた部屋に住み込んで、月曜からの講義の準備をするつもりだ。

犯罪捜査部の窃盗課主任カラン・キャプスーカヴィッチとの面談から一週間がすぎ、彼女の「二度とヘマをするな」という警告が今も耳に残っていた。

一方のシャーロットは、まだこちらをなだめすかそうとしていた。

『とにかくね、この先ずっとというわけじゃないもの。あのおかしな博士の件が解決するまでのことよ。あなただって時々はリラックスする必要があるでしょ』

「あのレンタル警官に銃を突きつけられるまでは完璧にリラックスできてたんだ」

シャーロットが甘い声で返す。

『そうね、とてもリラックスした声に聞こえるわ』

「それはコルトのセミオートマチックを胸に向けられたからだ！　とにかく、必要ない。次の任務の間、どうせここに住むわけでもないし」

『それならホラスがそこにいたっていいじゃない？　何もあなたに彼の給料を払えって言ってるわけでもないし。私たちからの贈り物よ。私たち自身への贈り物でもあるの、これで少しは心配がやわらぐようにね。お父さんのことを考えてみて。公爵夫人のことも。ずっと不安でいるのは、あの人たちにとって大変な負担なのよ』

公爵夫人とは、何とも威厳あふれる彼らの母にシャーロットがつけたあだ名だった。アリアドニー・ハーレイ＝ウエスト。ずっとだろうがちょっとだろうが、不安などないことにする超常能力の持ち主だ。

「それで納得しろと？　勘弁してくれ」

ジェイソンは言い合いを続けながら荷物の中身を出し、明日から必要なものを選り分けた。問題はだ、過保護な家族とくだらない論争を永遠に続ける暇などないことだ。しなければならない物事がたくさんある。それこそ洗濯から。

「わかった」

洗い物を丸めると、裏側の小さなベランダにある洗濯機に運んだ。

ついにそう、無愛想に言って、着ているTシャツも剝いで洗濯機に放りこむ。バタンと蓋を閉めた。

「だがホラスには、俺が戻ってくるまでに消えてもらうよ」

『もちろん、そうね』シャーロットが甘やかすように答えた。『それはその時また決めましょう、ええ、もちろん』

洗濯機で洗濯物が回っている間、ジェイソンは少々古くなったチーズとピクルスでサンドイッチを作り、パートナーであるＪ・Ｊ・ラッセル特別捜査官に電話をした。オーノの事件でジェイソンが大学で現場捜査をする間、Ｊ・ＪにはＬＡ支局で仕事をしてもらうのだ。

『よ。帰ったか。やっとだな』

ジェイソンは鼻を鳴らした。

「ああ、久しぶりに声が聞けて俺もうれしいよ、ラッセル」

『だろ。でもマジな話。すげえタイミングで休暇を取りやがって』

「遊びじゃない」

Ｊ・Ｊが溜息をついた。

『だな。オランダはどうだったよ？　デ・ハーンの彼女は？』

「オランダは美しかった。傾いた家、石畳の道。運河、中庭、コーヒーハウス」ジェイソンは窓からホラスを眺めた。のこのこと石段を下りていって運河をのぞきこんでいる。そんなところで何を？　釣りか？「恋人は悲嘆にくれていた」

『まあ、そりゃな。デ・ハーンは夜中に不法侵入なんかする前に、彼女のことを考えりゃよかったんだ』

優しく人当たりのいいタイプではないラッセルだが、ジェイソンは彼が——彼なりのやり方で――ジェイソンをかばおうとしてくれたことは忘れない。

「まあ、誰にでも間違いはある」

『そいつはよーく知ってる』Ｊ・Ｊがむっつりと言った。『ついでにだ、折角戻ってきたんだから、あんたからシェイン・ドノヴァンに、俺たちだってたまには美術畑以外の事件を扱うんだって言っといてくれないか』

　シェイン・ドノヴァン特別捜査官とジェイソンは、二人で北カリフォルニアを受け持っている。五百億ドル規模という高額美術品市場の中に犯罪による違法な金の流れがいくつも隠れているかもしれないというのに――資金洗浄やテロリストへの資金提供まで――美術犯罪班《ACT》の専任捜査官は総勢たった二十五名だ。司法省の公式見解によれば、偽造などの規制違反がＦＢＩの優先捜査事項であるべきだとのことだった。ラッセルなどは、ジェイソンと組まされてはいるが、厳密にはＡＣＴの所属ではない。

「ドノヴァンがどうした？」

『そう盛り上がるな。フレッチャー＝デュランドの件とは関係ねえよ』

「くそ」

　ふくらんだ期待がしぼむ。

　五ヵ月前の、ジェイソンとシェインが丹念に築いていたフレッチャー＝デュランド画廊への捜査の崩壊は、今でもやりきれない。心血を注いで、詐欺、窃盗、絵画偽造の容疑をコツコツ積み上げていったのに、波にさらわれる砂の城のごとくすべてが溶解するのを見ているしかなかったのだ。

なお悪いのは、デュランド兄弟――少なくともその片方――が数十年前からの嗜虐的な殺人に関与しており、ロサンゼルスの記者殺害事件の関係者でもあることだ。肝心の容疑者のシェパード・デュランドは、逮捕や起訴に至る前に片道切符でフランスへ飛んでいってしまった。

J・Jが続けた。

『でもまあぶっちゃけ、今回の事件がどうしてFBIの管轄になるのか俺にはわからねえな。そもそもこれ事件か？　遺族が警察の捜査結果に不服なら、探偵でも雇やいいんだ』

ジェイソンは引用を披露した。

「〝FBIはその責務を果たす一環として、適切な潜入捜査や諜報活動を行うことができ、そこには予備捜査、一般犯罪捜査、及び犯罪分析情報捜査が含まれる〟」

『司法長官指針はもうジョージに読み上げられたよ。いわゆる暴動法だろ』

「〝予備捜査において、これらの手段は、個人あるいはグループによる犯罪行為の可能性に対してより進んだ調査を行い、正式な捜査が必要であるかを判断するためにも使われる〟」

『機内で暗記してたのかよ？　俺が言いたいのは、単に無意味だろってことだよ。正式な捜査はちゃんと終わってんだ。俺が送ったファイルは読んだかよ？』

「色々目を通している最中だ。それで思い出した。FBIの法医病理学者に検死報告書を見直してもらうことはできるか？」

『ジョージにお伺いを立ててみるけどよ、きっと俺と同じ意見だぜ——遺族に自分たちの金で再検討させるのがスジじゃねえか？』

「かもな。俺としては客観的な外部の見解がほしいが」

J・Jが長い息をついた。

『わかったよ、お好きなように。でも聞けよ、ウエスト。遺族はこれを聞きたかないだろうが、あのセンセイが自殺したって結論はかなりカタいと思うぜ』

ジェイソンは眉をひそめる。

「それを言う根拠は？」

『まず、あのセンセイには女の恋人と男の恋人がいたが、どっちともうまくいってなかった』

「なるほど。こみいった私生活」

『こみいった私生活ってのは、あんたみたいなのを言うんだ。このセンセイの私生活はまるで昼メロだ』

「彼女は映画学を教えていた。ドラマに飢えていたのかも」

『借金もあった』

ジェイソンの脳裏を、己の来月のクレジットカード請求額がさっとよぎる。

「ない人間がいるか？」

『マジな借金さ。カードはどれも限度額いっぱい――それもカードをたくさん持っててだ』

「経済的な困難。なるほど」

『出版の契約もご破算』

「本を執筆していたのか？」

『そうさ。何年もかけてな』

「フィクション、ノンフィクション？」

『ノンフィクションだ。行方がわからない、あるいは失われたいろんな探偵映画についてのなんだかの話。彼女の代理人がニューヨークの出版社数社に売りこんで、一社がかなり乗り気になったが、結局は別の編集者が似たような企画を同じ年に通してたのがわかったんだと。仕組みは今イチだが、とにかくセンセイの本は出ないことになった』

「それはがっかりしただろうが、代理人がまたどこかに売りこむのでは？」

『俺にはわかんないが、そうかな？　とにかく警察の、彼氏と彼女への聴取によると、オーノはその件で落ちこんでたらしい』

「そうか、伝聞にせよ、被害者の精神状態を推察する根拠にはなるな」

『それと最後に一つ、センセイは、自分が大学の終身在職権《テニュア》の選考に落ちたことを知った。こいつは大学教授にとっちゃでかい話だと思うね』

「ああ、それは重大だ」ジェイソンはそれについて考え、認めた。「一度に悪い話が重なっているな」

『な、そうだろ』

「まあ我々は真相を解明したいだけだ。だから――」

『そうかよ？　俺の解釈じゃ、孫娘の死についておじいちゃん議員の気をすませたいだけじゃないのかね。はっきり言って、俺たちの時間と資源の無駄さ』

無神経には聞こえるが、J・Jの言葉ももっともだった。元上院議員のオーノは、同じように悲嘆にくれるほとんどの――富もコネも持たない――人々には手の届かない配慮や特別待遇を受けている。

「この事件を担当しなくても、ほかの事件を担当することになるんだぞ」

『そうだろ、で、そっちはもっと重要な事件かもしれないだろ』

「きみはそっちの仕事も続けられる」ジェイソンは指摘した。「普段の担当事件があるだろ。今回の件を優先するよう指示されたのは俺だし、どんな形であれ、これも三十日間以内に終了だ」

J・Jは何やら『あんたのほうから来る事件のがおもしろいし』というような、意外なことをぼそぼそ言った。半分本気に聞こえた。

おかげで、ジェイソンも思い出したことがあった。

「なあ」と不自然に切り出す。「キャプスーカヴィッチに聞いたが、俺のために彼女に意見してくれたそうだな。礼を言わせてくれ」

『むしろ事態を悪くしただけかも』珍しくJ・Jが我が身を省みる発言をする。『でも、どういたしまして。だってさ、あんたは普段から鼻につく奴だけど、それでも俺がこれまで組んだ中じゃマシなほうだ』

ジェイソンは笑いをこらえた。

「お褒めに預かってるのかな」

『そんなところだ』とJ・Jが同意した。

4

もう、このスワンリーのような家は建てられなくなった。

そもそもが、フランシス・オーノのような政治家もこの時代には生まれない。

だが家に視線を戻そう。クラシカルで美しい英国荘園風の屋敷は、歌手でもあったカウガール、タリー・バレンタインのために一九一九年に設計された。もともとは狩猟用の別荘だった素朴な建造物は、四階建て二十五室の大邸宅に作り替えられ、厩舎、使用人宿舎、テニスコート、プールまで完備している。歌うカウガールは古典的な天井のフレスコ画や壁龕《へきがん》に飾られた金葉枠の鏡に囲まれて暮らし、一九七九年に亡くなった。

その一年後、邸宅は当時の上院議員フランシス・オーノのものとなり、以来オーノ一家が住んでいる。

当初より、オーノは何かと話題の政治家だった。民主党から出て当選後に共和党にくら替えした彼は、原子力発電を強く推進し、男女平等憲法修正案に猛反対していた。だが誰もが面食らったことに、労働者の権利、教育や医療政策には大いに力を入れていた。二〇一二年に上院議員を引退したものの、今なおカリフォルニアの政界に存在感を示している。事実、ジェイソンの義兄のクラークがカリフォルニア州下院議員でいられるのも、オーノによる予想外の支持のおかげだった。

ジェイソンはオーノに会ったことはない――政治的な集まりは、特にクラークのために開かれるものは、避けてきた。なのでオーノはきっとジェイソンのことも、政治帝国ウエスト一族との関わりも知らないだろう。

予想外に若い家政婦が、葬式のごとく黒ずくめの姿でジェイソンを案内し、豪華な書斎へ導いた。むしろ暑い日だというのに、元議員は炎を上げる暖炉の前に立ち、その暖炉の上には等身大の、おそらく三十年ほど前に描かれた自身の肖像画が飾られていた。オーノはブランデーを飲んでいる。

家政婦は静かに戸口に立ち、オーノがそちらを向くまで待っていた。オーノはじっくりとジェイソンを見つめた。

「ウエスト特別捜査官、だな？」

「どうも、オーノ上院議員」

ジェイソンは一歩前に出て身分証を見せようとしたが、オーノはせっかちに手で払った。淡い水色の錦織のソファを示す。

「座りたまえ。ブランデー？」

オーノのことは写真や映像でしか見たことがなく、ジェイソンは今もあの大柄で生気あふれる姿を予期していたことに気付いた。オーノはもう八十代だ。弱々しく痩せていた。土気色の肌は老齢でシミが散っていたが、眉もいかめしい口ひげもそしてカツラも、真っ黒で統一されていた。ソファを指す手が小さく震えている。

ジェイソンは礼儀正しくブランデーを断ると、示されたソファに腰を下ろした。オーノは立ったまま、上からにらみつけてくる。

「まずこれははっきりさせておく、捜査官。ジョーゼットは自殺などしていない」

「そうですね。検死結果は、事故による死亡と結論づけています」

「自殺の可能性を含む、とな」オーノが吐き捨てた。「あのゴミ報告書は隅から隅まで読んだ。もし私の孫娘を知っていたなら、自殺なんて考えがどれほど馬鹿げてあの子の思い出を汚すものなのか、お前にもわかっただろうに」

オーノの口調や鼻先に遠慮なく突きつけられる指にも、ジェイソンは腹を立てなかった。理解できる。悲しみに対するオーノの反応は怒りであり、その怒りのはけ口を求めているのだ。ジェイソンは単に手近な標的にすぎない。

ジェイソンはおだやかで丁寧な口調を保った。

「大変おつらいでしょう。元の捜査結果にご満足されなかったことは存じてます、だから私が来ました。すべてを見直し――」

「そうではない！　ＦＢＩが独自の捜査をするのだ。ゼロからな。そうしろと言った」

「無論です。そのつもりです」

「警察は信用できん」

「それを聞いて残念です」

「誰も信用ならん！」

「そうですか、では……」ジェイソンは微笑を向けた。「その挑戦、私がお受けしましょう」

オーノはボサボサの黒い眉の下からぎろりとにらみ返した。

「ご機嫌取りは結構だ、捜査官」

「オーノ上院議員、ＦＢＩはご機嫌取りに人材を費やしたりはしませんよ」

オーノの上唇が曲がる。

「ほらな、調子を合わせよって」

「努力はしてます。では、どうして事故という可能性も否定されるのか聞かせていただけますか？」

「事故ではないからだ」

「なるほど。その根拠は？」

「あまりにも偶然にすぎるからだ。ジョージーは命の危険を感じていた。そのあの子があんな愚かしい、醜いやり方でうっかりと死ぬなど、とても信じられるか！」

偶然というものは起きる。もちろん。とはいえ、捜査機関はその手の偶然を嫌う。

「彼女はどうして命の危険を感じていたのですか？」

オーノの肩が落ちる。首を振った。

「彼女が怖がっていると、そう感じるような何かを、あなたが聞いたのではありませんか。誰かに脅されていたり？」

「ありえる」

イエスかノーかを聞いたのだが。

「彼女に敵はいましたか？」

「誰だろうと敵くらいいる」

オーノが苛々と言い返した。

まあ、たしかに。ジェイソンにもきっと敵はいる――殺人鬼のストーカーはいるし。サムも敵には事欠かない。

「誰かの名前を言っていませんでしたか？　彼女が、自分に危害を加えかねないと思っていた相手はいませんでしたか？」

オーノは口ごもった。

「特に思い出せるものはない」

記憶を探っていたのかもしれないし、あるいは何かを隠しているのかもしれない。口ごもることに必ずしも意味があるとは限らない。

ジェイソンは切り口を変えた。

「ジョーゼットのことを教えてください。どんな人でしたか」

「きわめて勤勉で、熱心だ。情熱的に仕事をしていた」

それではまるで仕事ぶりを絶賛する勤務評価で、人柄は見えてこない。教授の友人や同僚から、もっと詳しい人となりが聞けるよう願おう。

オーノがまたブランデーを注ごうと向きを変える。肩ごしに言葉を投げた。

「荒唐無稽に聞こえるだろうが、私はな、孫が殺されたのは、あの子が所属していた映画クラブが絡んでいると確信している」

その話は初耳だ。オーノがその疑いを話してこなかったか――後から思い出したからとか

——担当刑事がまともに取り合わなかったか。前者のほうがありそうだ。オーノには半年、考え詰める時間があった。

「映画クラブ？　大学内のものですか？」

「いや。何と言うか……どう呼んだものかな。社交クラブだ。珍しい映画フィルムを蒐集するコレクターどものクラブ」

ここで言うフィルムが35ミリフィルムであって、レアなブラック・ダイヤモンド版『アラジン』のVHS版のようなもの（いっても三百ドル台というところだ）ではないとすれば、稀少な映画フィルムは高額で取引される。そして大金が動くところには、凶悪犯罪も含め、しばしば犯罪が絡むものだ。ではあるが。

「大学関係のクラブですか、それとも私的な集まり？」

「私的なものだ。紹介制の。私が理解している限りでは、月に一度夕食会があり、そこでメンバーがコレクションしている映画を見る」

「わかりました。このクラブにはほかにどんなメンバーが？　同僚の教授や学生はいますか？　ジョーゼットは誰かの名前を言っていませんでしたか」

またもやオーノは口ごもった。

「いや」

告発者に情報の出し惜しみをされるのはきわめて気がかりだが、まだ話の途中だ。オーノには考え直す時間を与えてから、水を向けるとしよう。

「その映画鑑賞会がいつ行われるかご存知ですか。大学のシアターを借りて上映してましたか?」

「大学と関わりがあったとは思えんな。誰かの家に集まっていたはずだ。誰のかは知らん。持ち回りかもな」オーノはジェイソンの向かいに、重く腰を下ろした。ブランデーグラスに見入る。「あまりよく聞いてやらなかった。そのせいだ。あの子の話をちゃんと聞けばよかった。だが……」

ジェイソンは小首をかしげ、オーノが口にしていないことを聞き取ろうとした。

「だが?」

オーノがくたびれたように言う。

「ジョーゼットにとっては、何もかもが極端だった。とことん素晴らしいか、すべてが絶望的かだ。中間は存在しない。あの子には、何でもない一日なんてものはなかった。あの子は……疲れる相手ではあったかもしれない」

「彼女の不安を、あなたはあまり真剣には受け取らなかった?」

オーノがまた言った。

「あまりよく聞いてやらなかった。最後に話した時、あの子が同僚のクズとよりを戻したと聞いて、頭に来たよ。奴もそのクラブの一員だ。そのはずだ。それどころか、あいつにつれられてあのイカレ連中に関わるようになったのだろう」

同僚のクズとは、同じ大学のバルタザール・バードルフ教授、ＵＣＬＡ映画テレビアーカイブのアーキビストでもある男のことだろう。フィルムアーキビストとは、映画やテレビ業界における司書だ。オリジナルの録画をスキャンしたりデジタル化してデジタル媒体に保存し、未来に残すことが最重要の職務である。ＵＣＬＡのライブラリは全米第二位の規模で（議会図書館に次ぐ）、すなわちバードルフの職位は大した権威なのだ。オーノが言うような映画マニア集団の会員であってもおかしくはない。

「バードルフのことはいつからご存知ですか?」

「会ったことはない」

オーノが、こちらがぎょっとするような勢いでブランデーをあおった。ジェイソンをギロリとにらむ。

「会わなくてもわかる。奴について、必要なことはすべて知っている」

賢者の言葉でお返ししたい、「へえ?」と。

考えを読まれでもしたか、オーノがつけ足してきた。

「あいつは、孫によくない影響を与えた」

「どのような?」

「あの子の最悪の性質を増長させた」

一体どういう意味だ。バードルフが彼女の浪費癖を煽ったか、それともアブノーマルな性行為に引きずりこんだとか？

「それは、つまり？」

オーノは短気に言い返した。

「お前の仕事を肩代わりする気はない、捜査官。まともに調べろ、そうすればあのクズを毛嫌いする気持ちが理解できるだろう」

「バードルフがあなたの孫娘に危害を望んでいたかもしれないと、そう思う根拠はおありですか？」

おもしろいことに、はぐらかそうとする時のオーノはジェイソンの目を食い入るように見てくるのだ。

「あの二人はいつも喧嘩をしていた。あの男は暴力をふるったに違いない。その上、あの二人は終身在職権をめぐって争ってもいた」

ジェイソンは、しわだらけのオーノの顔を見つめた。

「バードルフに暴力をふるわれたと、彼女が言っていましたか？」

告発があったのなら、ジェイソンがざっと目を通したファイルのどこにもそれは書かれていなかった。

「明確にではないが」

言っていないということだ。その問題についてはっきり語られたことはない。一度も。

「バードルフ以外で、ジョーゼットが言及した人物で、その映画クラブに関係していそうな人物の心当たりはありますか？」

オーノが耳ざわりな笑いをこぼした。

「イーライ・ハンフリーのことはもう知ってるだろう。あいつも怪しげな映画蒐集家の一人だ。ジョーゼットは奴を、海賊版に手を染めたとしてＦＢＩに告発した」

実際には、ジョーゼットがハンフリーを告発した先は、ＬＡ市警の美術品盗難対策班《ATD》だった。ＦＢＩにはギル・ヒコック刑事――この二十年ＡＴＤの班長を務めている――から連絡が来たのだ。だが双方の捜査班とも、ハンフリーを起訴するほどの証拠はなく、常軌を逸した映画蒐集家ではあるが、このハリウッドのお膝元、映画の街で市民権を得るにはそうでもないとならないのだろうというところで片付いたのだった。

ジェイソンは言った。

「その映画クラブは同好の士のなごやかな集まりという感じではなさそうですが、しかし、ほかの会員がジョーゼットに危害を加える動機に心当たりはありますか？」

オーノの暗い目に炎が灯る。

「最後に話した時ジョーゼットは、失われたとされていた貴重な昔の映画フィルムの現存を突き止めたと言っていた。クラブの誰かがそのフィルムを奪うのではないかと、あの子は恐れていたはずだ」

ジェイソンは言いかける。

「ジョーゼットは実際にそう言っていましたか――」

「そうだ！　あの子は言った、こうだ。『あの中の誰でも、あのフィルムを手に入れるためなら私を殺す』と」

なるほど。根拠になるとも言えるし、ならないとも言える。文字どおりの意味で言った可能性もあるが、大げさに味付けされたふうでもある。『牛乳を買い忘れたら妻に殺されちゃうよ』というような。

そして中には本当に、牛乳を買い忘れた夫を殺す妻もいる。人間というのは予測不能だ。

「それは、何の映画のフィルムですか？」

「知らん。タイトルは聞いてない。一九五〇年代の犯罪映画で、あの〈現存しない映画リスト〉にも載っているそうだ」

ああ、あの。よく知られた〈現存しない映画リスト〉。

ジェイソンは映画が好きだし（誰だってそうだろう）、海賊版映画の捜査に参加したことも幾度かある。海賊版の製造・販売の市場は相変わらず盛況に拡大しつつある。映画・テレビ業界は、ここ一年のネット上の海賊版による損失を五一六億ドルと見積もっている。ハリウッドのご近所に住みつつも映画ビジネスはジェイソンの専門ではないが、それでも美術界の経験から、ジョーゼット・オーノが本当に希少価値の高い現存不明の映画フィルムを見つけたのであれば、殺してでも手に入れようとする人間がいるのはわかる。狂的な蒐集行為は、アートの種類を問わずあちこちに見られるものだ。トレーディングカードをめぐって量販店店内で撃ち合う人間だっているのだ。

「大変参考になりました、ありがとうございます。ほかに誰か、詳しく調べるべきだと思われる人物はいますか？」

求めよ、さらば与えられん。オーノがたちまち並べ立てた容疑者や敵のリストは、四十年代・五十年代のハリウッドでの〈赤狩り〉リストに匹敵する長さになった。学生から警備員までのフルコースで、オーノにしてみれば孫娘の人生にわずかでも関わった人間は徹底して身辺を洗うべきらしい。

とにかく、ジョーゼット・オーノと仕事もしくはプライベートで関わった人間はすべて。意外なことではないが、この元議員は自分の家族を容疑者とは見なしていないようだったし、言うまでもなくジェイソンにもそうしてほしくないのだろう。だがＦＢＩの最新の殺人統計によれば、成人・未成年の女性の殺害では圧倒的に、何と五十八パーセントもの確率で、犯人は私的なパートナーや家族の中にいるのだ。

この元上院議員の不機嫌をなだめるのが主要任務である以上、ジェイソンは丁寧に耳を傾け、いちいちメモを取り、余計なことは言わなかった。

不必要な怒りを買うつもりもないものの、そのために捜査範囲を狭めるつもりもない。キャプスーカヴィッチは〝遺族〟が事故死という結論に納得していないと言っていたが、ジェイソンが見る限り、再捜査を求めているのはこのオーノ老人だけだ。なかなか興味深い。
面会が終わると、さっきの痩せて口数少ない家政婦が現れて、ジェイソンを玄関まで送った。ジェイソンが去る時、元上院議員オーノはブランデーを飲みながら、暖炉の上に飾られた己の肖像画を陰鬱に凝視していた。

5

ヒューゴ・クインタナ――どっしりした体軀《たいく》の警備員は、ガラスと金属が組み合わされた三十四階建ての集合高層住宅タッチストーンの建物にジェイソンを入れながら、あからさまに、ジェイソンが悪巧みをしていると決めこんでいた。
管理人から直に短い説明を受けてさえ、クインタナはジェイソンにくっついて三十一階まで上がると言い張り、ジョーゼット・オーノが住んでいた部屋の鍵を開けるジェイソンをむっつりと見ていた。キーレスエントリーだ。ジェイソンは暗証番号を打ちこみ、ドアを開け、愛想よくクインタナにうなずくと、その目の前でドアを閉めてやった。

デッドボルトを回すと――どうやらオーノはテクノロジーに全幅の信頼を寄せてはいなかったようだ――それがカチッと、安心感のある音ではまった。

物理的に厳重な警備と、警戒心の強い警備員の存在で、一つの疑問に答えは出た。

一三〇平方メートルの広さ、床から天井までの窓、高級材のフロア、イタリア製のオーダーメイド家具が並ぶ美食家向けのキッチン、最新型の家電が、別の疑問の答えになった。

映画学の教授がいくらもらえるかは知らないが、このタッチストーンの部屋の賃料は月四千ドル（掃除用具入れに住めば？）から三万ドルというところだろう。ほとんどの大学教授にとって高嶺の花に違いない。ほとんどのＦＢＩ捜査官にとってもそうだ。だがオーノの部屋は家族が契約しており、その家族の意向を受けてジェイソンも今回の捜査の間、ここに滞在することになった。

オーノの書類、本、身の回り品は捨てられずに残っているはずだったし、その言葉どおりであるよう願った。遺族というのは、自分や愛する被害者にとって都合の悪い情報を編集しようとするところがある。一部の人々にとっては、死よりまずいこともあるわけだ。

ともあれ、いい部屋だった。ジェイソンの小さな家より大きい。光にあふれ、海や山々の心洗われるような眺めが見える。両方の寝室、そしてリビングから、パティオに出られるようになっていた。背の高いガラス戸の先に長い広々としたバルコニーがあって、吹いてくる涼しい海風は、これだけ高層だと排気ガスもなく爽やかだ。

メインベッドルームのウォークインクローゼットには、まだオーノの服が残っていた。帽子もだ。色とりどりの中折れ帽やフェルト帽が無表情のマネキンたちの頭に飾られて、クローゼット最上段を一列占めている。

これはなかなか、夜に開けておきたくないドアである。

作り付けの棚にはまだ、彼女の写真や小物が置かれていた。どっちも大した数はない。

この犯罪現場を——犯罪だったかはともかく——清掃した者は、見事な仕事をしていた。幾何学模様の白革ヘッドボードつきのクイーンサイズのベッドからマットレスや寝具が剝ぎ取られているほかは、この銀と白の宇宙船のように清潔な部屋に、人が入った気配はない。ましてや誰かが死んだ痕跡など。

もっとも、ジェイソンは警察の記録映像を見たし、あれは忘れられるものではない。

オーノのオフィスの棚は、本やいくつかの置物で埋まっていた。探偵映画のポスターが額入りで壁に飾られ、ボガートが出演した『マルタの鷹』に出てくる鷹の像の重厚なレプリカ（だろう）がある。机にはパソコンが置かれていたが、事前情報によればそのパソコンは新品で、オーノはセッティングを終える前に死んだのだった。LA市警はオーノの携帯電話とノートパソコンを調べたが、特に何も見つからずに家族に返却された。ジェイソンはオーノ所有の電子機器の分析報告書をもらっていたが、たしかに役立ちそうなものは見当たらない。脅迫メールもなし。真夜中の呼び出しメッセージもなし。

もし、徹底的な捜査の上でLA市警が疑惑を見つけられなかったのであれば、ジェイソンが都合よく手がかりに出くわすなんて可能性はあるのだろうか。特にFBIは、基本的には、殺人事件の捜査は行わないのに。

とにかく少なくとも、FBIが扱う殺人とは、社会全体への脅威が中心だ。すなわち連続殺人犯やヘイトクライム、または連邦政府所有地での殺人、及び連邦政府によって任命・選出された人間が殺された場合――上院議員とか。それでも〝引退した上院議員の孫娘〟というのは拡大解釈にすぎるが、世の中なんてそんなものである。金持ち、著名人、権力者、いいコネを持つ人間には特例が許される。

どうであろうが、ジェイソンに殺人事件捜査の経験が欠けていることには変わらない。まあサムと会ってこの方、殺人事件との関わりは増えたが、普段の仕事で〝犯人は誰だ《フーダニット》〟が重要視されることはあまりない。この任務を与えられたのはありがたいし、上司からの評価を埋め合わせるチャンスには感謝しているが、これ以上無用な騒ぎを起こさないようあてがわれた案件じゃないかという気持ちもどうしても拭えない。

それか、ひょっとしたら、そもそもの騒ぎを起こしたことへの罰か。

現存不明の古い映画フィルムのことは置いておいて、LA市警がジョーゼット・オーノの死について捜査終結を急いだとか、ましてや捜査をしくじったと見る根拠はあまりない。

オーノ元上院議員が孫娘の死は殺人だと力説するのは、孫の近況に注意を払っていなかった自分への罪悪感からだろうか。判然としない。検死官が自殺と結論付けたなら、再捜査を要求するオーノの言い分もまだわかるのだが、〝事故死〟という見解でそれなりの落としどころは与えられているのだ。

議員は、ほかの人間が知らない情報を持っているとか？　聞き取り中、一度ならず、彼が何か隠しているのではないかとジェイソンは感じていた。だが同時に、オーノ議員は悲嘆のあまり藁をもつかむ気持ちなのだろうとも思う。

実際に起きたことと、起きたと人々が信じていることを区別するのは、常に困難だ。人の証言が信用ならないのはよく知られた話だが、理由の一つに、記憶の限界がある。記憶は薄れ、劣化していくものだ、そう。だが同時に記憶は、新たな情報を受け入れるために変容していくものなのだ。ジョーゼット・オーノが死んだのは六ヵ月前のことだから、彼女を知る人々の頭の中では記憶の浸食や再構成がもうすんだ頃だろう。案の定、失われた名高い映画フィルムだとか映画マニアの悪意とかは半年前の誰の証言にもなかった。

オーノ元上院議員から聞いたことを何も差し引くつもりはないが、確認しなければならないことは山ほどあるし、そのための時間はそう残されていない。

まるでスパのようなメインバスルームで頭を剃っていた時、サムから電話がかかってきた。ジェイソンはカミソリを置き、携帯電話に出た。

「どうも。何です?」

サムはいつも仕事の日には電話をかけてこないが、二人の担当事件が時々重なるのだ。

『フライトはどうだった』

「まあまあでしたよ」

もちろん互いに連絡を取り合っていたが、ジェイソンが国外に出てからはその回数が減った。そうではあっても、きっとサムはオランダの美術館について知りたい以上の情報量を聞かされたに違いない。

『デ・ハーンの恋人との対面はどうだった?』

正直、前日にアンナと会う予定だったことをサムが覚えていただけで驚きだ。だが思えば、サムは滅多に物事を見逃さない。

「悲しんでいた。打ちひしがれていましたよ。でも行ってよかった。ハンスが結婚を申しこむつもりだったのも、仕事から一時離れるつもりなのも知らなかったんです」

実際は、はじめジェイソンはアンナにそんな話をしていいものか決心がつかなかった。だがアンナは泣きやんだ後、デ・ハーンの気持ちがわかってよかったと言ってくれた。現実的な女性のようだった。デ・ハーンの決断を理解していた。それが悲劇に終わっても。

『よかったな。うまくいって何よりだ』

サムはどこか上の空に聞こえた。その後ろからカチカチとキーボードの音がする。

『事件はどうだ？』

「まだ手をつけたばかりですが……興味深いですね」

『新しい住みかにはもう落ちついたか？』

サムからの連絡がうれしくないわけではないが、奇妙だった。彼は雑談をしたがるたちではない。少なくとも、仕事中は。この電話には別の理由があるのか、何かサムには言い出しづらい話があるのかと、ジェイソンはとまどった。

「ええ。オーノの部屋に滞在できるのは便利ですね。何かありましたか？」

今、ためらいがあったか？　サムの「いいや」は十分にきっぱりしていた。

覚悟を決めて、ジェイソンは切りこんだ。

「カイザーの件で何か進展が？」

遠いキーの音が止まった。椅子のきしみが聞こえる。

『いや。すまんな。今のところ何もない』

「あやまることじゃない。あなたのせいじゃない」

『奴はつかまえる。もう時間の問題だ』

ジェイソンは何とか「わかってます」とぼそっと返した。

『そこにいればしばらくの間、目につくこともないだろうしな。少しは気が楽だろう』

「ですね。ええ」

何度目かの疑いだが、オーノの事件は時間潰しとして担当させられているのかもしれないと思う。ジェイソンは考えこんだ。サムの電話が最新情報の更新のためでないのなら、ほかに何か話したい理由があるはずだ。

たずねた。

「そっちの調子はどうです？」

笑いとは言えない音を、サムが立てた。

『お前に聞かれるとはな。バークルが単独犯でなかった可能性が出てきた』

バークル……かなり聞き覚えのある名前だが——。

「誰からの話です？」

『奴の犯行日誌からの話だ』

犯行日誌？　ああ、そうだ、しまった。バークルは元長距離トラックの運転手だ。サムは、オレゴンで起きた殺人と、犯人のロードサイド切裂き魔《リッパー》の話をしているのだ。

ジェイソンはたずねた。

「共犯者の可能性がある人物は？」

『〝骨の道《ボーン・ロード》〟とだけ呼ばれる謎の相手だ』

「それはトラック無線のハンドルネーム、それともあだ名、それとも?」

『さっぱりだ。今のところ袋小路だな』

最重要容疑者を射殺することの、それが問題点なのだ。撃ったのはサムではないが。引き金を引いたのは地元の保安官助手で、サムの言葉を借りるなら特別捜査官アダム・ダーリングと互いに『熱を上げている』そうである。

厄介なものだ。愛着とは。

バスルームのシンクに溜まったやわらかな黒い巣のような毛髪の山を見下ろしてから、ジェイソンは鏡に映る姿を見つめた。スキンヘッドと放射線治療患者のどちらに見えるかは、決めがたいところだ。顔のラインはひどく尖り、緑の目は大きく、熱っぽく見えた。

どちらにせよ、自分ではないように見える。そこが肝心だ。

サムにたずねた。

「てことはバンド再結成ですか?」

『何だそれは』

サムが眉をひそめているのが声でもわかる。

「ロードサイド切裂き魔《リッパー》特捜班が再集結するんですか?」

『ああ。いや、そこまでじゃない。選んだ何人かで検討会をするくらいだな』

「アダム・ダーリング?」とジェイソンはためしに聞く。

『そのとおり』

「トラヴィス・ペティ」

それは質問ではなかった。サムが第一候補に思い浮かべずとも、ペティなら自力でその捜査班に——いや検討会か、失礼——入りこむだろうし。だがサムならもちろん、ペティを候補にするだろう。ペティは元の特捜班の一員だったし、サムに能力を高く評価されている。思ったとおり、サムは淡々と言った。

『ペティは適任だな』

「んん」

それが事実だからと言って、苛立ちがやわらぐわけではない。

サムが向こう側にいる誰かに低く言葉をかけた。電話口に戻ってくる。

『すまん。切り上げないと』

「ええ。連絡いただいて、どうも」

おかしな返事に聞こえたんじゃないだろうか。実際おかしな返事だった。

サムは気にした様子もなかった。

『今夜、できたら電話する』

「ええ。できなくても大丈夫なので、サム。こっちはちゃんとやれてます」

『それは疑ってない』サムの口調は苦笑まじりだった。『俺はやっぱり寝る前にお前の声を聞くのが好きなんだ』

そうか。それは、うれしい。

おかげで、サムとペティ特別捜査官がまた肩を並べて働くところを想像してヒリついた神経が大いになだめられた。

「俺もです」と囁く。「じゃあ、後で」

サムとの接続が切れると、オーノの部屋がひどく空っぽに感じられた。

ジェイソンはふうっと息をついて、鏡の自分を観察した。

ピアスをつけるのは十年ぶりだが、アムステルダムでまた耳に穴を開けてもらってきた。小さなダイヤモンドのスタッドピアスを耳に押しこみ、その成果を批判的に眺める。よし、効果あり。

剃り上げた頭、のびてはいないがスタイリッシュに整えた顎のひげ、ピアス、それと……ジェイソンはオーバーサイズで黒縁の伊達眼鏡を手に取った。

その眼鏡をかけ、小首をかしげて、己を眺める。

「いけそうだな」

彼はFBI捜査官には見えなかった。それはたしかだ。気合いの入りすぎた臨時講師で、学生と寝てしまいそうなタイプに見える。

鏡の自分に向けてウインクした。

芸術は——悪魔と同じく——細部に宿るのだ。

6

「それで、ウエスト特別捜査官、捜査ファイルを読んでわからなかった何を私から聞こうって?」

レイシー・チャイルド刑事は長身、黒髪で、四十代後半のようだが見るからに妊娠中だった。そのせいなのか声に苛立ちがこもり、そしてそのせいだろう、机の上にむくんだ足をのせていた。

カリフォルニア大学ロサンゼルス校《UCLA》には自前の救急医療体制に加え、専門の警察署がウエストウッド通りにあって、約八万三千人の教職員やスタッフ、学生たちのコミュニティを守っている。一般的な都市以上に大規模な管轄区だ。二階建ての警察署内には二十四時間態勢の緊急通報センター、生活安全課、緊急対応班が入っている。

ではあっても、ジョーゼット・オーノの死を捜査したのはこのUC警察ではない。UC警察はLA市警と協力したが、オーノが死亡したのはウィルシャー大通りのマンション内であり、捜査を主導したのはＬＡ市警だった。

「捜査ファイルには、オーノの死について明確に記されていました。俺は、彼女の暮らしぶりについて何かわからないかと思って来たんです。とにかく大学での暮らしについて」

チャイルドが小馬鹿にしたように言った。

「彼女の大学生活が警察のお世話になるようなものだったと思ってんの？」

「聞いてみて損はない」

ジェイソンは冗談かどうか自分でも曖昧な返事をした。ＬＡ市警は、この事件について徹底した捜査を終えている。

「俺は捜査結果にケチをつけに来たわけじゃないですが、悲劇を受け止めきれず悲しんでいる遺族がいるので」

チャイルドが溜息をついた。

「ああ、わかってるよ。あのジジイはまだワシントンににらみが利く。こっちも気にしちゃいないよ」

「それは一安心」ジェイソンは応じる。「心からほっとした」

さすがのところを見せて、チャイルドはクスッと笑った。

「ユーモアセンスのあるＧメン。珍しいね。ま、あんたはＦＢＩには見えないね」

「それが狙いなので」

「何が狙いにしても、署にいる私らから見ると随分大げさにすぎる気がするけどさ、でも大学側がこの探偵ごっこをすっかり認めてるし、オーノの家が教授の名前で新棟を寄附してくれるのを期待してるんだろうが、だから好きなことを聞いていけばいいよ」

「祖父によると、オーノ教授は自分の死の少し前、身の危険を感じていたそうです。その不安について彼女はUC警察に訴えましたか？」

「身の危険？　そういう話は聞いてないね」

余地を残した答えを、ジェイソンは分析する。

「彼女は、ほかの問題について何か訴えていましたか？」

チャイルドが顔をしかめた。

「これは言ってしまったほうがいいかな、私は〝自殺の可能性〟という結論には納得いってない」

腹を割ってきたことは、そう意外ではなかった。チャイルドは言葉を飾らないタイプに見えた。

「そうですか」

「正直言って、事故という見立ても怪しいと思うけど、でもあれは私の——うちの——担当事件じゃなかったしね。事故だったかもしれないし。でも、自殺？　そいつはないだろって思うし、遺族がそう感じるのも無理はないね」

「オーノ教授をご存知でしたか？」

「よくは知らない、個人的にはね。ただ、対応したことは何回もある」

そこを明確に区別するチャイルド刑事への信頼度がジェイソンの中でさらに上がる。

「それは被害者として、それとも加害……」

「どちらでもないのさ。あの人は、そうだね、こう言おうか、極端に物申すタイプだった」

「具体的には？」

チャイルドが、笑いとも呻きともつかない声をこぼした。

「彼女にとっては、どれほど小さなルール違反も見逃せない、通報されるべきものだったんだ。駐車違反。大学構内での喫煙。著作権侵害——特にこいつが一大事だった」

「冗談でしょう」

「いいや。大学図書館のコピー機にスパイウェアでも仕込んでんじゃないかって思うくらい、雑誌や新聞記事の無断コピーを告発しに来たものさ」

「ふうむ。それは、珍しいですね」

「二十年の警察勤めであんなの見たことないよ。あの女性はオンラインでも誰かと喧嘩しちゃ、オフラインでも……」

「至るところで？」

「そうなんだよ。まさにね」

「オンラインで誰と喧嘩していたんです」

「ゲームサイトに入り浸ってた。〈LAノワール〉というゲームでね。彼女はすっかりハマってて、ゲームやゲーマーが悪いとは言わないけど、でも彼女は四六時中コミュニティで言い争ってた。そうだ、あと映画サイトでもね。ＴＣＭ〔※映画中心のテレビチャンネル〕のフォーラムで論争してたよ、まったく。Ｒｅｄｄｉｔのフォーラムでも殺害予告されてたね」

ジェイソンは口を開いたが、当然の質問をする前にチャイルドの言葉が制した。

「そりゃもちろん。我々は、すべての可能性を調べ尽くした。ネット世界から彼女を狙って出てきたものは一人もいない」

「現実世界で揉めた相手は？」

「私生活がぐっちゃぐちゃだったのは間違いない。大学の警備への通報で、彼女とカリーダ・ロイス——ガールフレンドだ——の言い争いを仲裁したことも一度ある。カリーダ・ロイスはインディーズ映画の監督でね。どうやら、かつては一緒に映画を撮るつもりだったらしい。まあ想像はつく。それが駄目になってからも、二人は個人的な関係を続けていた。どうも金曜の夜は暴力混じりの論争になったようだ——オーノが死亡したと推定される夜だ」

「なるほど」

「切れたりくっついたりのボーイフレンドもいた。バルタザール・バードルフ。この男は大学教授だ」

ジェイソンはうなずいた。「バードルフは、オーノの祖父の第一容疑者だ」

「知ってるよ。バードルフにはアリバイがある」

「たしか死亡推定時刻は確定していないのでは?」

「そのとおり。だがバードルフは週末の三日間、ずっと遠出していた。とはいえ、そうだね、殺人捜査だったならあの男の身辺をもっと洗っただろうね」

「ふうむ」

今からでもやはりよく調べるべきだろう、とジェイソンは判断する。

「一つには、バードルフは彼女にかなりの借金があったんだよ」

「何のためかは?」

「あれやこれや細々とさ。多分、それでオーノも返してもらい損ねてたんだろう。そうそう、オーノは大層なフィルムコレクションを持っていたが、その一部にバードルフが所有権を主張しようとした」

「どこにも言及がなかったようですが」

「どうにもならないお話だったからさ。主張を裏付ける書類も物証も何もなかった」

「元上院議員から目の敵にされている以上、購入記録があってもバードルフに勝ち目はなさそうですけどね」

チャイルドの表情は雄弁だったが、自制して「そう思う」と軽く相槌を打っただけだった。

「オーノ所有のフィルムコレクションはどうなったんですか?」

「遺族がアーカイブに寄贈した」

「UCLAの映画アーカイブに?」

「〝生き残りはたった一人《ひとつ》〟、UCLA」

チャイルドが唱えるように言う。『ハイランダー　悪魔の戦士』からの引用に、ジェイソンはニヤリとした。

「ということはある意味、バードルフはオーノのコレクションを手の内にした、と言えるのでは」

チャイルドが首を振る。

「あの手のマニアにとっちゃ、所有がすべてだ。コレクションとはそういうものさ。所持すること。我が物としてね」眉をひそめる。「何かおかしい?」

「何も。あなたの見解は完璧に正しい。ただ、ACT以外の人から聞かされたのが笑えて。でも、もしかしたらそういう時代なのかも。NFTは美術品や蒐集スタイルに変化をもたらしているし」

「NFTについてわかったような口を叩くのはやめとくよ」

「あの仮想世界のマーケットは、二〇二五年には一九〇〇億ドル規模の市場になると言われてますよ。でもそう、ほとんどの美術品蒐集家にとっては依然としてやはり〝持つ〟ことが肝心ですね」

「ああいうのは詐欺にしか聞こえない」チャイルドが溜息をついた。「とにかく、あんたにおかしな先入観を植え付けたくはない。オーノは、会って話をしてみればいい人だった。『ニューヨーカー』誌の漫画の違法コピーでフィスク博士を逮捕できなかった私には大いにがっかりしていただろうが、それでも問題のある態度を取られたことはない。お正月にはいつも、日本のお祝い料理の入った箱を持ってきてくれたし」

「大した心遣いだ」

「そうなんだよ。思慮深く、配慮のある女性だった。悪意に駆り立てられてたわけじゃない。ただ、あの……融通の利かなさで、人気は全然なかった。授業に遅刻すれば教室から締め出される。携帯電話を見てるのがバレれば退場。だってもでもも、だけども通用しない。セカンドチャンスは与えられない。結局のところ彼女が教えてたのは映画学で、普通は楽な科目だろう。ところが彼女は、大学でも最大級に嫌われていた講師だった。どう思う?」

「まだ何とも。今聞かせてもらったことを加味して、殺人の可能性が除外されたのはどうしてだと思いますか?」

チャイルドはうんざりした息を立てる。

「憶測でしかないよ」

「それでいいので、たのみます」

「LA市警のほうじゃ、自殺の線が濃厚だと決めてかかってた。オーノは大学の運営側と軋轢《あつれき》があって、特に超保守の学生たちが『セルロイド・クローゼット』というオーノが教えている講義のことで訴えると大学に迫ってから、険悪になった。大学側は口が重い。オーノに終身在職権を与えなかったことは認めているが、訴訟問題とは関係ないそうだ。終身在職権はバードルフが勝ち取り、そしてそれが、もしかしたら、オーノの落ちこみの原因になったのかもしれない」

「たしかにプライドは傷ついただろうが、自殺の原因になるほどですかね」

「オーノは、大枚はたいた映画フィルムのコレクションのおかげで借金まみれだったしね」

「金銭的ストレスは自殺の要因になり得る。しかし彼女の住居を見た限り、あそこは家族が――祖父が――賃料を払っているし、そうなると自殺に追い込まれるほど困窮していたとも想像しづらい」

オーノのような環境の人間には信託財産が設定されているだろうと、ジェイソンは推測していた。もっとも、ジェイソンのように、オーノも老後までその金に手をつけないと心に誓っていたかもしれないし、あるいは稀少な映画フィルムを買いあさってすでに使い果たしていたかもしれない。

「そこに加えて、出版契約の話も頓挫した」

「がっくり来たでしょうね」ジェイソンも同意する。「でもそういう業界なのでは？　作家は出版にこぎつけるまで数えきれないくらい断られるものでは」

「私に聞かれてもね。わかっているのは、本の出版というのは大学では大いに箔がつくってことさ。終身在職教授になれるかどうかに影響するくらい」

「そうか。ふむ」

「死んだ時には、オーノはロイスともバードルフとも別れていた」

「恋愛関係のもつれは大きな要因になる。それはたしかに」

サムを失う瀬戸際まで行ったジェイソンとしても、気持ちはわかる。モンタナ帰りの長いフライトで、二人の仲が完全に終わったと信じていた時、気分がひどく悪く絶望すら覚えていた。自殺願望などはなかったものの、乱気流にも無関心でいたのはあの時だけだ。

複数の恋愛相手と戯れる時、一人あたりへの想いは半減するのだろうか？　それとも想いの総量が倍になるのだろうか。謎だ。複数恋愛《ポリアモリー》という思想自体が、ジェイソンにとってはストレスに満ちている。複数のサム・ケネディなんてもの、誰の想像をも超えているからかもしれない。

チャイルドが辛辣に言った。

「遠慮なく言わせてもらえばね、どうせオーノのことは〝性的に混乱したちょっとまともじゃない女で、恋愛はぐちゃぐちゃの三角関係、変態セックスに熱中してる上にきわめつけは『アート映画』のマニア〟って目で片付けられたんだろうと思うよ」

ジェイソンは笑ったが、実際は笑い事ではなかった。オーノについての捜査ファイルを読んだ彼も同じ印象を持ったからだ。警察の報告書は、感情を排して書かれるべきものだというのに。

「つまりまとめると、オーノは自殺だと見られていたわけですね」

問いというより確認だった。その方針に唯一なびいていなかったのがチャイルドだったのは明らかだ。

「そうだよ。窒息死の手法については、鑑識では何とも確定できなかった。どうやらロープを自分の首に巻いて、その片方をクローゼットのバーに結んだんじゃないかってことだ。バーが高すぎれば、意識を失うまでいかなくても、酸欠で足元が定まらなくてバランスを取り戻せなかったかもしれない」

「彼女は引き解け結び《スリップノット》を使っていた」とジェイソンは指摘する。

「それでもやっぱり、ロープを引かなきゃ解けない。気絶したり、判断力を失うほどぼうっとしていたら……」

チャイルドが肩をすくめた。

ジェイソンは事件（とはまだ限らないが）の現場写真を思い出す。

「彼女の体のあざは、同じ夜にあったロイスとの争いの時についたのかもしれないですしね」

「そういうこと」

ジェイソンは考えこんだ。

「俺の専門分野ではありませんが、自殺しようとしている最中に自慰をするというのは……気が散るのでは」

これについては、サムなら答えられるだろう。サムは、大抵の人々が目をそむけたくなるような色々な答えを知っている。

チャイルドが、どっちともつかない動きで首をゆらゆらさせた。

「心理学的に当然の疑問だ。だから、事故だったかもという可能性が割りこんでくるわけさ。そのことと、オーノのそばにポルノとアダルトグッズが並べられてた事実とでね」

そうだった。ポルノとアダルトグッズ——その上、遺書がなかったことが不慮の事故説の裏付けになったのだ。オーノの人生がストレスだらけだった点も、お楽しみ行為中の彼女が注意散漫でいつもより軽率になっていたという根拠になった。

チャイルドは、ジェイソンの考えを読んだようだった。

「不慮の事故説の問題点はだ、オーノはコントロール・フリークだったという点だよ。うっかりミスなんかするタイプの女じゃなかった」

「ええ、でももし自殺でも事故でもないなら、オーノ教授はやはりミスを犯した。間違った相手を信じるというミスを——そして、それが彼女の命取りになったんです」

アムステルダムからロサンゼルスまでの十一時間のフライトもあった上、忙しい午後だった。しかもアムステルダムから九時間遅れの時差があるので、ＵＣ警察のガラスドアから外に出たジェイソンは時差ボケですっかり参っていた。

だからだろうか、金のくせ毛と青い目をした細身の男性に気付かず、ばったり顔をつき合わせたのは。

相手はジェイソンに礼儀正しい微笑を向け、頭を傾けた。ジェイソンも上っ面の笑みを返して——二度見しないよう自制した。

男の表情が変化する。一瞬、当惑顔になった。

二人はすれ違い、ジェイソンは歩きつづけた。

アレクサンダー・ダッシュに出くわす可能性があることは承知していた（それどころか在学当時の教授や院にいる同窓生にばったり会うことだってありえる）が、ニアミスを避ける余裕ぐらいあるだろうと踏んでいたのだ。

アレクサンダー——アレックス——はＵＣＬＡの美術教授だ。シャーロットの友人で、ジェイソンが最初にサムに振られた後、姉はジェイソンとアレックスを引き合わせようとしたのだった。そして事実、アレックスは魅力的で心惹かれる相手だった。ただサムのほうがもっと魅力的で心惹かれる存在なのだ。誰よりも。彼だけが。

とにかく、アレックスがジェイソンに見覚えを感じたとしても、ＵＣＬＡのキャンパスは広大だし、二度と出くわさない可能性は高い。

出くわしたって世界の破滅というわけではないし。アレックスにはジェイソンがＦＢＩ勤務だと知られているが、彼が今回の事件に関与しているとも思えない。

ジェイソンはちらっと、アレックスは警察署に何をしに来ていたのだろうと思った。不安そうな様子はなかったから、せいぜい駐車料金の支払いシステムのこととか、遺失物の確認程度の話ならいいのだが。

7

警備員のヒューゴ・クインタナが、これまでジェイソンを怪しんでいたとするなら、ジェイソンが見た目を変えたことに気付いてからの不信感はそれと比べ物にならなかった。

「ドレスコードがあるとは知らなかったよ」というジェイソンの片手間な説明すら受け入れない。苛ついたマンション管理人から、ジェイソンはオーノ教授の部屋に滞在する許可を得ていると保証されても、クインタナは相変わらず納得しなかった。またもや三十一階までジェイソンに付き添うと言い張った。

ＦＢＩのバッジをつきつけて組織の威光を知らしめたい誘惑には駆られたが、クインタナの過剰な警戒心の理由もわかる。遅きに失したとはいえ。

部屋までたどりつくと、ジェイソンは暗証番号を使ってドアを開けた。電子キーが解けると、クインタナがうなった。

「お前をずっと見てるからな」

「熱烈な言葉はありがたいが、俺にはもう心に決めた相手がいるんでね」

ジェイソンは、クインタナの目の前でドアを閉めた。ドアがフレームに収まる寸前、クインタナの顔が赤黒くなり、黒い目に憤怒が宿ったのが見えた。

（朕は不興じゃ）

ラッセルに言って、このマンションのセキュリティチームを調べてもらうのがいいかもしれない。オーノの部屋に入れそうな人物の身元確認はＬＡ市警がすませたと思うが、ＬＡ市警はオーノが自殺したとも決めてかかっていた。

で、警備員は？　まあ玉石混合だろう。

短い廊下から、暴力的なほどの光があふれたリビングルームの空間へ出た。腹ぺこだ。朝食のチーズとピクルスのサンドイッチが遠い昔に思える。食べるものを買う暇はなかったので、クインタナ門番がフードデリバリーの配達人には跳ね橋を下ろして通過を許すよう願おう。

踵で靴を脱ぎ、上着を落とすと、ショルダーホルスターを取り、長いが寝心地は今いちの白いカウチに倒れこんだ。

十分ほどうたた寝したら夕食を何とかして、あらためて、じっくり捜査ファイルを読みこみ、考察を深め、そうしたら明日の講義の準備をしよう。

考えるだけで疲れる……。


目を開けると、暗くなっていて、部屋全体が揺れていた。

（地震だ！）

起きたが、頭がぼうっとして現実味がなく、自分が何やら……パッド入りのテーブルか何かに寝ていることに気付いた。知らない部屋だ。一瞬アムステルダムに戻ったのかと思ったが、アムステルダムのホテルは——オランダ全土を入れても——こんなに居心地悪く、騒々しくはない。

天井から何かが落ちることも、カップボードが中身を床へ吐き捨てることもなかった。地震じゃない。地鳴りのような振動は建物が崩壊する音ではなく、エンジン音だった。頭上を飛行機が通過している。

ガラスドアに寄って、目を凝らした。機体と翼、尾翼先端で赤や白に明滅する衝突防止用の閃光灯が見える。手が届きそうな近さで、背すじが寒気でぞっとした。

　ぶつかる寸前――ギリギリの――。

　何てことだ。

　どんどん小さくなる飛行機が、細い雲の合間へ消えていくまで見送った。

　手探りで携帯電話をつかむと、もう夜八時近かった。それがボーイング７４７に激突されかかったことより大惨事に思える。また周囲を見回し、ランプを探した。オーノ教授はテーブルランプには愛着がなかったらしい。

　結局、廊下にあった天井照明のスイッチを探し当てた。

　白い無機質な光が、超モダンなリビングとキッチンを照らし出す。舞台のセットを思わせる部屋だったが、オーノが暮らしていた時の様子まではわからない。きっと彼女も時にはテーブルに本を置き忘れたり、シンクにコーヒーカップを置いたままにしただろう。

　ジェイソンの私見では、好むアートから人となりがわかるものだ。だがオーノのリビングやダイニングにあるアート類は、部屋に備え付けの類だった。シルクの観葉植物、金属製のウォールアート、家具に付属のクッション。絵画やアート系の写真は飾られていない。もっとも、選り好みしないという点にも性格が出るわけだが。

　額入りのポスターと映画のグッズはオフィスに、私的な写真は寝室に飾られているあたり、オーノはこの二つの部屋で主に暮らしていたようだ。リビングはいわば外面。ヴィクトリア朝の応接室の現代版だ。

宅配でグリルドチキンのメキシカンシーザーサラダを注文し、買い物代行のインスタカートでひととおりの食料も注文すると、下に電話をしてそれらのデリバリーが来るとセキュリティデスクに伝えた。

その電話を切った直後に携帯電話が鳴り出して、サムの写真（ワイオミング州での短い休暇中に撮られた、いつもよりほんの少しだけ近寄り難さが薄れたサム）が表示された。

「どうも？」

ジェイソンは驚いていた。サムから電話が来るには早い時間だ。

『やあ』

サムの声は……どこか違っていた。優しいとまではいかないが、いつもほど無愛想ではない。

『間一髪だったと聞いたぞ』

「俺が？　間一髪？　ああ、飛行機のことですか」

『ジョニーがニュースで聞いたんだ。ＬＡＸを離陸した７４７が危うくタッチストーンの屋上を削りそうになったと』

ジェイソンはキッチンカウンターに背中で寄りかかった。胸の中のおかしな感覚が、本当に危機一髪だと知ったせいなのか、その危機を聞いてサムが連絡してきたせいなのかはわからない。

「ほとんど気付かなくて。昼寝してたんです」

『昼寝？』

その言い方に、ジェイソンは笑った。

「一介の人間には折々の睡眠が必要なんですよ」

『時差ボケだな』

サムがほとんどかからないものだ。自分のいる時刻帯がどこだろうと、ろくに眠らないからかもしれない。

「多分」

少しの間、どちらも何も言わなかった。

『捜査はどうだ？』とサムが聞く。

「捜査？　何だか段々、死による殺人のような気がしてきましたよ」

『意味がわからん』

「俺にもよく。多数決で結論が出た感じですね」

『具体的には？』

「ＬＡ市警は自殺で結論付けたかった。ＵＣＬＡ側の警察はそれを良しとしなかった。死体が発見されるまで四日もかかった上、推定死亡日に被害者は肉体的接触を含む論争があったため、監察医には自殺とも事故とも断定できなかった。そこで、遺族に——つまり元上院議員に——

配慮して、事件は〝自殺の可能性がある事故死〟とされた」

サムが感情のこもらない『ふむ』という息をこぼした。

「遺族は〝事故死〟にも納得いかなかったし、〝自殺〟の可能性はもっと受け入れがたかった。彼女の祖父は、孫は殺されたと主張している。彼女はなかなか難しい性格をしていたようで」

『俺がファイルを見ようか』

「いや、いいです」ジェイソンはあわてて言った。「口に出して考えを整理してるだけだから。もともと今回のは形式的な仕事だと思っていたんですが、もしかしたら本当に調べる価値があるかも。そっちはどんな調子です？」

『いつもどおり、お役所仕事の戯言だらけだ』

「うん。聞いたのは、ロードサイド切裂き魔《リッパー》の件についてです。バークルに共犯者がいた可能性について」

ジェイソンだって、バークルに共犯者がいたという説がサム個人に与える影響について、気がついていないわけではない。バークルが単独犯でないかもしれないと知って、サムは何か思ったに違いない。当然だ。イーサン——大学時代のサムの恋人——はロードサイド切裂き魔《リッパー》の毒牙にかかったとサムが確信している以上、今は苦しいくらいに心が乱れていてもおかしくないのだ。

だがサムはそっけなく言った。

『現時点では、それがすべてだ。可能性。仮説』

そしてこれが、欠点その22だ。激しい感情――他人のも自分のも――をサムは好まない。そしてそれが邪魔をして、ジェイソンはその場で素直に共感できなくなる。サムから時々反応が〝芝居がかっている〟と思われているのは知っているが。コツは、どのあたりでバランスを取るかだ。寄り添うのと、まあ、腫物にさわるようにするのと。

さっきの電話だと、サムはバークルの共犯者説に十分信憑性があると感じていたようだったし、本能的にジェイソンに話そうとしていた。ジェイソンにたよろうとした。だが、その心の動きは過ぎ去ってしまった。

「そうですか。なら」

同時にサムが言った。『連絡を取りたかっただけだ。お前がちゃんと……』

生きているか？　死んでいればサムにも連絡が行く。タッチストーンの建物に飛行機がぶつかれば大ニュースだろう。これもまた〝ウエストならこうする《WWWD》〟の一環なのだろうか。ジェイソンならどうするか、ジェイソンならどうしてほしいかを、分析して実行するサム。だとしてもサムの真心は目減りしないし、ジェイソンのうれしさも欠けはしないが。

サムに会いたかった。今夜、家で一緒にすごせるなら多くのものと引き換えにするだろうに。どちらかの家でもいいし、この際ホテルの部屋でもいい――ただ夕食と会話を分かち合えれば。

ジェイソンは口元をゆるめた。

「ありがとう。あなたからの電話はいつでも歓迎です」

サムが皮肉っぽく返す。

『ああ。よく言われる』

なのに周囲は、サム・ケネディにはユーモアセンスがないと言うのだ。

ジェイソンがクスッと笑うと、サムはいつもなら深夜の電話でしか使わないやわらかな声で言った。

『おやすみ、ウエスト。明日また話そう』


ジェイソンは夜の残りを費やして、オーノの机周りと書類に目を通した。

プリントされた『ハリウッドの回り道』という原稿と、それに添えた出版社からの断りの手紙が出てきた。

ページにざっと目を通し、導入部を少し読む。

『失われた映画には、映画史の枠をこえた残響がある。その映画が見つかれば年表の修正に役立つかもしれない。その映画は学者たちに、サー・アーサー・コナン・ドイルやテディ・ルーズベルトのような歴史上の人物が動く姿を見せてくれるかもしれない。映画の中にはしばしば現実が描き出され、過去が化石となって琥珀の中に永遠に封じ込められている。細やかなファッション、車の型、今はもうない通りの景色。それらは現代の観客に、かつての先人たちの生き様や笑い方、愛し方をよりよく教えてくれる――犯罪映画ならば、死に方も』

そう、アートについても同じことは言える。だが映画には人々の動きを見せられるという利点があり、動いている人間たちには肖像画にはない不器用さや隙があるのだ。

オーノがとりわけ探偵映画に傾倒したのは何故だろう、とジェイソンは考えこんだ。探偵映画と断定してかまわないだろう、『マルタの鷹』の像があり、クローゼットには中折れ帽が並び、『チャイナタウン』や『大いなる眠り』『ロング・グッドバイ』のポスターがあるのだ。

もしかしたら、オーノの中の〝コントロール・フリーク〟（チャイルド刑事がそう呼んだ）と相性が良かったのだろうか。ミステリ映画は人間の心の闇を探るが、探偵映画はそれ以上のことをする。説明不能の謎を解明するだけにとどまらず――解決し、正義の執行までするのだ。

オーノが理解しようともがいていた謎は何だった？　正されてほしいと願っていたのは、どのような不正義だったのか。

出版不可の手紙を読むと、オーノのエージェントがまだこの原稿の出版を後押しし、どこかからは出せるはずだと自信たっぷりなのはわかった。小さな大学の出版部門からになりそうな気配が濃厚だったが。

終身在職権を目指す教授にとっては、信用のある出版社から本を出せればいいのだから、ジェイソンの見解だと、出版問題は自殺の原因から消してもよさそうだった。

夜も更けてきたので、ジェイソンはダール准教授のノートと講義計画に向き合った。ダールは一年目の准教授で、ジェイソンに〝代打〟をまかせてしばしの有給休暇を楽しんでいる最中だ。

ジェイソンの心づもりでは、単に学生に映画を見せたり、教室いっぱいの有力容疑者たち相手に「海賊版は被害者がいない犯罪という認識は誤りだ」と説教する程度の予定だったが、ダールはどちらにもずっと高い期待を抱いていたようだ。ミジンコのようなダールの書きこみを解読すること一時間、ジェイソンは救いと発想を求めてオーノの本棚へ向かった。

オーノは映画研究について三十冊ほどの本を所有していた。さらに映画理論、演技論、演出論の本があり、フィルム保存に関する本も何冊かある。そして本棚丸ごと一つ分がフィルム・ノワールの本で占められていた。

ジェイソンは『クィア・イメージ：アメリカにおけるゲイとレズビアン映画の歴史』をベッドの読書用に選ぶと、客室へ向かった。

ほかの部屋と同じく、個性のないスタイリッシュな部屋だった。灰色と白の壁、灰色と白の寝具、銀フレームの鏡、白い作り付けの棚。枯れたセントポーリアの鉢が、鏡張りの四つ葉紋様のナイトスタンドに置かれていた。一、二回時差調整を忘れたような時計が対のナイトスタンドに乗っている。

雲と星が見えて、この高さは意外なほど静かだ——時おり飛行機が通るにしても。このタッチストーンの設計者たちは防音設備にかなり金をかけたようだ。

ジェイソンは服を脱ぎ、顔を洗って、天井までのガラスドアへ歩み寄ると、ほかの高層建築やせわしない都市の通りのパノラマビューを眺めた。オーノ教授は文字どおり〝象牙の塔〟に住んでいたわけだ。まあ象牙製ではないにせよ、この建物が浮世離れしているのはたしかだ。

オーノは日々を費やして、自分を嫌っている学生相手に、もう存在しない世界を記録した劣化しやすい媒体の価値を教えようとしていた。そして夜にはここに座り、せっせと自分の人生を生きる人々であふれた通りや建物を見下ろしたのだろう——隔てられたこの高みから見れば、パンくずに群がるアリを見るのと同じだ。

あるいは、遠くから映画を見ているようなものか？

（何を望んでいた？）

人は何を望むのだろう？

今夜、ジェイソンが飛行機の翼の一閃による死を間一髪で逃れたのは、思えば可笑しい話だった。あれは予期していなかった。可笑しい、というのは少し違うか。死の厄介なところは、都合のいい時に起きてはくれないということだ。必ず、いつも、たくさんのやり残しが、言いそびれた言葉が残る。

ほかのことはともかく、彼とサムとの関係の、なんて奇妙な幕引きになったことだろう。

だが彼らが特別なわけではない。誰にとってもそうなのだ。オーノや彼女の入り組んだ交際関係にとってもそうだったのか、きっと？　自殺するつもりでいたからあえて二人と破局したということはあるだろうか。論争をしたのは、バードルフやロイスの心にけりをつけるため？　それとも罰を与えるためか？

それともただ悲しい偶然のせいで、誰より身近なはずの二人と決裂してる間にオーノはたまたま死んだのだろうか。

気の滅入る考えを振り払った。だが気の滅入る業界にいるわけで、かわってもっと憂鬱な考えが居座った。

共犯者は、存在しなかったのかもしれない。バークルは単独犯なのかもしれない。二人組での犯行は、連続殺人のうち四分の一以下しかない。だったらイーサンはこのまま安らかに——忘れられはせずとも——サムの頭の中で眠ったままでいられる。

一歩、逸れれば。それで何もかも変わってしまう。

もしかしたらオーノ教授は、ほしいものはすべて持っていたのかもしれない。

彼女は人生をあきらめたわけでも、ひびの入ったはしごで——比喩として——上を目指したわけでもなく、ただどこかで一歩逸れてしまい、足元を失っただけなのかもしれない。

そして……幕引き。

ジェイソンは溜息をつくと、窓に背を向け、ダブルベッドに上った。この部屋にもアートは見当たらなかったが、D・H・ローレンスの詩のポスターが黒いフレームに入ってベッドの向かいに飾られていた。

映画を見にいったとき

映画を見にいったとき、誰も感じていない白黒の感情を見て、
感じていない思いに動かされて吐息ですすり泣く観客を見て、
そして一瞬も感じていない情熱の高まりで抱き合うのを見て、
クローズアップのキスの呻きを見て、感じられない白黒のキスで、
まるで天上のよう、白々としているだろう天の高みのよう、
そこに人々の影が、まじりけのない人格が白黒で投影され、
動くのは平面的な恍惚の、絶対的な無感覚の中、
天国のよう。

8

「この時、最高裁が、映画は憲法修正第1条による表現の自由の保護対象ではないという判決を出し、地方自治体は〝わいせつ〟や〝不道徳〟な映画の公開を規制する法律を制定した」

上の列で半分ひっくり返っている筋肉系の三人組が、もっと寝やすい体勢に落ちつき直した。

ジェイソンは内心溜息をつき、話を続けた。

「世論の圧力により、全国的な検閲委員会が設立され、その流れで一九三〇年に〈映画制作倫理規定〉が作られた。〈ヘイズ・コード〉という呼び名で聞いたことがあるかもな」

「でもどうして映画は表現の保護の対象にならなかったんですか?」

二列目の誰かから問いがとんだ。

「いい質問だ。裁判所が、映画や映画産業は簡単につけ入れられ、操られて悪の権化となってしまうと信じていたからだな」

ジェイソンの言葉に、まばらなクスクス笑いや大きな笑い声が起きた。

「このコードの原則としては、観客の道徳水準を低下させるような映画は作るべきではないということだ。それは単に、わいせつなシーンや不適切描写を避ける、というだけのことではなかった――そういう面はたしかにあったが。理念としては、観客の共感を犯罪者に向かわせてはならない、ということだ。ただし犯罪者だけに限らなかった。この文脈での〝悪人〟は、社会的規範や慣例に反する人々も含んでいる。たとえば、夫と子供を置いて恋に走った女性は、エンディングで列車の車輪の下敷きになっていても当然、ということだ」

あきれ顔、呟き、いくらかの笑い声、そして壁の時計へ次々と向けられる視線。後部の筋肉系どもは居眠りを続ける。もしジェイソンが本当の教員だったなら、そのうち後列の学生たちをどうにかするべき時が来るのだろうが、幸いにして彼の問題ではない。本音を言えば、銃を持った美術品密輸犯十数人を取り締まるほうが、ずらりと座った大学のマセガキどもを相手にするよりマシだった。少なくとも前者の馬鹿たちは逮捕できる。

「一方で、政治的スタンスの両極にいる多くの人々や組織は今も、映画や映画制作者は、道徳、倫理、ポリティカル・コレクトネスなど――好きな呼び名をどうぞ――の理想に沿うべきだと考えている。ともあれ、倫理規定は一九六八年にＭＰＡＡのレーティングにとって変わられて、現在もそれが機能している。一応は」

（脱線がすぎたかな）

どうしても脱線しがちになるのは、こだわりが強いテーマだからだ。ジェイソンとサムは、検閲がもたらす功罪についてよく議論を戦わせた。サムは容赦ないほどの現実主義者だ。芸術への誠実さは、人々の安全のためなら二の次だと思っている。ジェイソンのほうは、芸術の自由を白黒二元論では評価できない。

「とにかく、倫理規定が効いていた頃は、どれほど慎重に扱おうとも映画には決して登場しないシーンがあった。たとえば、ヌード。冒瀆的な言葉や、薬物、白人奴隷、出産の場面、さらには聖職者を馬鹿にすることも許されなかった」

案の定、ここのガキどもはそれらの例を深刻に受け止めるのではなく、ウケるところだと思ったようだ。

「同様に、同性愛――規定の中では性的倒錯として分類されている――を肯定的に、あるいは同情的に描いた作品も上映不可能だった。同性愛を匂わせることすら許されなかった。異人種間の恋愛をはっきり描いたり、婚前の、あるいは不倫関係のセックスや、婚外子を公然と描くのも駄目だ。ほかにもある。だからと言って、そのような映画が作られなかったわけではない。映画制作者は、自分の撮りたいものを撮るために知恵を絞ってうまくやらなければならなかった。そのおかげで我々の今があるわけだ」

そんな調子で続けていく。ジェイソンは四十分間を使って、時差ボケの脳に昨夜詰めこんだすべてを披露した。

いいニュースは、思ったより自分がよく覚えていたことだ。悪いニュースは、ダール准教授の書き置きを解読できる人間を見つけられなければ、ジェイソンは講義の準備のためにこの学生ども以上の宿題をこなす羽目になりそうである。

この教室に容疑者がいるわけでもない。半年前にオーノの講義を受けていた学生たちは四方に散って、つまりはほかの講義にくら替えしている。どう考えてもオーノが担当学生と交遊していたとは思えないし、学生が来たとして自分の部屋に、とりわけ夜間に上げるだなんてまずありえない。オーノのそばに誰かがいたなら、それは彼女が招き入れた相手だ。彼女が信用していた相手。

そう、ジェイソンの教師の顔は、ただ大学内をうろついて微妙な質問でウザがられるための隠れ蓑にすぎない。オーノ元上院議員を除いては、誰もこの再捜査に大した期待はしていない。ジェイソン自身は？　ジェイソンには手柄が必要だったが、起きてもいない事件をでっち上げるつもりはない。

ただ、これが事件であ〝る〟ことを願わずにはいられなかったが。


講義が終わって最後の学生が出ていくと、ジェイソンはのど飴を口に放りこみ、カリーダ・ロイスにまた電話をかけてみることにした。オーノの彼女だったインディーズ映画の監督だ。オーノが死のたった数時間前に、どうやら暴力を含む論争をした相手。

これで四度目の電話だった。昨日の午後に電話をかけて、いつものごとく自分の身分と目的の口上を残したが、折り返しはかかってこなかった。今日の朝一と、講義の間にもかけたが、反応はない。なので、つかまえづらいミズ・ロイスにはじかに会いにいくしかないだろうと思っていた。

ところが、二回目の呼び出し音で彼女が出ると無感情に『はい？』と言った。

「ミズ・ロイス？　こちらは特別捜査官のウエストです。前にもお電話しています」

『知ってる。嫌がらせを受けてる気になってきたよ』

アフリカ系アメリカ人の抑揚があった。声は高くて憤慨している。

「そういう印象を与えてしまって申し訳ない。オーノ教授のご遺族が、彼女の死の初期捜査に納得しておらず、私が任命されて――」

『やっぱり！　やっぱりだ！』ロイスが割りこんだ。『どうせジョージーを殺したのは私だと思ってるんだ。あの子の人生で本当に彼女を思いやってたのは私だけだったっていうのに』

自己弁護は予想のうちだが、彼女の怒りには面食らった。ジェイソンはまだ淡々と、礼儀正しく言った。

「誰も、そんなことはまったく言っていませんでしたよ」

『それはあんたが聞いてなかったからだよ、あのジジイは絶対！　そう思ってんだから』

「私に断言できるのは、彼から昨日聞いた仮説はそれとは違うということだけです」

彼女は口をつぐんだが、怒りに満ちた呼吸の上下動が聞こえてきた。

「ミズ・ロイス――カリーダ、お会いできませんか？　話をしたいだけです。あなたはオーノ教授を誰よりよく知っていた。できれば直接会っておうかがいしたいんです」

彼女が金切り声を上げた。

『冗談じゃない、会えるわけない！　正気？　私を警察署だかFBIの事務所だかに引きずってくようなことはさせないよ！　どうなるかわかってるんだ。それに絶対――もう一度言うよ、絶対に、あんたは私の仕事場にも家にも入れないし、ほかの――』

ジェイソンは携帯電話を耳から離し、鼓膜が破れないところまでボリュームが下がるのを待った。

早口にかぶせる。

「どこか、夕食の席で会いませんか？　場所と時間はおまかせします。罠なんかではないと誓います。ただあなたの話をうかがいたいだけなんです」

またもや、怒りでヒリつく沈黙。そこにはやり場なく鬱積した――あるいははけ口を見つけた感情が満ちていた。被害妄想の気配も少々。一体こんなに身がまえるほど、捜査中に警察から何を言われたのだろう？

にべもなく拒絶されるかと思ったが、またもや彼女は予想を裏切った。

「コリアンタウンのインタークルーで。八時。遅刻しないように。それと、一人で来たほうが身の、ため、よ」

電話が切れた。オーケーイ。に、しても。期待と不吉さの両方を感じる。

ジェイソンは携帯電話をポケットにしまった。ギリギリ、電話ボックスサイズのオフィス——アーカイブ調査研究センターの地底、いや地下に与えられた部屋だ——に戻ってメッセージを確認し、ノートを持って、アリック・バーンに会いに行く時間はありそうだ。バーンは映画・テレビ・デジタルメディア学科長だ。

ＵＣＬＡのキャンパスは学生時代の頃からかなり変わっていたが、近道のいくつかはまだ使える。カリヨンが鳴り出す中、ロイス・ホールのアーチを足早にくぐった。パウエル図書館まであと少しというところで、痩せた、もさもさの金髪男にぶつかりそうになる——ヤバい。

アレクサンダー・ダッシュだ。

二日間で二回目？　どんな確率だ。百パーセントか。

アレックスは携帯電話を見ており、衝突寸前でもチラッとしか目を上げなかったが、もう一度まじまじと見つめ直した。

「ジェイソン？」

迷ったものの、誰だかわからないふりをするのはやめておいた。ジェイソンはさっと笑顔を作る。

「おや！　アレックス！」

昨日のこともあったし、こうなる予感もあったのに、先手を打ってアレックスに連絡しておかなかったとは、まったく。

　アレックスの笑顔はかすかなとまどいを帯び、ジェイソンの剃り上げた頭からファスナー式の黒いアンクルブーツまでを青い目でさっと見回す。

「本当にきみか！　気がつかないところだったよ」

ところ、では駄目なのだ。もっと気合いを入れて、髪とひげを赤く染めるべきだったか。

ジェイソンは心にもないほがらかさで答えた。

「本当に俺だよ！」

「一体何で——きみ、ここで教えてるのか？」

「そうなんだ。ああ」

「ＦＢＩだったのに？」

ジェイソンは内心毒づき、精一杯の笑顔を保った。

「長い話でね。そうだ、コーヒーでも飲みながら少し話さないか？」

「ええと、いいね。いつにする？」

ジェイソンは素早く計算した。バーンと会うのも重要だが、先延ばしはできる。だがアレックスを野放しにしておいて、ジェイソンがまだＦＢＩ所属ではないかとかどこかで疑問をこぼされるのは避けたい。

「今からは？」

アレックスが首を振る。「悪いけど。もう講義に遅刻しそうでね」

ジェイソンは苛立ちを呑みこんだ。

「そうか。じゃあランチは？」

またアレックスが残念そうに首を振る。

「検眼士の予約があってね。夕食ならどうだい？」

「俺は夕食は予定が入ってるんだが、その前に軽く一杯やれたらうれしいよ」

アレックスはぱっと顔を輝かせた。

「いいね。ウィルシャー通りのタック・ルーム・タバーンで六時に？」

ジェイソンはすでに動き出しており、後ずさりしながら答えた。

「最高だよ。じゃあまたあとで！」

アレックスはニッコリし、親指を立ててみせると、呼びかけた——五十人あまりに聞こえる状態で。

「心配いらないよ！　きみの秘密は守るから！」


「あんた！」

かつて、ジェイソンは警備員にそこそこ愛想よくされたものだ。だがつけているアフターシ

ェーブローションが腐ったのかそれとも魅力が切れたのか、やっとエレベーターから出て薄暗い、完全空調の僻地であるアーカイブ調査研究センター《ARSC》に降りた途端、紺の制服姿でしゃきしゃきとした小さな男に怒鳴られていた。その警備員の金髪はまばらで、アニメキャラのような分厚いレンズの眼鏡をかけていた。

「俺？」

ジェイソンはがらんとした廊下を見回した。不審者がいるのかと思ったのだ。だが、違う。どうやらジェイソン自身が侵入者のようだ。

間近で見ると、その小柄な警備員は印象よりかなり年かさで、定年に近く、思ったより怒っていた。

「学生はここに来るな」

ジェイソンは相手のバッジの名前を読もうとした。地下の照明はひどいものだが、ラストネームはどうやらマッキンタイアと読めた。

「ええ、俺は学生じゃない。俺は——」

「許可のない者はここに入るな」

「そうだな。ミスター・マッキンタイア、でいいよな？　俺は——」

先例のヒューゴ・クインタナと同じく、この男もジェイソンの主張になど耳も貸そうとしない。

「すぐ出ていけ」

「身分証を見せるから」

「ポップ！」アリック・バーンがオフィスの戸口に立っていた。「その人はウエスト先生だ。しばらくの間うちにいてもらうことになっている」

「これが教師？」とポップが文句をつける。

「悪意には取らないでおくよ」とジェイソンは言った。

長身でハンサムで銀髪の、往年の二枚目俳優のようなバーンが、辛抱強く言い聞かせた。

「覚えているだろう？　ウエスト先生はダール先生が病欠の間、代わりに来てくれているんだ」微笑む。「ジェイソン、彼はマーティン・マッキンタイアだ。このポップはね、ここいらの顔なのさ。ドアの戸締まりを確かめたり、自動販売機を補充してくれるよ」

ポップはおだてられてもニコリともしなかった。

「でもこいつはどうしてここに？　講師はここじゃ仕事をしない」

それどころか、バーンや収集インターン、二名のフィルム管理業者、さらに五、六人のアーカイブ関連業務のスタッフ以外、ここまで仕事をしに来る者はいない。だからジェイソンの拠点に最適だったのだ。

バーンが言い訳がましく言った。

「そうなんだが、キャンパス内にオフィススペースがまるで足りなくてね」

オーノのオフィスはこの建物にあったが、他人を苛立たせないよう彼女が自ら孤立したのか、そうさせられたのかは何ともわからない。

「全然かまいませんよ」ジェイソンはそう、すべてが解決したかのように言い切る。右手をさし出した。「よろしく、ポップ」

ポップは何やらボソボソと、「こちらこそよろしく」ではなさそうな言葉を吐くと、去っていった。

バーンが首を振った。

「まあ、とにかくまた会えてうれしいよ、ジェイソン」

ジェイソンをうながして雰囲気のいいオフィスへと案内する。いくつもの棚は本やDVD、映画のグッズであふれ返っていた。机上の、映画スクリーン風の写真立てにはバーンと妻、子供たちの写真が飾られている。赤、白、黒の、マーティン・スコセッシの『ミーン・ストリート』のポスターがデスク奥の壁にかけられていた。

バーンはオフィスのドアを閉めると、手振りでジェイソンを黒いカンバス地のディレクターズ・チェアに座らせた。

「ポップのことは気にしないでやってくれ。年を取って気難しくなっててね。でも彼には黄金並みの価値があるんだよ」

かつては本当に金貨で給料を払っていたのかもしれない。一九二七年の校舎建築当初からいてもおかしくない見た目だ。

「やる気がないよりありすぎるほうがいいですね」とジェイソンも答えた。

「間違いなくやる気はあるからね。ありがたいことさ、うちの警備予算は昔とは違うのだから」

それはそうだろう。二〇一五年、四十五万本の映画やテレビ番組、その他の映像資料（一八八九年まで遡るものもある）——それらＵＣＬＡの映画・テレビアーカイブの財産は、サンタ・クラリタにある最新鋭の巨大なストア・ビルディングに移され、スタッフの多くもそちらへ異動した。大学にあるアーカイブ調査研究センターは、パウエル図書館のメディアラボを通じてアーカイブへの窓口を続けるが、警備の必要性は、保全して守るべきアーカイブの実物がここにあった時とはまるで違っているだろう。

「でしょうね」ジェイソンはうなずいた。「この頃は個人の安全意識が高まっているし」

「そうだね。さておき。今のところ何か問題はあったかね？　きみの捜査のために、何かこちらでできることはあるかい？」

バーンとは、別々の海賊版の捜査で二回協力してもらった。いつでもじつに人当たりよく親切だが、気が散りやすい男だ。とても忙しいのだ。卓上にある銀黒の撮影用カチンコ風置き時計を見ないよう我慢しているあたり、そこは相変わらずらしい。

「オーノ教授についておうかがいできれば」

バーンが眉を上げた。

「そうだねえ、大学側から彼女の死の再捜査が始まったと聞いて、驚いたのはたしかだね」

「彼女の死が不慮の事故、あるいは自殺かもしれないということに、納得いっていたということですか？」

「彼女が自殺したとは思わないね」バーンはきっぱり言った。「不慮の事故すら、らしくないのに。慎重きわまりない人だったよ。大変に注意深い。不慮で何かを起こすタイプではなかった」

顔をしかめた。

「もっとも、自分で思っていたほど僕は彼女のことを知らなかったんだろうな」首を振る。

「まったく、あんな……」

あんな、というのは自己性愛的窒息のことだろう。

「他人の性生活ですから」

仕方ない、という口調でジェイソンは言った。

「そのとおり」バーンがうなずく。「だがそれ以外の可能性となると、もっと信じがたい。だから……」と肩をすくめた。

「オーノに恨みを抱いていそうな人物に心当たりはありませんか？　深刻なものから、遠回しなものまで？」

「いや。それがあまり。そりゃ……彼女は気難しいところのある人だった。だがそんな同僚は珍しくもない。日常を、必要以上に少し面倒なものにしてくる相手。それがオーノだ。だが、くたびれる相手だからって殺したりはしないさ」

「くたびれる相手」ジェイソンは考えこみながらくり返した。

「心ない言い方だったな。実際は、彼女はいい人間だったし、いい教師だった」

バーンが溜息をつく。その疲れた息には、長い辛抱を積み重ねてきた響きがあった。

「だが、終身在職権を勝ち取るほどよくはなかった?」

「終身在職権はますます狭き門になっているからね」少々言い訳がましかった。「ジョージーは自分の専門によく通じていた。それは間違いない。二十世紀のフィルム・ノワールやハードボイルドの探偵映画のこととなれば、誰もかなわないほどの知識があった。しかし」

「しかし?」

「知識と、人に物を教えることは……違った話なんだよ。わかるかな」

「〝成せる者は成し、成せぬ者は教師になる?〟」

バーンの唇が上がった。

「第一にね、ほとんどの人は〝成せぬ者〟だ。以上。成せぬし、教えることも、できない。第二に、在宅学習が盛んな昨今であっても、誰でも教える能力があるとか、資格をそなえているわけではない。教えるというのは、それ自体がアートなんだ。二十年早く学校に通っていればできるというものではない」

「それに異論はありませんよ」ジェイソンは答えた。「何せ午前中に講義をやりましたしね」

バーンが短く笑った。

「ああ。まあ、何よりも……害を与えないことだ」

「早急にこの件を片付けたい気が強まりますね」

バーンは少しくつろいだ。

「ジョージーは知識が豊富で話も明晰だったが、だがコミュニケーションには――とりわけ教師としては、それ以上のものが要求される。彼女は忍耐強くはなかった。相手の身になって考えるたちだったとも言い難い。想像力があるほうだとも。ピンと来るかはわからないが、このような資質も、知識の広さや語彙の豊富さと同じくらい――あるいはそれ以上に、重要なのだ」

「なるほど」

バーンがうなった。

「主義に反することをやってしまった。死者の悪口を言うなんて」

「あなたの客観的評価は、悪口とは違うと思いますよ。扱いづらいところがあると彼女を評したのは、あなただけではない」

「殺されて当然というほどの扱いづらさではなかった。本当に殺されたとしてだが。僕は、やっぱり信じられないがね」

　バーンはまた苦い視線を時計へやった。

「申し訳ない。急かしたくはないが、ランチミーティングがあるんだ」

「あとひとつだけ」

「聞こう」

「オーノ教授から、ある稀少な、もしくは失われた映画フィルムのありかを突き止めたという
ような話を聞いていませんか？」

　バーンははっとした顔になった。

「聞いてないね。何の映画だ？」

「わからないんです」

「わからない……」

　ジェイソンは首を振った。

「祖父によるとオーノ教授は、失われたとされていた映画フィルムの現存を突き止めたと信じ
ていました」

「失われた映画は大量にあるからな」バーンは自分の中をのぞきこむような顔をした。「だが
ジョージーの話だから、クライム系の映画だと思っていいだろうね。もう少し何かないか
い？」

「オーノは、探偵映画だと言っていたようです」

バーンの両目が、突如として狂信者の輝きを放った。

「本当かい。もし彼女がチャーリー・チャンの失われた三本のうちのどれかを見つけていたとしたら？」その興奮は、だが同じくらい急速に引いていった。「いや。それはないな。そういうものなら僕に言ってくれたはずだ」

「彼女は、蒐集家たちの会員制映画クラブに所属していたようですが」

バーンは肩をすくめた。

「意外ではないね、僕は何も知らないが。彼女なら映画関係の交流会にいくつも入っていただろうし」また時計を見て立ち上がる。「すまない、本当にもう行かないと。何なら話の続きは後で――」

ジェイソンも立った。

「いいえ。ひとまず十分です。お時間どうも」

「この件が解決しないと、頭上に暗雲が垂れ込めているようなものだからね。捜査に必要なものがあればできる限り協力するよ」

「ありがとう、助かります」

二人は握手を交わし、ジェイソンはドアへ向かった。

狭く暗い通路に出ると、少し離れた部屋の前にポップがいて、ドアの蝶番に油をさしていた。

重労働でもないのにやや息を切らしているようだった。

ポップはジェイソンに長い視線をくれる。分厚いレンズのせいで、表情は空虚で不透明に見えた。

ジェイソンは愛想よくうなずき返した。

はっきりとは言い切れないが、ポップがオフィスの前で聞き耳を立てていたのではないかという気がした。

9

「多分、当たってると思うんだけど」アレックスが言った。「きみはジョージー・オーノの死を捜査してるんだろう?」

ジェイソンは苦笑して、グラスを手にした。

「鋭いね」

タック・ルーム・タバーンには何度か来たことがあるし、スポーツバーと『不思議の国のアリス』を掛け合わせたような独特の雰囲気はいつも楽しい。青緑色のブースの壁高くには洒落た肖像画風の動物の絵が飾られ、巨大なダイヤ型のシャンデリアが照らすのは動物のモザイク画を構成するたくさんの本の柱だ。光る酒瓶の列の上にずらりとテレビ画面が並び、客たちはカウンターから好き勝手にお気に入りのチームへ罵声を浴びせることができる。

アレックスはジェイソンより先に待っていて、二人はせわしない道を見下ろす窓際の、くつろげるブースに落ちついた。アレックスは、デザイン風に破れが入ったジーンズと、黒いシャチの版画絵のTシャツを着ていた。ハラペーニョピクルス入りウイスキーサワーを飲んでいる。ジェイソンは無難にビールにして、フィア・ムービー・ライオンズのダブルＩＰＡを頼んだ。

アレックスが言った。

「そうでもないさ。ＦＢＩの美術犯罪班の気を引きそうな事件は、最近の大学でほかに思い当たらないから」

「オーノの死がその条件を満たしているかも怪しいけどね」とジェイソンは白状する。

「そうなのかい？　てっきり……」

語尾が途切れた。

「何かあるのか？」

アレックスが肩をすくめる。

「よくわからないんだ。ただの噂なんだよ。少し前、彼女はＦＢＩにう、うさんな話で相談に行ったらしい」

「うさんな」

「うさん臭い」アレックスの素直な青い目と視線が合う。「映画の海賊版関係かな？」

「その話をどこから？」

アレックスは曖昧な顔になった。

「どこだったかな。まあジョージーはその手の話を黙っているたちではなかったから」とグラスに口をつける。

ジェイソンは、私情抜きでアレックスを値踏みした。アレックスのことは気に入っているし、シャーロットの友人で顧客でもある。捜査機関に情報を隠す人間は珍しくないから、アレックスが言葉を濁すのも、ＦＢＩ相手にべらべらしゃべるのは気が進まないという程度のことかもしれない。

「ジョージーのことはよく知っていた？」

「いや。それに、彼女の死が事故なのか自殺なのかについても、特に意見はないよ。それか、こうなってみるとだけど、殺人なのかにも。僕が言えるのは、自分の順番が回ってきたら、その時は警察やマスコミに人生を隅々までほじくり返されたくはないなってことだけさ」

「まったくだね」

それについては心の底から同意だ。

アレックスは少しジェイソンを見ていたが、奇妙な笑みを浮かべた。

「すっかり前と見違えたね。今朝会った時も、きみだとは信じられないくらいだった」

「十分な変化じゃなかったけどね」とジェイソンは惜しむ。

「目のせいだよ。本当に、びっくりするような緑色だから」アレックスは付け加えた。「あの夜、きみの誕生パーティーで、何度もその目に見とれたものだよ」

「はっ。言うね」

アレックスは顔もいいし、頭も切れて気さくでもある。週末に一人、家で未練がましく回想するタイプではありえない。

「おいおい。本気だって」

仕事の話に戻ったほうがよさそうだ。

「殺人の根拠があるわけじゃない。遺族が今も検死官の判断を受け入れられないでいるんだよ。俺は彼らに、捜査は規則どおり行われて何の手抜きもなかったと、わかってもらいたいんだ」

アレックスは納得しきってない様子だった。

「人というのは信じたいことしか信じないんじゃないか？」

「ある程度は、そうだ。だがＦＢＩを呼びこんだのは遺族の——というか祖父の——ほうだからな」

「元上院議員だっけ？　やっぱり発言力があるんだ」

「まだそれなりに」とジェイソンは認めた。

アレックスがもう一口飲んだ。

「知り合いが殺されたと考えると、変な気分になるね」

まさしく。それと同じくらい変な気分になるのは、誰かが自分の死を望んでいると考えることだ。カイザーがジェイソンの死を望んでいるとは言い切れないが。彼の望みが何なのかは測りがたい。まともなものじゃないことだけは確実だ。

「あらためて言うが」念入りに言い含めた。「ジョージー・オーノが殺されたと見る証拠は何もない」

「でもきみは捜査を始めたばかりだろ」

「彼女の死後、きっちり捜査はされている。今回のは、遺族のための儀礼的な形式みたいなものなんだよ」

「FBIが捜査するなんてすごい儀礼だね」

アレックスの鮮やかな青い目がジェイソンを見つめた。

ジェイソンは肩をすくめる。

「ジョージーの祖父は上院議員を二期務めてるからな」

「彼女とはあまり接点がなかったね。学部が違うし。彼女は人気がないほうだった、それだけは知ってる」

「人気がなかった？」

「なかったね」

「一部の学生が、彼女の講義内で扱われたＬＧＢＴＱの題材について訴えようとしていたんだって？」

「そうなんだよ。『セルロイド・クローゼット』。同名の映画から引用した講義名だったんだ。でもあんな馬鹿げた訴訟があってさえ、彼女はあまり話題にならなかったね」

「面倒な性格だった、と言っている人もいた」

「まさにね」アレックスがジェイソンと目を合わせる。「自分の意見を曲げないタイプで、遠慮なくものを言ったよ」

「大学という場ではそう珍しい存在でもないのでは」

「それはね。でも彼女の意見というのが、大体が反発される類のものだった。本来なら彼女の味方であるはずの活動団体が、社会的に受け入れがたいような」

「へえ？　たとえば」

「彼女はきわめて保守的だった。政治的にね、生き方ではなくて。そして、自分の主義を堂々と大学内にまで持ちこんでいた」

「やはり、それも大学にはつきものの経験では？　異なる視点にふれることが。自分の政治的・社会的意見を主張するのは目新しい話じゃないだろ」

「たしかに。ただね、僕らが生きてるのはＳＮＳの時代で、彼女はＳＮＳ全般をきわめて敵視してた。たとえばあの——そう、噂だけど——携帯電話に出ながら彼女の教室に入ってきた学生は、その場で落第になったそうだし」

携帯電話はＳＮＳではない。アレックスは途中で話を変えたのだ。オーノのゲームサイトや掲示板での論争のことを言いかけたのか、それとも別の話だろうか。

「ＳＮＳとは、ＹｏｕＴｕｂｅのような？」とジェイソンは水を向けた。

アレックスが「多分」とカクテルに口をつける。

「それは、ＹｏｕＴｕｂｅが映画の海賊版の歴史に一役買ったから？」

「ジョージーは海賊版問題についても主張があった。たしかにね」アレックスの口調はあえて中立的なものだった。「でももうわかってるんだろ」

質問と同時に、カマをかけている。アレックスの予想どおり、ジェイソンはすでにオーノがイーライ・ハンフリーを告発していたことを知っていた。

「ああ。彼女が論文の中で、映画の海賊版と犯罪組織やテロリズムとの関わりについて書いているのは知っているよ」

「僕はそういう話を彼女とした記憶はないけどね。僕の意見では、盗撮版《カム》——ブートレッグとも言うね——は映画保存に一役買ったと思っている。ただ正直、一歩引いてみると、きっと本当の問題点は、ジョージーの私生活の混乱ぶりが仕事にまで影響を及ぼしていたことだと思うよ。そのせいで大学側から追求される隙を作った」

　どうして大学側がそんなことを。だがその当然の質問を、ジェイソンは聞かなかった。それについては別の情報源から調べられる。アレックスの話のおかげでもっと気になる糸口ができた。

「そうそう、彼女の交際関係は複雑だったようだな。きみ、彼女の恋人の女性に会ったことは？」

「オペラ歌手並みの肺活量があるインディーズ映画監督？」

「うん？」

「ちゃんと会ったことはないねえ。一度、ジョージーのオフィスからとび出してきた彼女にぶつかったことがある。二人の罵り合いときたら、ベティとジョーンのやり合いがお茶会に聞こえるくらいだったよ」

　ベティとジョーン？　ああ、『何がジェーンに起ったか？』の不仲だった主役二人か。

「でもバードルフ教授とは知り合いだろ？」

「バルタザール？」アレックスの笑顔は皮肉っぽかった。「そりゃ知ってるよ。ＢＢのことはよく知ってる。きみの彼への印象は？」

　話をそらそうとしているのはわかったが、アレックスが質問を浴びせられるのにうんざりしてきて、会うことにしたのを後悔しているのもわかっていた。

「まだ会えてないんだよ」

「冗談だろ。ジョージーのことなら彼が一番よく知ってると思うよ。真面目な話さ。ジョージーについて知りたいなら、彼に聞くのが一番だ」

「そのつもりだよ。彼らは長く一緒だったのか？」

「一緒というか」アレックスが顔をしかめた。「あれは多分〝一緒にはいられないがきみなしでもいられない〟という関係なんじゃないかと思うよ」そこであわててつけ足す。「ＢＢは暴力をふるったりはしないよ。そういう意味で言ったんじゃない」

「ああ、わかった」とジェイソンは軽く流した。

「彼のことだけど、少し高圧的な態度に出る時があるんだ。自分が不利だと感じると」

「覚えておくよ」

「でも専門知識はすごい」

「そうなのか？」

「それはもう。『拳銃魔』と『めりけん商売』の４Ｋレストアを担当したんだよ。あ、『ハーレムの殺人』もね。犯罪映画が彼の専門だ。フィルム・ノワールの話で盛り上がれさえすれば、とても楽しい相手なんだよ」

「犯罪映画はジョージーの専門でもあったんじゃ？」

「そうなのさ」アレックスが乾杯めいた仕種でグラスを少し上げた。「犯罪に染まった人生が、彼ら二人を引き合わせたってね」

　二人はさらに少し話した。ジェイソンは二杯目を断る。ウィルシャー大通りはロサンゼルスの大動脈で、いつも混んでおり、夜のこの時間となるとコリアンタウンまで行って停める場所を見つけるのに三十分はかかるだろう。あのオペラ歌手並みの肺活量を持つインディーズ映画の監督は、遅刻は許されないと明言していた。遅れて、それについてのアリアを聞かされたくはない。

　この場はアレックスが持つと言い張った。情報を金で売ったと感じたくないのだろう。

「じゃあ、ごちそうさま。一つたのんでもいいかな？　俺の身分は内密にしておいてもらえないだろうか」

　アレックスはクレジットカードを革張りの伝票ホルダーにはさみながら、皮肉っぽく微笑んだ。

「そう来ると思ったよ」

「大事なことなんだ。でなければ、たのまない」

　アレックスは迷った。溜息をつく。

「正直言って、どうしようか迷ってるんだ。友達や同僚に嘘をつきたくないんだよ」

「よくわかるよ」

　悩む目をしていた。

「でも当座は、そうだね、きみの職業は内密にしておくよ」

ジェイソンはほっとした表情を隠さなかった。

「ありがとう。恩に着るよ」

アレックスが肩をすくめて受け流す。

「ところでさ、きみ、まだあの鋼鉄製のプロファイラーとつき合ってるのかい？」

サムのことを思うと、ジェイソンは反射的に笑顔になるのを止められなかった。

「つき合ってるよ。ああ」

「それは残念」

ジェイソンはウインクする。「ありがとう。でも同意はしかねるね」


この時期の日没は八時ぐらいだが、すでに空の光は変わりはじめ、淡く寂しげになってきていた。夏の空気は乾いて熱く、ロサンゼルスらしいスモッグやアスファルトのタール、夜咲きのジャスミンの匂いがしていた。

車を置いた駐車場まで、歩いて一分もしない。整理するべき考えは山ほどあった。アレックスが言おうとしなかったことが、言ったことと同じくらい気になる。海賊版映画についての話題に立ち入ろうとしなかったわりには、オーノが映画蒐集家のイーライ・ハンフリーを海賊版問題でＦＢＩに告発したことは知っていたふうだった——そして明らかにオーノの行動に賛同していない。

アレックスが板挟みになっていても無理はなかった。一九七〇年代、ロディ・マクドウォールやウッディ・ワイズといった名高い映画蒐集家がＦＢＩの手入れと検挙を受けたことは、映画ファンにとって今でも苦い記憶だ。映画会社が不要としたものを大事に保管していた映画マニアたちは、先見の明があったのだが、後に自分たちの判断ミスを悟った当の映画会社から狙われたり訴えられたりしたのだ。制作会社には歴史を書き換えるだけの金と影響力があり、残念ながら、ＦＢＩや他の捜査機関はしばしばその走狗となって動いたのである。

あの頃の検挙は、今では基本的に間違いだったと考えられている。ほとんどの罪状が結局は取り下げられたばかりか、無実のコレクターへの見せしめ行為がいたずらにコレクターたちを反発させ、いざ本当に海賊版問題や著作権侵害が起きた時、かたくなな態度を取らせた。

映画保存業界の、暗い側に立つ人々——歴史の裏側でもある——について考えると、気持ちが滅入りかかった。

さらに気が重いのは、アレックスが思いのほか今回の件と関係が深そうなことだ。

ジェイソンが車に戻り、ウィルシャー大通りに出たまさにその時、Ｊ・Ｊから電話が来て、まずほがらかに言い放った。

『よお、ゆうべ危うく粉々になるところだったんだって？』

「は？」

『ウィルシャー大通り上空のニアミス騒ぎさ。747があんたの建物に突っこみかかったって』

「ああ、それか」

『寝てて気付かなかったとかまさか言わねえよな?』

「いや。いいや、あれに起こされたよ。単に、今日は疲れる日でね」

『だろうな。そうそう、大学での初日はどうだった?』

J・Jの声の裏にニヤニヤ笑いが聞き取れる気がしないだろうか? この野郎。

「のど飴の大箱が必要になりそうだよ」

J・Jが思い出をしのぶような口調になった。

『そいつはあんたにとって夢の仕事だろうがよ、ウエスト。逃げられない聴衆相手に一人、また一人とお題目を延々と聞かせまくる。睡眠が欠乏している若者たちはついに眠りを補充できるってわけさ』

「おい。みんな食い入るように聞いてるぞ。彼らは二度と違法なコピーCDを焼いたりはしないはずだ」

『へーえ。ああそうだ、でまかせついでに、あんた、大学レベルの講義を教えるふりなんかどうやるつもりだよ?』

「そこはあまり心配してないよ」

J・Jが何かまくし立てようとする。

「アートコレクションの保護と保全についていつもセミナーをしているんだ。大して違わないだろう」

『は、そうかい。そう唱えとけよ。あんた、映画や映画学については知識があんのか？』

「昨日のこの時間よりはずっと。大体、方針としてダールの講義計画書ももらってるし」

『学生には映画でも見せとけ。うちの臨時講師は昔いつもそうやってたぞ』

「既に後列に居眠りチームができているのにか」

J・Jが心から呟いた。

『そのガキどもに同情するよ』

ジェイソンは笑い声を立てる。

「この根性悪が。電話してきたのには何か理由があるのか、それとも俺の不幸な境遇を楽しみたいだけか？」

『両方と言ったらどうする？』J・Jが口調をあらためた。『だけど、まあいい。あのな、俺が今回の件を、時間と資源の完全な無駄だって言ったのは覚えてるか？』

「忘れられるわけないだろう」

『ところがさ、もしかしたら、あながち例のジイさんの妄想じゃないかもしれねえぞ』

「何か見つけたのか、きみが？」

『そんな意外そうな声を出すなよ』

ジェイソンはのろのろと流れる車列に割りこみながら、ニヤッとした。

「悪い」

並走している車のドライバーが中指を立ててくる。大都市のドライバー同士の会話に慣れているジェイソンは、半ば無意識に指をつき立て返した。

「で、何を見つけた?」

『死んだ前の月、オーノは部屋に侵入されそうになったと、二度報告している』

ジェイソンは笑みを消すと、自分のメッセンジャーバッグにちらっと目をやった。

「捜査ファイルのどこにもそんな話はなかったぞ」

『警察にも大学のセキュリティにも届けてない。マンション常駐の警備会社に報告してる』

「どういう了見で彼女の死後、会社は警察に報告しなかった?」

『企業風のキレイゴトを省くと、会社側は彼女の申し立てを信じなかったんだな。それか信じなかったと主張してる。そんで彼女が殺されたわけじゃない以上、その話は無関係だろってわけだ』

「殺人として捜査されなかったのはそういう証拠を隠したせいかもしれないだろう!」

『わかってるって。ナワバリ争いっぽいやつがあるのかもしれないぜ』

「素晴らしくて涙が出るね」

『まだある』

ジェイソンは硬い口調で「何だ」と言った。

『オーノは死ぬ前の週、セクハラの告発をしてる。門番の、失礼、警備員の一人に対してな』

「本気か。その後どうなったんだ」

『証拠不足で却下だと』

「は?」

J・Jがむっつりと言った。

『またもや会社は彼女を信じなかったのさ。タッチストーンの警備責任者、デニス・ライスによると、オーノ教授は大変困った女性で、注目を集めるためなら何でもやりかねないってさ』

「ふざけてるな」

被害の申し立てが二回、不法侵入されかけたと信じて、オーノは訴えた。そして、セクシャルハラスメントの告発。その三つの申し立てがマンションの警備責任者に却下され、オーノは管理会社に訴えただろうか？　訴えを突っぱねられてすごすご引き下がるタイプには思えない。

もちろん、却下されたこと自体を知らなかったのかもしれないが。

それか、それ以上騒ぎ立てなかった理由は、別にあるのかもしれない。もしかしたら、注目のために出まかせを言っていたのかもしれない。

J・Jが言った。

『俺の意見だが』

「どんな？」

『オーノの死には、タッチストーン側にもいくらか責任があるかもな』

ジェイソンはゆっくり言った。

「セクハラで告発された警備員の名前はわかっているのか？」

『まだだ』Ｊ・Ｊの声は険しかった。『調べ出す』

黄昏の中に果てしなく林立するマンションと高層ビルが、視界を流れていく。クエスチョンマークのような街灯のカーブと光るネオンサインが、手軽な目的地へ誘う。カクテル、クラブ、シネマ。

（クローズアップのキスの呻きを見て、感じられない白黒のキスで……）

「どの話も、元上院議員との話には出てこなかった。どれも、遺族の主張する殺人説の有力な根拠になりそうなものだが」

『ジイさんには言わなかったのかもな。彼女のでっち上げということだってありえる』

「かもな」

そんな可能性はあるだろうか？　オーノには、ほとんどの人間なら見逃すようなことでも告発するという定評があった。きわどい冗談を、クビにされて当然の行為だと見なしたのだろうか。その訴えは狼少年の空騒ぎだったのか、それとも正当な根拠があったのか。

『とにかくさ』J・Jが彼らしくもなく、うかがうような口調になった。『俺はこの方向で、自分の仕切りで調べてみたいんだが』

　そう来たか。これは初めての、有力な手がかりだ。J・Jが見つけてきた手がかり。ジェイソンは数瞬、葛藤をこらえた。

「ああ、もちろん。きみにまかせる、ラッセル」

『そっちのほうはどんな調子だ？　何かわかったか？』

　ジェイソンはしみじみと答えた。

「ああ、教師というのは給料にまったく見合わない仕事だとわかったよ」

『姉貴が中学校の教師でさ。俺はいくらもらっても、中学生が詰まった部屋に入ってくのは嫌だね』と意外なことに、J・Jが教えてくれた。

「人質事件は対処が難しいしな」

　ジェイソンは真顔でそう返した。それからJ・Jに自分の発見を——自分が発見されたことも——伝える。

『あんた、もう正体がバレたのかよ？』とJ・Jは鼻息が荒い。

「そう本格的な潜入でもなかったしな」

『言ってろよ！』

「実際のところ、そう綿密な偽装でもなかったし」

『その元カレ、あんたがＦＢＩだってベラベラしゃべって回る気か？』

「元カレではないし、そういうことにはならないよう願う。当人も黙っていると言ってくれた。ただ、あてにできると言えるほど彼をよく知らないんだ」

『なんてありがてえ話だよ』

「理想的なスタートではなかったが、どうもオーノの死にうさんなところがあるとすれば、それは身近な何かのように思えるな」

『うさんな？』

「うさん臭い」

　Ｊ・Ｊが黙った。

「目的地に着いた」カタリナ通りに入って店の駐車サービスを見つけたジェイソンは告げた。

「明日また報告するよ」

『ああ。なあ、ウエスト？』

「ん？」

『その元カレを信用するなよ。被害者と知り合いだったなんて、ヘンな偶然だ。俺は偶然は嫌いだ』

10

カリーダ・ロイスは小柄でがっしりしたアジア系の黒人女性で、黒のタイトスカートに白いチューブトップ、ボールフリンジ付きの黒い帽子というでたちだった。それは見事な歯並びを、笑顔とは言えない表情でジェイソンに見せつけ、クレオパトラもうらやむようなアイラインを引いていた。だがこの南カリフォルニアでは彼女の姿は〝業界〟っぽい。映画業界、ということだ。その業界の人間は常にスイッチが入っている。だから会合場所もまともな話ができるような店ではなく、流行りで華やかなインタークルーにしたのだろう。

まともな話ができない、というところがまさに狙いかもしれないが。

それか、ロイスがこの店のアネホ・ハニーサワーカクテルに目がないか。

「遅刻だね」と彼女はジェイソンに言った。

厳密には八時まで一分あるが、ジェイソンは「お待たせしました」と言った。彼女が座る青い長椅子と向かい合った椅子に腰掛ける。

やたら広いレストランだ。酔っ払いを振り落とす大理石の階段を下っていくと、寂しげな照明の下、低いカウチやテーブルと椅子が迷路のように並んでいる。危険きわまりない氷の彫刻のようなシャンデリアが高々とした天井からぶら下がっていた。音楽——K-POP——が爆音で響く。すべての席が埋まっていた。

ロイスが小さな手をのばした。パールカラーのネイルだ。握手を求めてではない。

「身分証」

ジェイソンが身分証を渡すと、ロイスはまるまる一分かけて詳細にチェックしていた。やがて、革のIDホルダーを返す。

「あんた、FBIっぽくは見えないね」

「我々は瓜二つではないので」

ロイスは目を細めたが、結局笑い声を立てた。目立つ笑い方だったが芝居ではなさそうだ。

「いいね。注文しちゃおう、混んでると延々来ないし。いつも混んでるし」

「ああ」

タイミングよくフロア担当が現れ、ロイスはまずアストレアキャビア（一皿百四十五ドル）、レッド・カー・エステートのシャルドネ（一本百二十三ドル）をたのんだ。ジェイソンは、上司のジョージ・ポッツが経費の請求を見て何と言うか想像し、自分のカミカゼをたのんだ。

いいワインとカリッと焼いたバゲットに盛られたキャビア（卵黄とフレンチクリーム添え）のくつろぎ効果で、ロイスは少し態度をゆるめた。

「じゃあ、あんたの質問に答えると、ノー、私はジョージーを殺してないよ」

「それは俺の質問じゃないですが」ジェイソンは答えた。「オーノ教授は事故死とされていますす」

「はっ、そんなら私はアカデミー賞候補さ。あんたの狙いなんかお見通しだよ、ミスターF・B・I」

すでに税込み三百ドルほどを費やして、食事の注文すらまだこれからだ。

ジェイソンは彼女の不安を取り除こうとした。

「オーノ教授のご遺族は、彼女の死を受け止めきれていないんです。何が起きたのかご理解していただく手助けを、少しでもできればと」

ロイスが青い長椅子にふんぞり返ってけらけら笑った。

「へーえ。あの人たち、全然わかりませんってこと？　自分たちは何の原因でもないみたいな顔でさ」

「あなたは自殺だと考えてるんですか？」

「事故じゃないことだけは間違いないね。あの子は人生で一度もうっかりなんてしたことがないのさ」

「それは――」

ロイスがさえぎる。

「うっかり窒息オナニー死するなんてバカもしない」

「わかりました。彼女のことはよく知っていたんでしょうし。自殺の原因は何だと思いますか?」

ロイスがつんと顎を上げて言い放った。

「私が原因で自殺したのかもね?」

「そうなんですか?」

「違うよ」ワイングラスへ手をのばす。奇妙な笑みだった。「そこまで入れこんじゃいなかった。私にはね。どんな相手にもね」

「それなら、やはりどうして彼女は自殺したんでしょう?」

ワインを一口飲むと、少し考えて、ロイスは言った。

「〝神経衰弱であったと考えられる〟。昔の映画なんかじゃよくそんな言い方してなかったっけ?」

「ありましたね。ですが、彼女の精神をそこまで不安定にしたものは何だったんです? あなたとの口論?」

ロイスは笑ったが、今回の笑い声は静かで苦々しかった。

「違うね。あの夜、よりを戻そうとしたのは私のほうだもの。彼女にはもう、どうでもいいことだった。私は泣いてたのに、あの女は飽きてた。だから私——」

そこで言葉を切る。ジェイソンはたずねた。

「口論が、物理的なものにエスカレートした？」

彼女の唇が歪む。

「物理的なものにエスカレートした。そう言ってもいいかもね。わかる？　こっちは心がねじ切れるほど泣いてるのに、相手は石のように座ったままで、まるで〝今日の録画予約はちゃんとしたっけ〟みたいな顔される気持ち？」

そこまでひどい思いはしていないが、ジェイソンにもわかる。周囲を切り捨てた時のサムほど、石のような相手はいない。曖昧な相槌を打った。

「揺さぶったのは、何かの気持ちを見せてほしかったから。でも怖がられただけだったよ」ロイスがくたびれたように言った。「私も、自分が怖くなった」

「彼女は短い間にいくつも悪い知らせを受けてましたが――」

言いかけたジェイソンは、フロア担当がメイン料理の注文を取りに来たので止まった。

ロイスが和牛のトマホーク（日本から輸入された骨付きリブロースステーキ）のルメスコソースとワサビ添えを注文した。値段は、息も止まる二百七十ドル。ジェイソンはピリ辛フライドチキンを注文し、取り急ぎ二杯目のカミカゼにたよることにした。

フロア担当が人波に消えると、ロイスが言った。

「終身在職権に落ちたとか、インチキもいいとこ。彼女があれを根に持ったのも当たり前。あれは絶対、見せしめだから」

「何の見せしめです？」

「去年、彼女は大学側に苦情の申し立てをしたんだよ。競争主義で信頼関係のない職場環境で、自分の仕事が常に、くり返し、妨害や遅延を受けていると。そう言われて、上がどれくらいありがたがったかわかるでしょ」

「周りと少々ぎくしゃくしたのでは」

「それどころじゃなかった。たださ、あんたは誰かからジョージーが面倒な性格をしてるって聞いて、この話も差し引くつもりかもしれないけど、彼女だけの意見じゃないからね、これは。あの映画学校はモラルの低さで有名なんだよ。講師、スタッフ、学生みんな」

「そうなんですか？」

「そうなのさ。その問題を大学側に提起したのも彼女が初めてじゃない。最後でもないだろ。大学評議会が八年分の振り返りをまとめた時も、学生側からかなりの不満が聞かれたよ。講師同士の食うか食われるかの権力争いは公然の秘密なのさ」

「では、大学管理者側のアンフェアな裁定が、ジョージーを自死に追いこんだと？」

ロイスは口ごもり、認めた。「それだけってわけじゃないだろうけど」

アレックスの説だと、オーノが終身在職権を与えられなかったのは、要は大学側が話題を呼んだ訴訟問題を嫌って事なかれ主義に走ったからだ。ロイスの仮説のほうが可能性が高いだろうか。むしろジェイソンは、すべてが合わさってオーノに不利に働いたのではないかと考えていた。

「彼女が〝不慮の事故〟で死んだと聞いた時、まずどう思いましたか」

「ありえない」

「自殺のほうがありえると？」

「まさか。ない」

ジェイソンは口を開いたが、ロイスが熱っぽく言葉をかぶせた。

「どっちも考えられない。でもそれ以外の可能性もやっぱり納得いかない。ジョージーは知らない相手に、絶対にドアを開けたりしなかった」

知らない相手、ではなかったのだろう。当然。オーノをよく知っていた誰かだ。あんな小道具で死のシーンを演出できるほど、彼女の性癖をよく知っていた人物。きわめて親密に、知っていたはずだ。彼女が信頼していた相手。

ジェイソンの考えを読んだかのように、ロイスが言った。

「大体あのマンションには至るところに防犯カメラがあるんだから、そこに誰も映ってなけりゃ……」

「保存容量が不足していたので、当時、タッチストーンの防犯映像システムは四十八時間分しかアーカイブされない状態だった。ジョージーの死体が発見されたのは、関連映像が上書きされてしまった後です」

「それは知らなかったよ。ひどい話」ワインを注ぎ直すロイスの手は震えていた。「バードルフとは話した？」

「まだです」

「あいつと話さないと駄目だよ。でもあいつの話は一言も信じちゃ駄目」

ジェイソンは眉を上げた。

「誰の話も額面どおり受け取ったりはしません」

そもそも当のロイスだって、話の始めにオーノが殺されたとしても自分は無関係だと言った一方でオーノの遺族に疑いを向け、さらには大学側との衝突が自殺の原因かもとほのめかし、今ここに来て、恋のライバルであるバードルフ教授こそ答えだと匂わせている。

確実なことはただ一つ、ジョーゼット・オーノに対するロイスの感情は強く激しい独占欲混じりで、それが少なくとも一度は暴力行為に発展したことだ。

彼女にたずねた。

「ジョージーはあなたに、失われた貴重な映画フィルムを発見したかもしれないことは話していましたか？」

ロイスが眉をひそめる。

「でも、あれはおじゃんになって」

「そうなんですか?」

「そのはず。最後に聞いた時はそういう話だった。ジョージーの話だと、やっと金をかき集めた——いつも金欠だったのにどうやってだろうね——のに、売り手が心変わりしたって。ジョージーはしんどそうだった。あのフィルムが手に入るって意気ごんでたからね。すごい価値があったはずなのに」

また一つ、オーノにとって悪いニュースだ。これも自殺の動機になるだろうか?

ジェイソンはただ聞き返した。

「売り手が何者かは聞きましたか?」

「正体については慎重に隠してたけど、大学の誰かのはずだよ」

「どこからそう思ったんです」

「そりゃ、そうね、言い方からしてよく顔を合わせる誰かみたいだったから。あとは推測」

「彼女は映画クラブのようなものに所属していませんでしたっけ? ならそこで——」

「違うね。ジョージーがイーライ・ハンフリーのことを警察に訴えたせいで、クラブからは退会処分になってる。でもそうだね、あるか。多分」

少々ややこしかったが、言いたいことはわかった気がする。

「何の映画かは言っていましたか?」

ロイスは首を振った。

「一九五十年代のフィルム・ノワールらしいってことは聞いてるけど。だから、チャーリー・チャンとホームズの映画は除外できる。アメリカ制作らしいから『ザ・ダイヤモンド』も違う。問題はね、五十年代制作で現存不明の犯罪映画もしくはミステリ映画となると、条件に当てはまる候補を聞いたことがないんだよ。ジョージーにもそれは言ってやった」

「詐欺だと？」

「だったんだと思ってるよ。でもジョージーは探偵映画に詳しかったから、彼女が浮かれるだけの何かがあったはず。シナリオが残ってるとか、未編集カットとか宣伝用写真を見せられたとか？　私の予想じゃ、実際には制作されなかった映画だと思う」

「だが、ジョージーは詐欺だとは思っていなかった？」

「なかったね。失われたフィルム・ノワールの名作を発掘したと、百パー信じ切ってた」

ジェイソンは自分の考えを口に出して呟いていた。

「もし詐欺だったなら、売り手はどうして実行を途中でやめたんだろう」

「私の意見で？　ジョージーは、詐欺のカモにしたいタイプの相手じゃなかったから。彼女ならまっすぐ警察に駆けこんだだろう、たとえ自分が犯罪行為に巻きこまれてようが」

ロイスの笑い声は短く、ざらついていた。

「はっ、そのフィルムがほんとに実在してたって、入手経路が怪しいと思えば、ジョージーはやっぱり警察に届けただろうよ。ちょっと……偏執狂っぽいとこがあったかもね」

それはたしかに、ジェイソンの中で固まりつつあるジョーゼット・オーノのイメージとも合致していた。

もし失われた映画フィルムとされるものを売りつけようとしたのが、オーノがよく顔を合わせる相手だったなら、オーノが警察や管理者にすぐ訴える性格だと、取引を持ちかける前から知っていたはずだ。

疑問は残る――何故、途中で手を引いたのか。

ジェイソンは結局、ロイスがデザート――バスクチーズケーキ（もはや些細に思える十四ドル）――を注文するまで待ってから、やっと聞いた。

「取引が駄目になったのはいつですか？　ご存知ですか」

ロイスが首を振ると、帽子についた小さな黒い玉があちこちに揺れた。

「もう会ってなかったから。あの最後の夜にジョージーが、あの取引は流れたって話の途中で言ってて」陰鬱に付け加えた。「どう見ても、私を失うことなんかより、その架空の映画を失うことのほうを気にしてたよ」

11

千ドルを費やした後――二十パーセントのチップは別で――ジェイソンはオーノの部屋に戻り、中へ入った。

デッドボルトをセットし、廊下の照明スイッチを見つける間も、ずっと携帯電話に話しかけていた。

「えーと、また話そうと言ったのは覚えてますが、これだけ先に言っておきたくて。今回のことが――大変なのはわかってます。バークルに共犯者がいた可能性が浮上した件」

そこでぎこちなくつけ足す――何しろ二人でこれだけのものを乗り越えてなお、この手の話をサムとするのはどうしてもやりにくい。

「いつもあなたのことを考えてる。それだけだ」

いや、いや。〝いつもあなたのことを考えてる〟だ？　いっそもっと何かしたらどうだ、歌付きのオンラインメッセージカードを送りつけるとか。携帯電話の画面を見つめて、切った後で伝言を消去する方法が何かなかったかと悩んでいたジェイソンの思考は、背後のドアをどんどんと叩く音でさえぎられた。

覗き穴から、魚眼レンズごしのヒューゴ・クインタナのしかめ面が見えた。

「一体お前は何なんだ」とジェイソンは呟いた。愛想笑いを顔に貼り付け、ぐいとドアを開ける。「はい？」

「バルコニーに物を吊ることは賃貸契約違反に当たる」

「は？」

「ここの寝室のバルコニーにビーチタオルがぶら下がっている。あれは違反だ」

「バルコニーに何もぶら下げてなんかいないが」

「お前のビーチタオルは外から丸見えだ」

「俺の……」

ジェイソンは反射的に肩の後ろを見た。リビングのバルコニーは空っぽで、鉢ひとつ吊られていない。ましてやビーチタオルなど。

「少し待っててくれ」

ドアを閉めて施錠すると、たちまちクインタナがノックを再開する——激しく。なんてムカつく男だ。ジェイソンがビルの外壁をつたい下りて逃走するとでも思っているのか？

ジェイソンはずかずかと廊下をつっきり、客用寝室に頭を突っこんだが、そこには……何も見えなかった。主寝室に向かうと、そこにまさしく——まさしくではないか、ビーチタオルではなく、だがたしかにでかい紫と青のデルタカイトが、折れた翼のごとくバルコニーに垂れ下がっていた。切れた凧の糸が、デッキの樹脂ガラスの壁とステンレスのレールの間にちょうど引っかかっている。

ジェイソンはエアコンの効いた空気から、夜のじめついた暑気の中へ出ていった。三十階分下を流れるヘッドライトの川をちらりと見下ろす。幸いジェイソンに高所恐怖症の気はないが、サムはあまり好きな景色ではないだろう。今のところ、高所が苦手ということだけがサムが打ちあけてくれた弱みだ。

一、二分かかって、凧に泳ぎ回るやたら長い凧の糸をほどいた。遠い車列の音、エアコンのうなり、下側にある部屋の、どっちがネットフリックスのサブスク代を払うかで揉めているカップルの声が聞こえていた。

驚いたことに、ずっと下方の部屋から。

やっとほどき終わる。グラスファイバーの軸とポリエステル地の塊をキッチンへ運びこむと、つるつるした布地にメッセージや脅迫文が書かれていないか目を走らせた。馬鹿馬鹿しいとは思う。何も見つからなかったのでなおさら。それを床に残し、まだクインタナがドンドン叩きつづけている玄関扉へ向かった。

ドアが開いた途端、クインタナが詰め寄った。

「俺を部屋に入れたくない理由が何かあるのか？」

「それは何かの冗談か？」ジェイソンは聞き返した。「ああ、あんたを部屋には入れたくないね。とにかくビーチタオルじゃなかった。手すりに凧が引っかかってたんだ」

他愛もない説明だったのに、どういうわけかこのタッチストーンの警備員はより疑いの態度を強めた。

「どうしてそんなことがありえる？」

「知らないよ。どこかの子供が凧を揚げてる時に糸が切れたんじゃないか」

「そうそうありそうな話には思えない」

ジェイソンは溜息をついた。

「俺がプールや海水浴に行ったりするよりはありえる話だろうよ。証拠の凧がほしいなら喜んで進呈するが」

クインタナは白けた顔をしていた。

「よい夜を」とジェイソンは言って、またドアを閉めた。

クインタナは彼のことが気に入らないのだ。信用していない。ただ、だからと言ってクインタナ本人が信用できないとか悪事を企んでいるとは限らない。タッチストーンの警備陣全員がピリピリと神経を尖らせているのは、当然とも言える。

凧を見下ろして、こんなおかしなものがバルコニーにあったのは部屋に入るための小細工ではないかと考えたりしていたが——馬鹿馬鹿しい、凧を置けるならすでに相手は侵入済みだ

——そこで携帯電話でサムの番号が明滅した。

さっき残した伝言を脳内再生し、ジェイソンは呻いて、電話に出た。

「どうも」と申し訳なさそうに挨拶する。

『ああ。あれは、何の話だ？　お前が残したメッセージ』

「俺はただ……後から思うに、昨日は、深く考えてなかったなと」

サムがどこか探るように聞く。

『そうなのか？』

「その、バークルの問題は、いくつもの理由から、大変だろうと思って」

『ああ。明白な手がかりを見落としていた自分たちにうんざりしている』サムの口調は割り切ったもので、乾いていた。『だが自分たちの失敗にこだわりつづけるか、その失態を取り戻すべく働くかのどちらかだ。一年前にはこんな手がかりすらなかったんだ。そうだろう』

それはジェイソンが言いたかったこととはまったく違うが、サムがロードサイド切裂き魔《リッパー》との個人的な関わりについて語りたくないのは理解できた。サムの感情は尊重したい。たとえサム本人が、自分には感情などないふりをしようとも。

ジェイソンは怪しむように聞いた。

「じゃあ、大丈夫なんですか？」

『問題はない』

「それって大丈夫と同じ意味ですか？」

冗談だ。ある程度は。

サムが、時々のぞかせる、なだめるような語調で言った。

『何もかも大丈夫だ、ウエスト。心配するようなことはない』

「あなたのことを心配はしますよ。信じるかどうかは知りませんけど」

『わかっている』サムがためらってから、言った。『……悪くない』

ジェイソンは微笑む。これが初めてでもないし最後でもないだろうが、二人の間をほぼアメリカ大陸丸ごとが隔てていなければいいのにと、また願いながら。

サムがぼそっと聞いた。

『お前の事件のほうはどうだ？』

「これが事件なのかどうか、まだ決めかねているところで」

『その意味は？』

ジェイソンは溜息をついた。

「俺のほうが知りたいくらいです。おかしな話ですけどね。俺には全然、どうがんばっても、被害者の姿が見えてこないんです。彼女の部屋で暮らしているし、彼女の本や書類に囲まれているのに、本人はまだまるで暗号だ。友人や家族から話を聞いたし、そもそもの捜査に関わったUC警察の刑事にまで話を聞いたのに、誰もがよく知らない相手のことを話してるような調子だった。俺が正しい質問をできていないのかも。俺が鈍ってるのかも」

『捜査ファイルに目を通そうか?』

「結構です」即座に、反射的に放った拒絶が、叩きつけたドアの残響のように宙に漂う。取り繕おうとした。「ありがたいですが、忙しいでしょうし」

『忙しいのは仕事のうちだ』

見えなくとも、サムが眉を寄せているのがわかる。

「ですね。でも、犯人をプロファイルするような材料がまだないんです。被害者だって、本当に被害者だったのかどうかまだ確信が持てない」

サムが、今の言葉を吟味しているのがわかった。

『BAUは犯人のプロファイルをするだけではない。どんな捜査も、被害者の行動や交友を分析し、解釈するところから始まる。わかっているだろうが』

「ええ、知ってます」

『我々は国や州、地元、及び国際的な捜査機関からも毎日要請を受けている。それならどうして、お前のファイルを見る時間がないと思う』

「サム」

サムが苛立ちを隠そうと努力しているのと同じように、ジェイソンもうんざりした口調にならないようこらえた。

「俺は、口に出して考えをまとめていただけです。協力を要請したわけじゃない」

『ウエスト。もし俺の手が必要なら――』

「いいえ。俺はただ……恋人に愚痴をこぼしてただけですよ」

鋭い沈黙が落ちる。サムがそっと言った。

『モンタナのせいだな』

「そうじゃない」

とは返したが、そうだ、たしかに。当たり前だろう。ジェイソンは二度と自分の意志でサムに救いを求めるつもりはないし、それが論理的でもフェアでもなく、愚かであるかもしれないことすらわかっていたが、自分のどこかはまだ、サムならこの泥沼から抜け出す道を教えてくれると信じて眠りにつき、目覚めたらサムに凍るような憤怒と軽蔑を向けられていたモンタナのことを乗り越えられていないのだ。

別に、サムを信用できないわけではない。あれはすべてジェイソンの自業自得だった。だが二度と、多くを求めすぎて二人の関係を危うくしたくはない。

ジェイソンは素早く、軽く言った。

「もし本当に助けが必要な時は知らせますよ。しつこいくらいに。約束します」

またもやひどく雄弁な沈黙の後、サムが答えた。

『その約束を当てにしているぞ』

それは社交辞令ではなかった。まさに本気で言われて、ジェイソンの心が沈んだ。どうしてサムは何もかも文字どおりに受け取ろうとする？

口を開いた。

「どうやら明日は忙しくなりそうなので、もう切りますね。……愛してます」

サムは、今夜の電話の予定がなくなった事実を受け止めてから、ためらいも抑揚もない口調で返した。

『俺も愛している』

いつものごとく、何事もおろそかにしない。

ジェイソンはいくつか返事を考え——却下し——結局、そのまま通話を切った。


よく眠れなかった。

地上三十一階、床から天井までの窓を押す風がガラスの向こうで囁く。ジェイソンの夢は、悪夢からさらに悪化し、目覚めてみると心臓が乱れ打って汗まみれで、耳の中にはジェレミー・カイザーの「ウエスト捜査官？」という歌うような声がこびりついていた。

自分がどこにいるかわかっている。完全に安全なのもわかっている。

それでも、グロックに手をのばさずにいるのがやっとだった。ランプを点けないようにするのに必死だ。暗闇に横たわり、建物の揺れと呻きを聞きながら、それは意志の戦いになっていく。

非論理的な恐怖に屈することはできない。カイザーに人生を支配させてたまるか。人生の大事な部分を。些細な部分も。

それでも、今この瞬間カイザーがどこにいるかわかるなら、知りたいのもたしかだった。

肝心な点は、あの男が今、この部屋の外にあるバルコニーには立っていないことだ。

だから……しゃんとしろ、ウエスト。

ジェイソンは枕を拳で打つと、眠れない時にいつもやることを始めた。いつもやることの一つを。今回の場合は、担当事件の詳細の整理だ。

常に、被害者へ考えが戻っていく。

誰もが口を揃えていたことは、ジョーゼット・オーノが面倒な相手だったということだ。

そしてもう一つ、皆が（マンションの警備チームはある意味当然の例外として）口を揃えたのは、オーノが不慮の事故で死んだなど、自殺とほぼ同じぐらい信じがたい、ということだった。

問題なのはだ……。

というか、問題は色々ある。

その一。ジェイソンが呼ばれたのは遺族を納得させるためであって、事件の再捜査のためではない。誰も事件を隠蔽したいわけではないが、実際にジェイソンが何かを発見するとも期待されていなかった。むしろその逆を期待されていた。

もし彼が本当に再捜査を始めて、この件を殺人として扱い出したなら、上層部からの反応はよくても複雑なものになるだろう。

その二。たとえ、オーノは殺されたとジェイソン個人が確信したとして、有力な容疑者もいないし動機もない。

ＬＡ市警がオーノとマンションの警備陣との不和を知らなかったとして――警備責任者がＪ・Ｊに隠さずしゃべったくらいなので考えにくいが――その程度のことが殺人の動機になるとも思えない。

当て推量はオーノの遺族の役に立たないし、心安らかにもできない。

その三――そしてこれは今回の事件とは何の関わりもないが――電話で話すたびに、自分とサムの距離が広がっているような気がすることだ。二人ともきちんと話をしているし、二人ともこの関係を続けたいと思っている。なのに、何が起きている？

自分だけの問題なのか、それともサムもか？　正直言ってわからない。

「やれやれ」

呟くとジェイソンは携帯電話に手をのばし、画面をのぞきこんだ。

深夜二時を回ったばかり。となると、サムは眠っているかもしれない。大体は十時くらいに引き上げて、四時には起きて走り出し（文字どおり）ている。サムが己に休息を許す貴重な時間を邪魔したくはなかったが、それでも今夜は……。

今夜は、二人の間の距離がいつもよりつらい。

一、二分葛藤してから、ジェイソンはサムの番号を押した。

半音鳴ったところでサムが出た。

『やあ』

覚醒しきっているような声は、見つめ合って横たわっているかのようにやわらかい。

『悪い夢を見たか？』

ジェイソンは、知らないうちに詰めていた息を吐き出した。

「いえ。さっきの、話の終わり方が嫌で」

『俺もだ』

打てば響くように。サムもまた、同じことを考えながら横たわっていたかのように。

「遠距離でうまくやっていくコツは……物事を溜めこまないことかと」

サムがその言葉を考えている気配がする。

『何を溜めこんでいる、ジェイソン？』

ジェイソン。ウエストではなく。その差を、ジェイソンは測った。サムの声のコントロールされた重々しさを。

「誤解されたくないからはっきりしておきたいんです。別に俺は、あなたを信用してないわけじゃ――」

『ない、か?』

サムの声には感情がない。

「そうです。あなたを信用できないわけじゃない」

『なら、どうしてだ? 何かあるのはたしかだ』

「俺たちにとって、線引きは難しい問題なんです。モンタナから学んだのはそのことだ。あなたは、ただの同僚捜査官じゃない。ユニットの主任だ。立場と相反するかもしれない」

『お前が部下だったら、その論理にも説得力が出たかもしれないな』

ばっさりと。何の余地もなく。

「いいでしょう、じゃあ、優先順位の問題ということで」

『俺にとってはお前が何より優先だ』

サムが言い切った。

ジェイソンは揺れる笑いをこぼす。

「いや、待ってください。それは正確じゃないし。俺たちの合意とも違う。俺も、それは期待してないです」

サムの声から、肩をすくめた気配がした。

『俺もそのつもりはなかったが、今ではそうなったということだ』

　本気でそれを信じているのか？　サムは嘘はつかないから、そう、信じて言っているはずだ。だがその言葉の内容はこれまでの物事とは——どれだろうと——食い違っている。とにかく、ジェイソンの経験してきたこととはかけ離れている。

「いつからそんなことに？」

　またもや、サムには似合わない苦さが声ににじんだ。

『おそらくは俺のホテルの部屋に、髪から滴を垂らしたお前が裸足でやってきて、自分が任務に適しているかマニング主任捜査官に電話して聞くとは何様のつもりだと、俺に詰め寄った時だろうな』

　あの時まだ、二人は出会って二十四時間足らずだった。もう何百万年も昔のことのようだ。

「いやいや、『何様だ』なんて絶対言ってない」

『言葉遣いは少々違うかもしれないが』サムは追憶をおもしろがってすらいるようだった。

『お前は、とても憤慨していた』

　出会ったばかりのあの朝からジェイソンが気になっていたとでも？

　ジェイソンにとっては、まずあっという間に強く意識させられて、それから理性に反して惹かれていったが、恋に落ちてからは否定せずに受け入れてきた。サムは興味を抱き、惹かれたかもしれないが、その感情に長いこと、それも激しく抗ってきた。なのでジェイソンとしては、にわかには信じがたい。

（お前が求めるものが何であろうとだ、ジェイソン、俺はきっと適した相手ではない）

「記憶だと、あなたは常に仕事が第一で、俺ができる限りずっとそれを受け入れるって話だったと思うんですけど」

『誰でも夢を見るものだ』サムが答えた。『この夢は、随分前に道端に落ちた』

サムは皮肉を言っているのだろうが、まあ、たしかに。そのとおり。大昔の話を蒸し返してみても仕方がない。サムが二人のためのルールを作った。そしてそのルールを先に破ったのもサムだった。

サムが淡々と述べる。

『我々両名とも、モンタナでは判断を誤った。二人とも明確に説明を行い、謝罪した。俺が言い落としていることで、何か聞きたいことはあるか？』

「いいえ」

サムはできることはすべてやった。公平に判断するなら、必要な言葉はすべて言ってくれた。

「そっちからは、俺に何か聞きたいことはありますか？」

『パートナー相手に腹を割って話せないと感じているのは俺ではない』
パ、パ、パートナー。
ついに来た。その言葉。お互いについぞ使ったことのない言葉だ。

　本音で言うなら、ジェイソンはまだ自分たちがそこに到達している気はしない。そう、たしかにサムはジェイソンのバンガローですごしたこの週末、一緒に暮らそうかと誘った。だが彼自身、それがいい考えかどうかわからないと認めていたし、その提案は主にジェイソンの身の安全を考慮してのものだった。

　コーヒーメーカーや音楽のサブスクパスワードを共有するには、いささかたよりない論拠だ。

　それでも、二人が同じ方向を見ているのもたしかだった。サムが、ジェイソンの望むものを明確にしてくれた。ジェイソンはただ、サムも同じぐらいそれを望んでいると確信したい。ただの〝ウエストならこうする《WWWD》〟だからではなく。

「こういう話にしたいわけじゃなかったんですが」とジェイソンは正直に言った。

　ひんやりするほど静かな一瞬の後、サムが聞いた。

『それは、どういう意味だ？』

（お互い、足がつかない深みまで来たということだ）

　ジェイソンは安全な浅瀬に話を戻した。

「あなたの言うとおりだったってことです。俺は、助けを求めることをためらっていた。俺の問題だ。あなたじゃなくて」

　一呼吸置いて、サムがたずねた。

『それは過ぎた話か、それとも進行中の問題か？』

今夜、さっきまでは、ジェイソンは二度とサムの手を借りまいと心に決めていたが、それは理性的でも合理的でもない。サムは——BAUは——得難い戦力だ。それに、己の過ちに気付いて償おうとしているサムに対して誠実な態度とは言えない。

「もう過ぎた話です」

どれくらいサムが緊張していたのか、彼にしては軽い言葉が戻ってきて、ジェイソンはやっと気がついた。

『ならお前の事件の話を聞かせてもらえるか?』

ジェイソンは溜息をついて、小さな光が散らばるガラス窓を見つめた。都市が新たな一日に向けて目覚めようとしている。

「そうですね。まず第一に、俺はこれは殺人だと考えています」

12

火曜日の朝、ジェイソンは誰かに殺されそうになった。

少なくともその時はそう感じた。

朝の六時半のことで、ジェイソンはジョギングから帰ってきたところだった。タッチストーン入居者向けには色々な設備があるほか、花壇や水場つきの美しく手入れされた一エーカーの公園も開かれている。

コーヒーのことばかりを考えながら、ジェイソンは駐車場スペースを通って、建物のロビー入り口へ向かっていた。スターバックスにするか、敷地内にあるカフェにするか？　この時間ならどっちが早い？

車のエンジンのうなりが上がったのは意識の隅で聞いていた──あれはトランスミッションを点検したほうがいい──が、いきなりどこからともなく現れたボロボロの金のシボレー・インパラがまっすぐ突っこんできた。

「うわっ……」

ジェイソンは大きな角型の噴水のほうへとんだ。体を丸めて転がり──スタンプコンクリートの凹凸が痛い──無事着地した。車のエンジンの熱、パイプからの排気ガスが、わずか数センチ先をかすめていく。腕の毛がぞわりと逆立った。顔が砂でちくちくする。

「この野郎！」

アドレナリンが一気にあふれ、はね起きてナンバーを見ようとしたが、プレートがついていない。車はタイヤをきしませて走り去り、ウィルシャー大通りの朝の通勤ラッシュの中へ消えていった。

おかしなことに、その運転手はけたたましくクラクションを鳴らして走っていった。まるでジ、エ、イ、ソ、ン、がぶつかろうとしたかのように。なら今のはただのアクシデントか？

マンションの居住者数人と、警備員（ヒューゴ・クインタナではない）が無事を確かめに駆け寄ってきたので、大丈夫だと、いくらかの打ち身だけだと皆を安心させた。

誰もナンバーを見ていなかった。運転手の姿もよく見えなかった。傍観者の一人によれば、運転手はブギーマンのハロウィンマスクを着けていたらしい。もう一人の傍観者によれば、ハンドルを握っていたのは双眼鏡を持った老人。最後の証言者いわく、携帯電話で会話中の金髪女性。

警備員はドライバーを見てはいないが、あの車は住人のものではないと断言した。

要するに、手がかりゼロ。

話は盛り上がり、駐車場を非居住者にも開放しておくべきかどうかの議論になっていったので、ジェイソンは場を辞してシャワーを浴びに向かった。

動揺より怒りが勝っていた。大体、まだこんな捜査の初期段階で消されそうになるほど誰かを追い詰めているとも思えない。ジェレミー・カイザーの存在は常に頭にあるが、サムから、カイザーはジェイソンの死を望んではいないはずだと説明されている。とにかく、すぐには。カイザーが顔をつき合わせて自分語りをし、高らかに演説を終えるまでは。

それは安心材料だろうか？

おそらくは……。

何にせよ、誰かに轢き殺されかかったような不安は残るが、実際その可能性は低いだろう。たしかに、二日間で二回も命の危険を感じると自分が標的にされている気がしてしまうが、誰かの標的にされているからと言って世界中の全員に狙われるわけではない。

シャワーを浴び、ひげを剃り、着替えて——鏡に映る自分を見るたびにぎょっとしながら——大学へ向かった。


たった一、日しか経っていないのに、何故もうレビューが？

ここの学生どもはほかにすることがないのか。宿題とか何か。

〈マジで講師カフェイン摂りすぎ〉

〈講師すごく早口。話が脱線して無理〉

〈一シーズン打ち切りコメディの大学講師役オーディションに来た人って感じ〈いいケツだけど〉〉

〈やっと話の内容に追いつけたらまた迷子〉

このレビューをうれしそうに教えてきたバーンと、うっかり読んでしまった自分と、どっちがより腹立たしいのかジェイソンには決めがたい。

この〝講師（代理）格付けレビュー〟だけではまだ足りないとばかりに、バードルフ教授は火・水はサンタ・クラリタの、現在アーカイブが保管されているストアの施設にいるので、木曜まで大学に戻らないという。

ジェイソンは、オーノの元指導助手に連絡を取ろうとしたが、その若者はバーモント州に引っ越していた。

オーノの人事ファイルを要請してあるが、まだそちらも〝調整中〟だ。

LA市警の美術品盗難対策班のギル・ヒコックに、オーノがイーライ・ハンフリーを告発した件について聞いた。

『オーノか。覚えてるよ』ヒコックが言った。『ありゃおかしな話だったよな、たしか』

ヒコック――友人はヒックと呼ぶ――は美術品盗難対策班《ATD》の班長というだけではない。彼が、ほぼATDそのものだ。ジェイソンはこの二年で数えきれないほどヒコックと仕事をしており、気に入っていたし、信頼していた。

「どんなふうに？」

『説明しにくいな。俺たちだってモラルある市民からの助けはありがたいんだが、俺の印象だと、あの先生は腹に何か呑みこんでる感じがしたね。あの手の、昔の映画絡みのジレンマはお前さんにもわかんだろ』

そのとおり、ジェイソンもそのジレンマは知っている。ごくごく昔の稀少な映画フィルムの一部は、誰かの手によって救われたものだ。厳密に言うならそうしたフィルムには、ゴミ箱から拾われたり、交換会やノミの市でやりとりされたり、古い映画館から発掘されたり、深夜放送を録画したものまで含まれており、所有権の証明が困難だ。そして所有権を証明できない映画フィルムの所持は、海賊版や著作権侵害の罪に（そのフィルムの扱われ方に準じて）問われる可能性があるのだ。

「俺が理解しているところでは、オーノとハンフリーは二人とも映画マニアの社交クラブ的なものの会員でした。そして彼女は、ハンフリーを告発しようとした後、そのクラブから追放された」

ヒックが溜息をついた。

『ああ、捜査の途中で、彼女はそれもどうにかしろって俺たちに言ってきたよ』

「いたた。そういうものではないだろうに」

思いもかけず、ふとオーノに同情心が湧いた。法的な強制では友人は作れないと、彼女には理解できなかったのかもしれない。

『ああ、そういうもんじゃないな』

「彼女が腹に呑みこんでたものって、どういうものでした？　わかりませんか」

『はっきりとはな。何たって、俺たちが関わった途端に向こうの連中、当然すっかりだんまりになったからな。結局、あの件はＦＢＩに引き継いだ』

「でしたね。そこで捜査は袋小路に」

『そうさ。俺の感じだと、そもそもの亀裂は、オーノがクラブの映画上映会の一部に呼ばれなかったことがきっかけだった』

「冗談でしょう」

『はっきり断定できねえのは、最初の供述の後でオーノの証言が変わっていったからだ。だが彼女は自分が、仲間内の、まあグループ活動から除け者にされていると感じてて、ハンフリーが違法な何かを所持していると主張していた』

これまでにジェイソンが聞きこんだ話と、少し方向性が違う。

「どんなふうに違法な品ですか？　海賊版か、それ以外の何か？」

『不明だ』

嫌な考えが浮かんだ。

「たとえば児童ポルノ？」

『それは俺も考えた。だがなあ、その辺から曖昧になってさ。俺の感じじゃどうも海賊版の話じゃなさそうだって印象はあったんだが、オーノがはっきり言ってくれなかった。どんな問題だとも。当人にも確信がなかったのかもな。ところがそれがいつのまにか、海賊版と著作権侵害の話になってった』

「どのくらいたしかな――」

『いや』ヒックが答えた。『全然たしかじゃない。はじめ、俺は彼女が怯えてると感じた。だがその印象も薄れていって、俺の勘違いかどうかもわからない』

「彼女はあの告発で、後戻りできない一線を越えた。それが実感されてきて動揺したとか」

『それはアリだな。オーノの彼氏は例の映画クラブの会員だったし、当初の怒りが落ちつくと、UCLAでの彼の立場を危うくするんじゃないかと心配してたよ。男はアーキビストで、海賊版の捜査に巻き込まれたらキャリアにいい影響はないだろうからな』

「職を失う」とジェイソンは答えた。あるいは、失うはずだった。終身在職権を得る前なら。ヒックからはそれ以上の話は聞けなかったので、ジェイソンはまた捜査ファイルを熟読しにかかった。

何も新しいものは見つからない。

前夜のサムの分析は興味深いものではあったが、ジョーゼット・オーノの心理状態や性格に新たな光を当てるまでには至らなかった。

『中間子である可能性が高い』とサムは持論を述べた。『だが中間子によくあるような、事なかれ主義や平穏を維持する傾向が見られない。むしろ真逆だ』

「あなたは、生まれ順の理論をあまり信じてないのでは?」

『総論としては信頼を置いていない。だがそれなりの普遍性はある。この被害者は、強い不当感を抱いている。彼女の人間関係では、愛情の証明と、侮辱への償いが、常にくり返されてきたはずだ』

「恋愛関係?」

『あらゆる人間関係でだ、仕事上のつながりも含む。この人物は、発育期においてないがしろにされ過小評価されてきたと感じているし、実際にそうだったのかもしれない』

「たしかによく聞いた――彼女が闘争的だとか、そういうことを」

『彼女は、自分が〝妥協〟しないことに誇りを抱いていただろう。おそらくはそのエゴが邪魔をして、妥協や協議による決着は不可能だった。すべての対立に強い執着感情を抱く彼女には、二つの道が残されていた。すべてを拒絶するか、自分より高い権威に調停を求めるか』

「その結果として、あのたくさんの苦情申し立てと些細な告発の山ができたと」

『そのとおり』

ジェイソンはあらためて考えこんだ。

「彼女は、脅してはならない相手を訴えると脅したのかも」

『こういう人物は、場の空気を読むのが得意ではない』と、場に空気があることすらいつも無視する男が言った。

そんな調子で、ジェイソンが知っていることばかりではあったが、サムの分析を聞いたおかげで考えは整理できた。

凶悪犯罪の被害者には、誰でもなりえる。それは事実だ。ただ被害者学の理論における四つの概念の一つは〝被害者による促進〟であり、場合によっては被害者自ら引き起こした対立が殺傷を招いてしまうという考え方だ。例を挙げると、人間関係の摩擦が多く不愉快な人間は、意図せず被害のきっかけを作る可能性がある。

これは被害者に非があるということではなく、重大な交通事故と同じことだ。歩行者が正しく歩いていても、暴走車の進路に入ってしまえば命を落とすのだ——と、今日という日の始まりを、突進してきた車にあわや轢き倒されかけて迎えたジェイソンは思うのだった。


「あのジイさんは家政婦とヤッてるぜ」

その夜、エル・カルテルでシュリンプのタコスを食べながら、J・Jがジェイソンに言い放った。

ジェイソンは咳きこむ前に何とか飲み下した。やっと声が出るようになると、しゃがれ声で聞き返す。

「どのジイさんだ？」

「元上院議員さ。オーノ。あいつ、家政婦に手え出してるよ。三十は年下だってのに」

J・J・ラッセルは、多くの人が抱く架空の〝FBI捜査官〟のイメージにぴったりの男だ。長身でがっしりした顎、パーマじゃないかと疑うほど完璧なウェーブの黒髪。FBIアカデミーでは成績優秀で、頭が切れて有能でやる気たっぷりなのに、ＬＡ支局では人気がない。見習いを終了したばかりにしては、ちょっと生意気すぎるのだ。その上、物事がうまくいかないとパートナーに責任をなすりつけてけなすという残念な癖があった。

ＢＡＵの主任サム・ケネディとの邂逅で痛い目に遭い、ケネディの彼氏——ＡＣＴの有望株——とパートナーを組まされてその性向はおさまってきたが、やはりまだ鼻につくところがある。

お互い驚いたことに、ジェイソンとＪ・Ｊはそこそこうまくやれていた。モンタナのことがあってからは、友人と言えそうなくらいの仲にもなった。少なくとも、友好的な間柄には。

「彼は妻と死別していたよな？」とジェイソンは確認した。

「そう」

「なら、別に。大人同士の合意の仲だ」

「家族はジイさんが遺産を全部、彼女に残すんじゃないかとビクビクしてる」

「当人の遺産なら、それも……」ジェイソンは肩をすくめた。「その〝家族〟っていうのには、誰が含まれるんだ？」

「元上院議員の、長生きな姉さん。ジイさんと家政婦と一緒にまだあの家に住んでるよ。いや彼女、情報の宝庫でさ。バアさんのほうだよ、家政婦じゃなくて」

「それはそうだろうな」

「皮肉かよ、ウエスト。それ女性差別じゃね？」とＪ・Ｊがニヤつく。

「かもな」ジェイソンは流した。「ジョーゼットの兄弟のほうはどうだ？」

「二人の兄と妹が一人。誰とも親しくはない」

タコスの下から具がこぼれ落ちて、Ｊ・Ｊが顔をしかめた。

「彼女の部屋にも家族写真は少なかったな。白と黒の猫の写真が四枚飾ってあった」

「その猫は今、妹のとこにいるぜ。フランソワーズ」

「フランソワーズは猫か、妹か？」

「妹だ。猫の名前はハメット」

「なるほど」

「とにかく、オーノの両親は死んでる。彼女が十七の時に父親が、そんで三年前に母親が。残った家族は兄妹と、大伯母、祖父だ。このジイさんだけが、オーノの死をもっと調べるべきだと信じてる」

「兄妹たちは彼女が事故死だと思ってるのか？」

「ん。あんな状況じゃ、家族がこれ以上騒ぎにしたくない気持ちもわかるってもんさ」

ジェイソンは眉を寄せた。

「オーノの死が世間的にどう見られるかが心配で、殺されたかどうかはどうでもいいということか？」

「そこまでは言ってねえ」Ｊ・Ｊは考えこんだ。「でも、そうかもな。だけどわかるだろ、あの死に方は外聞が悪い」

ジェイソンは口を開けたが、Ｊ・Ｊが言った。

「どこかのガキがオーノをネットのネタ《ミーム》にしたんだ。大学内のネットに流れて、しまいには大学が削除した。その前に家族の目に入ってたけどな」

「ひどい話だ」

「人気がなかったからなあ」

「それでもだ」

哀れなオーノ。講師格付けレビューを見ずにすんだことを祈ろう。

Ｊ・Ｊが肩を揺らした。

「とにかく、今回の件を再捜査させたがってんのはあのジイさんだけで、ほかの家族はそれを罪悪感からだと思ってる。ジイさんとジョーゼットは、彼女が死ぬ少し前、ミズ・スズキとジイさんの仲をめぐって大喧嘩したんだ」

「スズキというのは家政婦だな」

「そ」

ジェイソンは考えをめぐらせた。

「ジョーゼットを排除する金銭的動機は誰かにあるか？」

「と、思う。ジイさんがあの世行きになれば、パイの山分けは一人でも少ないほうがいいだろ。でもあいつらは金に困ってるわけじゃないからな。信託財産だとかたっぷりの貯金とか年金積立てがある。家族の誰かに憎まれてた感じもない。まあ全体的に、彼女を厄介者として見てた感じだな」

「心なごむ話だね」

「家族は選べない。ジョーゼットのほうだって、リアリティ番組なら、家族に島から追放の一票を入れただろうよ」

たしかに、きっとそうだろう。

「タッチストーンの路線はどうだった?」

J・Jが顔をしかめ、こぼれたキャベツとエビをフォークですくい上げた。

「どうって言うかな。ダメな感じだな、正直」

「そうなのか?」

「そうさ」

予想外だし、残念だった。ジェイソンは皿を押しやった。

「オーノがセクハラで告発した警備員の名前はわかったか」

「ヒューゴ・クインタナだ。これまでの身上記録はきれいなもんだよ。チノの女性刑務所の元看守でさ。向こうはいつでも大歓迎で再雇用してくれそうだったぜ」

「オーノがハラスメントを受けたという言い分は、まともに調査されたのか？」

「警備責任者のライスが言うには、クインタナに話を聞いて納得したそうだ。クインタナは部下の中でも最高クラスだってさ。幸せな結婚をして、娘二人は大学進学を目指してる」

「クインタナには話を聞いたか？」

「まだ。聞いたほうがいいか？」

これがJ・Jの新人気分が抜けないところだ。

「聞いて損はない」

「だな。でもオーノの言うセクハラを裏付ける証拠はない」J・Jはジェイソンの目を見て、うなった。「わかってるって。クインタナに会ってくるよ。こっちの線はイケそうな気がしたんだが、これ以上叩いても何も出そうにないな」

女性専用の矯正施設で看守として働いてきたクインタナには、異性相手への態度に気遣いが足りていなかったのかもしれない。そしてオーノは……ジェイソンは被害者サイドに立ちたいほうではあるが、数知れない苦情や不平の申し立てが、オーノの信憑性を損ねているのはたしかだ。

「イーライ・ハンフリーのほうは？」とJ・Jから聞かれた。「まだ話聞いてないんだったよな」

「金曜まで家を離れているそうだ」

J・Jが曖昧にうなずく。

「何だ?」ジェイソンは聞いた。「俺が、藁をつかんでるだけだと思ってるのか?」

「あんたは空振りがマジで嫌いなんだろうなって思って」

「好きなやつはいないだろう。これはそういうことじゃないんだ。個人的な思い入れで動いてるわけじゃない。ただ……」

「違うのか? オーノが殺されたと思ってんだろ」

「思っている。ああ」

「でも裏付ける証拠はない、ただのカンだ。その一方で俺らが抱えてる事件は山積み。あんたの仕事は山積みだ」ジェイソンをじろじろ見て、J・Jはもったいぶって言った。「家を離れてると言や、シェイン・ドノヴァンの話じゃ、シェパード・デュランドがアメリカに帰国するつもりらしいって情報をつかんだってさ」

まるでスイッチが入ったように――興奮が湧き上がり、やっぱりという思いが走る。

「ドノヴァンからいつ聞いた?」

「今日の午後さ」

ほとんど肉体的な衝動――渇望――が、オーノの捜査をすぐ切り上げろとせっつく。これにケリをつければ、フレッチャー＝デュランドの件をまた追いかけられる。逃した魚、重要事件――。

ただし。今回の事件だって、重要だ。オーノも、重要だ。彼女が誰かの手にかかったのではないと確信できるまで、ジェイソンは捜査に終止符を打つつもりはなかった。彼女が面倒な性格だったとか好かれていなかったというなら、残念、己の死を自ら招いたというならそれも残念。遺族が恥ずかしく思ってるとか同僚がうんざりしているとか、ジェイソン自身やJ・Jに捜査のもどかしさがあるのも、残念。だがそれが仕事だ。それが任務だ。

ジェイソンはおだやかに言った。

「なら映画を真似て、こっちも『全速突撃！』で気合いを入れてやるしかないな。孫娘は殺人じゃなかったとオーノ元上院議員に伝えるなら、目を見ながら言いたい。つまり、俺がそれを信じている必要がある」

13

「スノウボール・イン・ヘル」

ジェイソンは、そのタイトルを舌で転がした。『八方塞《はっぽうふさ》がり』の意味があるそのタイトルは、ジョージー・オーノの書斎でフィルム・ノワールについての本を探し回った時間にまさしくふさわしかった。

J・Jと別れた後、ジェイソンはタッチストーンへ戻り、オーノの自宅オフィスに向かった。パートナーと話したことで、オーノの性格の基本要素を思い出していた。

彼女はコレクターだったのだ。祖父やチャイルド刑事によれば、彼女は首が回らなくなるまで稀少な絶版映画を買いこんでいた。ということは、ジェイソンの見立てでは、相当なコレクションを持っていたはずだ——元カレが所有権を主張しようとし、遺族が正式にUCLAのアーカイブに寄贈したほどの。DVD数十枚だの『マルタの鷹』を録画したVHSテープ程度では正式な寄贈には不足だ。

サムがサイコパスやソシオパスに詳しいように、ジェイソンが通じている人間心理があるとすれば、それは熱狂的コレクターの心理だった。

これまでは、オーノの祖父が主張した、失われたノワール映画のフィルムが殺人の動機になった可能性をあまり重く受け止めてはいなかった。だがカリーダ・ロイスが苦々しく言った、ジョージーは現実の恋人との関係より架空の映画フィルムを失うことのほうを気にしていた、という言葉が耳に残っていた。

何を蒐集するかより、蒐集心理のほうが重要だ。四割ほどの人間は、様々なものを集めているという。陶製の指抜きから巨匠の絵画まで、色々。何故人々がそれを集めるのかについては諸説あった。混沌とした世界に秩序を与えようとしているとか、富（や社会的名声）を求めてとか、蒐集癖と蒐集家については様々な推論がある。

ジェイソンが出会ったコレクターの多くは、蒐集を大いなる探求の旅ととらえていた。追い求める過程も魅力の一つだし、自分だけが持っているものを所有する喜びもまた魅力だ。さりとて、求めるものに胸を焦がす初期段階、まだ手に入らないその〝金羊毛皮〟が何をもたらすのかを夢想している時こそ、獲得の愉しみは強く燃え上がる。所有への期待のほうが、実際の所有より快感値が高いようなのだ。

ジェイソンがこれまで調べた限り、ジョージーは、あと少しで手の届きそうなものに熱狂と渇望の目を据えたところだった。すぐそこまで来ているのにつかめない何か。恋人のロイスはその取引が――何の取引であれ――流れたと思っていた。

だが一つ、ジェイソンがコレクターについて知っていることがある。彼らは簡単にはあきらめない。

コレクターたちは、拒絶されても引き下がるとは限らない。

ジョージーも引き下がるタイプには思えなかった。

そこでジェイソンも探索に取り掛かり、その末に、どうやらジョージーが何を追い求めていたのかをつかんだのだった。

彼女は付箋と蛍光マーカーを使いまくっていたが、ジェイソンはやがてそのシステムを把握した。少なくとも、ラベンダー色の付箋のページには必ず、ほんのわずかであっても、一九五七年制作の知られざるノワール映画『スノウボール・イン・ヘル』への言及があることまでは突き止めた。

映画の主演二人はほぼ無名の（少なくともジェイソンにとって）俳優だった。デイビッド・オーブリーが事件記者のネイサン・ドイルを、ジョー・ノースがマシュー・スペイン警部補を演じていた。

映画のあらすじはこうだ。『時は一九四三年、世界は戦争のさなか。ヨーロッパ戦線から帰還したばかりの記者ネイサン・ドイルは、恐喝犯が殺された事件の取材を引き受ける。殺人課のマシュー・スペイン警部補は、ドイルにこそその男を殺す動機があると考えていた』

なるほど。昔ながらのフィルム・ノワールの設定だ。もっとも映画が作られた一九五七年、フィルム・ノワールは絶頂期の終焉にさしかかっていたが。

この映画はどうやら〝実在のキャラクター〟（その言い回しがすでに矛盾だ）に基づくとされており、ヘンリー・ウォルシュ監督による最後の作品となるはずだった。ウォルシュ監督はノワール映画で次々とヒット作を出していたが、ハリウッド赤狩りブラックリストの犠牲者の一人となった。

ブラックリスト入りした監督が撮った作品、そして評によればホモセクシュアルな雰囲気を持ったこの映画が、誰の目にも留まらず、アート系の映画館数か所で上映されたきり忘れられていったのは何の不思議もない。六十年代中頃には『スノウボール・イン・ヘル』はカルト的人気を得ていたが、深夜放送向けに切り貼りされたひどいフィルムしか残っていなかった。一九七八年には、この映画は公式に〝不完全または一部損失〟と分類されている。

〈現状：一部の断片と予告編がＵＣＬＡ映画テレビアーカイブに残存。及び、六分間分のフィルムがポルトガルのアーカイブで発見され、複製の上、保全〉

かつてはサウンドトラックが残っていると見られていたが、やはり喪失していたらしい。意外とは言えないだろう、映画全体の痛ましい統計（特にサイレント映画はひどい）を見れば。

米国議会図書館の調査によれば、サイレント映画のうち七十五パーセントのフィルムが、喪失したと見られている。その悲惨な数字が実態を映しているかはともかく、多くの作品が永遠に失われてしまったことはたしかだ。

五十年代をすぎると、映画フィルムの現存率は上がってくるものの、やはりまだぱっとしない。古い映画フィルムの喪失には多すぎるほどの理由があって、その一つは硝酸セルロースフィルムが広く使われてきたことだ。硝酸セルロースのフィルムは劣化しやすいばかりか、きわめて可燃性が高く、火災が起きれば消火すら難しいほどだった。当然のように、この忌まわしい性質の複合作用は制作スタジオの大規模火災を引き起こし、その一つがＭＧＭの保管倉庫での有名な大災害である。

だが硝酸セルロースのフィルムだけが、これほど多くの映画が失われた原因ではない。信じがたいほどの先見性のなさや意識の低さもまた、拍車をかけた。白黒映画のプリントは、感光乳剤に含まれる銀粒子を回収するために焼却されるのが一般的だった。倒産した制作会社の映画フィルムはどこかに消えた。あきれたことに、制作会社は時にリメイクした映画のオリジナル版を破棄して比較や競合を避けたり、ありがちなシーンを別の映画にそのまま転用してしまうこともあった。時に、古いフィルムは、ただ新しいフィルムの保管場所を作るためだけに捨てられた。

映画アーキビストたちは、ほかの美術保全分野にはない、時間との戦いに追われている。

ジェイソンには、何故ジョージーが『スノウボール・イン・ヘル』の現存を信じたのかは理解できた。どこかの倉庫や映画スタジオで廃棄されたという噂話が見当たらないことがまず一つ。さらには、映像の一部が、現在にまで残っていることだ。

だが、映画フィルムが現存しているという話を、彼女はどこから知ったのだろう？　どうやって耳に入った？

誰が彼女に接触した？　何故、彼女に。

フィルムが本当に現存しているのなら、所有者はどうして大規模で有名なアーカイブ機関に声をかけなかったのか。たとえばＵＣＬＡのようなアーカイブ部門などに。

それが不可解なのは、ＵＣＬＡのような機関の予算額と、ジョーゼット・オーノの限度額いっぱいのクレジットカードでは、そもそも勝負にならないからだ。

もしかしたら、その映画フィルムの出所にはうさんなところがあるのか？

それとも……。

ジョージーから相手に接触したとか？

だがやはり、ジョージーはどこでそのフィルムについて知ったのだろう。

ジェイソンは親指の爪を嚙みながら考えこんだ。アレックスとの会話を思い出す。

盗撮版《カム》と海賊版《ブートレッグ》が映画保全に果たした役割について話したのだった。ＹｏｕＴｕｂｅの話も出た。

「〝己を発信せよ〟」

ＹｏｕＴｕｂｅのキャッチコピーを引用して、ジェイソンはノートパソコンを立ち上げた。


真夜中をかなり回ってからやっと、ジェイソンはたどりついた〈ブギーマン〉のチャンネルをクリックした。充血した目で見ていると、再生が始まった。

一人で〝マシュー・スペイン警部補〟が座っているオフィスに〝ネイサン・ドイル〟が現れる。ドイルをつれてきた警官に警部補がうなずくと、警官は出ていってドアを閉めた。

ジェイソンはＹｏｕＴｕｂｅの動画を止め、白黒スクリーンにそのまま凍りついた二人の男を観察した。この四分間の『スノウボール・イン・ヘル』の画質も音もきわめて良好だ。衣装やセットも悪くない。そして二人の主演、マシュー・スペインを演じるジョー・ノースも、ネイサン・ドイルを演じるデイビッド・オーブリーも、それぞれタイプは違えど目を引く二枚目だった。

ジェイソンはメモを書き付けてから、先を再生した。

『座ってくれ』とスペインが言う。ドイルは椅子を引き出し、片付いたデスクを二人の間にして腰を下ろした。ダークスーツ姿のスペインはこざっぱりしてひげをきれいに剃っている。コーヒーカップに手をのばすと、一瞬、左手の結婚指輪が映し出された。

そこかしこで小出しにされる匂わせ。一部の、特定の観客に向けて。ジェイソンはまたメモを取った。

『コーヒー?』スペインがおだやかに聞いた。『煙草は?』

『たのむ』

スペインが、保温瓶からコーヒーを注いだ。ドイルが一口飲む。カメラはドイルの視線を追って、デスク奥の本棚に置かれた、笑顔で写る愛らしい黒髪の女性の写真を映した。写真の横には法律や捜査手続きに関する本が、どうやらわざわざ角度をつけてずらりと並べられていた。

スペインが煙草の箱を差し出した。キャメルだ——一九五〇年代にもうスポンサー契約はあっただろうか? ドイルが一本取ると、スペインが身をのり出して火をつけてやった。スペインの手は大きく、整っていた。睫毛が頬骨の上に濃い三日月を描いている。

ドイルの視線に呼ばれたようにスペインが目を上げ——二人のまなざしがカチッと合った。

これまでジェイソンが見た映画の中でも、とびきり濃密でロマンティックなシーンだった。『バウンド』でジェニファー・ティリー演じるヴァイオレットが色っぽくブラのストラップを下ろして自分のタトゥをジーナ・ガーション演じるコーキーに見せた時のように。『ムーンライト』でアンドレ・ホランド演じるケヴィンとトレヴァンテ・ローズ演じるシャロンが、見つめ合いながら『ハロー・ストレンジャー』の曲に耳を傾けていたシーンのように。

このノースとオーブリーという二人の俳優が、スクリーンの外で秘密の関係を持っていたのか、それともこの二人がただとんでもなく上手いのか、ジェイソンは考えこまずにはいられなかった。

人との調和は、性的なものばかりとは限らない。ロマンティックである必要もない。

ドイルが、長い睫毛にふちどられたスペインの目をのぞきこむ。その表情が変わった。カメラが、自分の秘密をスペインに知られているとドイルが悟った表情をとらえる。本性を知られていると。スペインの机を、ドイルが答えでも探すように見やった。

白黒の画面であってもはっきりわかるほどにドイルの顔が赤らみ、それから顔色が一気に引いていった。ドイルの睫毛が揺れ、今にも倒れそうに見えたが、そこで体を起こし、長く思わせぶりに煙草を吸った。背すじをぴんと正す。

スペインがカチッとライターを閉じ、しまった。急ぐ様子はまるでない。

『どうして僕をここに？』

ドイルが長い煙を吐き出す。煙草を使った演出——火をつけるところから吸うところまで——は二十世紀の映画においてもはやひとつのアートと言っていい。まさに秘密の暗号。

スペインが燃えるように強い目でドイルを見据えた。

『アーレンと土曜の夜会っていたことを、どうして隠した？』

『会っていたわけじゃない』ドイルが答える。『ラス・パルマス・クラブで出くわしただけだ。一緒に飲んだ』と肩をすくめた。

『クレア・アーレンが兄と来た時もそこにいたのか？』

ドイルが口ごもる。『僕と、バーを半分埋めてた客がね』

『何が起きた？』

ドイルを演じるオーブリーの声は軽くて耳あたりがいいが、一九五〇年代の映画で主演を張るタイプの声ではない。あの時代、主演俳優は低く迫力のある声をしていたものだ。オーブリーのほうが演技は上手に見えるが、ノースには映画スターの声と存在感があった。なのにノースもスターの地位をつかんだような話はない。性的指向のせいか？　それとも、何百何千という俳優たちの中から映画スターになれる率がゼロに等しいからだろうか。ドイルが言った。

『クレアは兄のカールと一緒に来て、フィルに帰ろうと言ったんだ。フィルは断った。彼女はカッとして何か言ってた。酔っ払っていたみたいだ。とにかく、カールが彼女を説得して、店から出ていった。それだけだ』

スペインがニヤッと笑う。スクリーンの中でも外でも、抗しがたい魅力のある笑顔だった。

『なかなか慎重に、出来事だけ上手く並べたじゃないか。きみはいい記者なんだろうな。言葉の力というものを理解している。ほかの証人たちは〝わめいていた〟とか〝脅した〟とか〝命令した〟という言葉を使っていたのに』

『言ったように、彼女は何杯か飲んでた。騒ぎになる前に兄につれられて帰ったよ』

スペインはオフィスチェアにもたれかかって、顎をさすった。

『いいかい騎士殿、これを聞いたらどうかな、ここで話題になってるレディは平気であんたを狼の餌にくれてやる気だ。彼女は、あんたこそフィリップに対して激怒していたと証言してるんだぞ。殺しかねないくらい怒ってたってな』

『彼女は僕をまるで知らない』ドイルが自分の煙草の先端を見つめた。

『彼女は、夫とパール・ジャービスを殺してやると言ってなかったか？』

『言っていたかもな』

ドイルの笑みは苦かった。間違いない、このオーブリーのほうがいい役者だ。ジェームズ・ディーンに近い雰囲気もあるが、力強さは薄く、脆さがある。

『正直、聞き流していたんでね』

『どうしてだ？』

ドイルはゆっくり答えた。『あそこに行って、少し飲んで愉快にすごすつもりだったんだが、いざ着いたら……自分が必要としてるのはそれじゃないと気がついたからだ』

『何を必要としていたんだ?』

スペインがたずねる。それに続いた沈黙の中、ジェイソンは自分の鼓動が荒くなっているのに気付いた。あの時代、あの世界、歴史の中で、この二人がどれほど際どいことをしているのかに。

そう、それが映画の魔力だ。だろう? 自分では決して体験できない物事を味わわせる力がある。

だがリスクを冒しているのはキャラクター二人だけではない。この二人の俳優にも、同じくリスクがあった。一九五〇年代には同性愛はまだ精神病と分類され、犯罪行為としてしばしば裁かれてきた。カリフォルニア州は比較的進んでいたものの、そのカリフォルニアでさえ同性愛者は差別され、迫害されていた。FBIの捜査官なら? 局が認識する限り——J・エドガー・フーヴァー長官が口を出すまでもなく——ゲイの捜査官は存在を許されなかった。ひとりたりとも。

だからと言って人々が、恋に落ちることや、自分らしい人生をあきらめたわけではない。

人は、必ず道を見つけ出す。

画面上の二人はどちらも何も言わなかった。どちらも目をそらさない。

オフィスのドアが開き、長身で灰色の髪の男が入ってきた。

『警部補、あのジャービスって女はまるで――』

動画が終了した。

これですべてだ。画面ノイズ混じりの四分間、暗そうだがよくできている映画に見えた。結局のところ、一九五七年にはゲイのキャラクターにハッピーエンドは与えられない。二人のどちらか、あるいは二人とも、エンドクレジットが流れる頃にはきっと死んでいる。

それでも、ジョージー・オーノがこの映画の完全版フィルムを発掘したいと熱を上げた理由はよくわかった。

チャンネル主の〈ブギーマン〉のメールアドレスを見つけ、〈ロボットではありません〉のチェックボックスをクリックしたが、どうやら本文が空のままメッセージを送ってしまったようだ。よかったのかもしれない。何を聞けばいいのか自分でもよくわからないのだ。『どこでこの映像を見つけた？』とか？

糸口にはなるだろうか。

そのまま縁切りになるかもしれないが。

〈ブギーマン〉のチャンネルは五年前の開設だ。これまで九本の動画が上がっており、そのうち三本が映画の一部。『スノウボール・イン・ヘル』の動画は四年前のもので、これが最後のアップロードらしかった。アカウントにはこの二年、動きがない。

ここで行き詰まりには見えたが、それなりの収穫はあった。ジョージーが追い求めた失われた映画が何なのか、ついにつかめた。フィルムの現存を信じた理由もわかった。この動画で彼女がフィルムの存在を発見したのかは不明だが。

コレクターである彼女がこの映画の発見に執心したのはわかる。この完全版を見られるなんて、それだけで夢のような話だ。フィルムが手に入り、自分のものにできるとしたら？　全編のフィルムが残っているなら、ジョージーが祖父に言ったことにも信憑性が出てくる。

フィルムを手に入れるためなら、仲間のコレクターの誰かが自分を殺すかもしれないと。

14

翌朝、ジェイソンはLA支局での直属の上司、ジョージ・ポッツ管理官と電話をしながら、エレベーターから降りてアーカイブ調査研究センターのダンジョンへ踏み出した。

『打ち切れと言ってるわけじゃない』ジョージが言っていた。『たとえそうしたくたって、キャプスーカヴィッチの了承が要る。窃盗課と何の関係があるのかは理解できないがね。だが、こっちも今、色々かかえてるんだ。せめてラッセルを別の件に当てたい』

「ラッセルを引き上げないとならないなら、それは仕方ないですね。俺は一人の仕事に慣れてますし」

左側を見たジェイソンは、影にひそんだポップの姿にぎょっとした。

まあ、ひそんでいるわけではないのだろうが、じっとして無許可の来訪者の邪魔をしようと待ちかまえている。ジェイソンは携帯電話とコーヒーカップをあわてて持ち直し、吸血鬼に襲われて十字架を掲げるようにＩＤをかざした。

「俺がわかるよな？」と声を出さず、ポップ相手に口を動かす。

明らかにわかった様子で、しかめ面で引き下がるポップの姿はホラー映画じみていた。

『聞こえているかい？』とジョージに聞かれる。

「すみません、最後のところを聞き逃しました」

『きみがメールや電話で対応しているのはわかっているが、担当する事件の山は減ってはくれない。さりとて、まだその現場にいる必要があると考えるなら、それは仕方がない』

ジェイソンは「まだ三日目ですよ、ジョージ」と抗議した。理論的には、捜査続行の許可お伺いを上司に立てるまで、三十日間の猶予があるはずだ。

『それはそうだが、それを担当する前の一週間、きみは不在だっただろ。取得する権利はある休暇だ。だが』

そのとおりだ。ジョージの言っている内容も、言わずにいてくれていることも。ジェイソンはひるんだ。ジョージのことは好きだ。いい上司だ。公平で仕事熱心で、部下の味方であろうとしてくれる。その一方、ワシントン本部との軋轢を入念に避けていて、ジェイソンに捜査を切り上げろとうながすのは、そちらの顔色を見てに違いなかった。

「いいえ、そのとおりです、ジョージ。今は最適な配分ではないと思う」

『そうだとも。人員不足なのだよ。私が言いたいことはそれだけだ。捜査を続けるために大学に残るべきだときみが思うのなら、それでいいよ。私はもう何も言わん』

「金曜までもらえませんか？　その頃には目処がつくと思うので」

ポップがうろついているかもしれないと、ジェイソンは曖昧な言葉を使った。うまくいけばジェイソンが借金取りに追われていると思ってくれるだろう。

『かまわないとも』ジョージの声はほっとしていた。『プレッシャーをかけてるわけじゃないんだ。だが色々、今後が差し迫っていてね。どのみち、いずれきみの耳にも届くだろう』

ちょっと不吉な言い方が気になったが、せせこましい廊下やドアの前を抜けて曲がったジェイソンは、自分のオフィスの前で待つアレックスに気付いた。アレックスも挨拶にうなずく。

笑顔はなかった。

ジェイソンは早口に言った。

「よかった。金曜にまた。連絡どうも」

電話を切って、歓迎の笑みを浮かべる。アレックスはまだ彼らしくもない真顔だった。

「おはよう。これは、意外な客だ」

「おはよう」

「何か用かい？」

「少し話がしたくて」

「いいよ」

ジェイソンはオフィスの鍵を開け、中へ入ると、明かりをつけた。キーを置いて机にメッセンジャーバッグを下ろす。

「今日も三十七度超えになりそうだね。外はもう暑いよ。座ってくれ」

アレックスがためらった。廊下を見回してからドアを閉めたあたり、ポップの評判は知られているようだ。

「そうなんだよ、俺はあまりポップに好かれてないみたいだ」とジェイソンはデスクに寄りかかり、コーヒーを飲みながらアレックスの表情をうかがった。

アレックスが顔をしかめた。

「ポップはああだからな。このアーカイブの安全と平和が自分の双肩にかかってると思ってる」

「アーカイブ本体はもうここにないのに」

「身についたならいってやつさ」とアレックスが肩をすくめた。まだジェイソンを、心を決めようとするかのように見つめている。

「とりあえず何を考えてるのか言ってみたら」とジェイソンはうながした。

アレックスは溜息をつき、デスクの前に座ると言った。

「月曜にきみと話したことを、ずっと考えてたんだ」

「そうか」

ジェイソンは慎重に返事をした。次に何が来るのか、想像はついている。上司の電話はいいタイミングだったのかもしれない。

「僕は……」やっとアレックスがまっすぐジェイソンの目を見た。「きみに、何もかも正直に話したわけじゃないんだ」

「うん」

「つまり、きみのことは好きだし、それはわかってるだろうけど、でもＦＢＩはちょっと、あまりね」

「そう思わせてしまっているのは残念だ」

「単純に、きみに打ち明けるということは政府に話すのと同じことだし、いい目に出るとは限らないだろ」

ついジェイソンはおだやかに言っていた。

「言わせてもらうと、俺に打ち明けるのは政府に話すのと、いつも同じというわけではないよ」

アレックスが短く笑う。

「まあね。でもとにかく、こういうことなんだ。僕には、ジョージーが自分で死んだって――不慮の事故でもあえての死でも――本当にみんなが信じてるのかどうかわからないんだ。何て言えばいいか、まるで……みんな、どっちでもかまわないという感じで。誰も彼も忙しくて自分の問題で手いっぱいで、それにジョージーは……」

「面倒な相手だった？」ジェイソンは少しばかりうんざりと言った。

「そう。そうだったんだよ。イーライを告発した件で、彼女は大勢に見限られた」

「それはあちこちで聞いた」

「ジョージーが友達をなくしただけじゃすまなかったんだ。あれで、皆が疑心暗鬼になった。自分たちのコレクションを奪いに政府《アンクル・サム》がやってくるんじゃないかとね。また」

ジェイソンは溜息をついた。

「聞いてくれ、俺は誰かの映画コレクションを取り上げにここに来たわけじゃないんだ。俺の任務の目的は限定されている。オーノ教授の遺族に、彼女の死に不審なところはなかったと保証することだ」

「でも、無理だろ」とアレックスが言った。

「無理だな」ジェイソンは認める。「現時点では、無理だ。別に、容疑者がいるとか動機がわかっているとかは何もないが。ただの勘だ」

アレックスはうなずき、ジェイソンの後ろにある無地の壁を、答えを読み取ろうとするかのように見つめていた。ジェイソンは黙ったまま、辛抱強く、アレックスが心を決めるのを待つ。朝の運勢からいって、あまり大きな期待はしていない。

「僕は、ジョージーが誰かに殺されたなんて思えない——信じられない。でももし誰かが殺したのなら、僕の考えが間違ってるなら……その人物の味方はできない。あんなに残酷に、人を辱められる誰かの味方なんて、絶対」

「あれは必要のない残酷さだった」

そこはジェイソンにも気になっていた。

やがて、ついにアレックスが言った。

「誰かがそんなことをしたとは思ってないけど——でももしそうだったなら、きっとうちの映画クラブの誰かがやったんだと思う」

ジェイソンはまばたきせず、目を動かしもしなかった。求めていた確証が、ついに得られた。オーノ元上院議員が言っていた映画ファンの社交クラブは、実在したのだ。ジョージーがイーライ・ハンフリーを警察に告発して起こした揉め事が、本当に彼女の死の引き金となったのかもしれない。

同時に、厄介なことに、ジェイソンが危惧していた以上にアレックスはこの事件に関わりが深いようだ。

「その映画クラブのメンバーは誰だい?」

アレックスは顔を引きつらせて首を振った。

「メンバーは出たり入ったりだ。名前をあげるのは気が進まない。だけど、できることもある。次の上映会に同伴者としてきみをつれていってもいい。僕の交際相手として、となるだろうけど。紹介した後に何をするかはきみ次第だ。ただし言っておくけど、もしあの人たちを著作権侵害とか海賊版問題とか、そういうつまらないことで追いかける気なら、その時は……」

アレックスは自分の考えを最後まで言い終えなかった。大体どうやってジェイソンを脅す？　その時はきみを嫌いになる？　きみとは絶交だ？　そもそも彼らは友人ではない。友好的なだけの間柄だ。

ジェイソンはその辛辣な考えを振り払った。本当のところアレックスのことは好きだったし、協力はありがたい。できるならその信頼を裏切るつもりはなかった。

自分の捜査目的が限定されていると言ったのは本気だ——モンタナでの教訓を忘れてはいない。それに正直、映画保存のことを学ぶ分だけ、この手の複層的な問題に対するＦＢＩの硬直したやり方に複雑な気持ちを抱くようになっていた。

「その申し出はありがたい。誓って言うが、俺が探しているのは殺人犯だ——存在するのかどうかまだわからないが。そこでのきみの顔をつぶさないよう最善を尽くすよ」

アレックスは、納得しきっていない顔でうなずいた。

「本音を言えば、全然やりたくないんだけど、仲間内で気まずくなることより殺人のほうが問題だし」

「そう思ってくれてうれしいよ。次の上映会は？」

「金曜だ。ビバリー・ヒルズにあるイーライ・ハンフリーの家に集まる。八時に夕食。いつもは七時半くらいからカクテルが出る」

「俺のスケジュールは空いてるよ」

「素晴らしい」そうは思っていない顔だった。「どこに迎えに来ようか」

ジェイソンはいくつか考えたが、状況がややこしくなりそうなシナリオはすべて却下した。

「ここがいい。大学の駐車場に車を置いていくよ。帰りにここで降ろしてもらえれば」

「そうしよう」

アレックスが立ち上がった。何か考えているようで、顔が少々険しい。

ジェイソンも立った。

「なあ、アレックス。ひょっとしたらうまい飯を食っておもしろい映画を見るだけの夜になるかもしれないだろ」

アレックスはうなずいたが、結局言った。

「そう信じたいけど。でも本当のところ、どこかおかしいんだ」

「おかしい？」

「メンバー内で、変な感じがするんだよ。どこがかはわからない。でも少し前から、ずっと何かがおかしい」

引きつった笑みを浮かべた。

「きみなら彼らを見抜けるかもな。向こうがきみを見抜くより先に」


アレックスが出ていってドアが閉まると、ジェイソンはサムに連絡を取ろうとした。

前夜、電話をしながら二回居眠りしてしまったジェイソンは、さっさと眠ってまた明日の夜話そうとサムから皮肉っぽく言い渡されたのだった。

電話はそのまま留守電につながった。珍しくはない。当然。サムは忙しい男だ。いつもと違ったのは、その日の授業に向かう時間になってもサムから折り返しが来なかったことだ。

その時でも、不安になるほど珍しいというわけではなかった。サムは自分とジェイソンの睡眠リズムが合わないのをよく承知していたから、サムの一日について聞いている途中で居眠りしたくらいで機嫌を損ねたりはしない。

まあ、サムの一日の振り返りなど、大まかな総括以上のものではなかったが。

サムは会議に多くの時間を費やしているから――仕事の中で彼が忌み嫌う部分だ――反応がないのもきっとそのせいだろう。

九十分の『セルロイド・クローゼット』の講義を終えてもまだ連絡が来ていなかったのは、

少々意外だった。話す時間が取れなくても、それを留守電に残していくのがいつものサムだ。

ジェイソンはもう一度、さらにもう一度電話をかけてみたが、すぐ留守電につながった。

「様子を見にかけてみました」と言って電話を切った。

もし本当にサムに心配なことが起きたなら、とうに連絡があるはずだ。ジョニーか誰かが伝えてくる。だから、サムはただ……オフラインになっているだけだ。

不思議には思ったものの、心配まではしていなかった。この間の衝突があっても――あるいはあったからこそ――ジェイソンは理屈ではなく、サムが仮にジェイソンに腹を立てていても無視はしないとわかっていた。むしろ、逆だろう。ジェイソンに迫って――少なくともビデオ通話ごしに迫って――自分の不快感を明確に表明するだろう。

落ちつけ、ウエスト。

サムへの伝言で、すぐ連絡をくれと言い残したわけでもないし。忙しくて、こっちは今夜まで後回しでもいいと思ったのだろう。そのとおりなのだし。

今朝のジョージの様子では、もう無駄にできる時間はなさそうだ。次の講義までの時間を使ってYouTubeを検索し、『スノウボール・イン・ヘル』の断片がないか探し回った。

ついに、映画の公式予告編がいくつかアップロードされているのを見つける。

劇的な音楽、不穏な空を背景に重々しく首をうなずかせる油井やぐら――『チャイナタウン』のオープニングの先取りか?――そして……ラ・ブレア・タールピッツ（※LA市内の天然アスファルトの池〉から引き上げられるどろどろの死体。

『ひどい世の中だ』と、昨夜の動画でも見た長身で灰色の髪の刑事が言った。

『地獄の一丁目さ』とマシュー・スペインがうなずく。

カメラが横に動き、牙を剝くサーベルタイガーのコンクリート像のそばで、集まった記者たちが煙草をふかして雑談している光景を映し、女性記者に煙草の火を貸すネイサン・ドイルに寄った。ドイルはスペインのほうを見ている。カメラはそのままだった。

『ああ、地獄だな』とジョー・ノースの声で語りがかぶさる。『最悪の結果になった営利誘拐』

さらに緊迫した音楽に、おどろおどろしいレトロな映画向けフォントが画面を彩る。『強請《ゆす》り……裏切り……殺人！』

（微妙な韻だな）

二人の主人公を見せる画面が出る。中折れ帽が似合う二人が、思わせぶりな台詞を発した後、互いに撃ち合っているようなシーンが数秒間入った。

「やっぱり」とジェイソンは呟く。

そして最後に、例によって『近日上映』『お近くの映画館で』と表示され、制作会社の情報が出た。

ジェイソンはその予告編を数回再生し、考えこんだ。

スペインとドイルを演じる二人の俳優は二十代後半から三十代前半に見えたから、今はかなり高齢だろうが、まだ存命かもしれない。ＩＭＤｂのデータベースを見ればわかるだろうか。ほかの映画にも出演していればだが。

指を動かしてインターネットの中をたどり、ジェイソンはデイビッド・オーブリーが『スノウボール・イン・ヘル』の後で三本の映画に出ていることを知った。どれもＢ級のモンスター映画で、そこでは当然、巨大猿やエイリアンに脅かされる豊満な美女相手にどこか気まずそうに愛を寄せる役を割り当てられていた。彼は薬物の過剰摂取により、一九六七年に三十七歳で死亡している。

無認可のフィルムがこのルートから流れ出したとは考えづらそうだ。

一方ジョー・ノースのほうは、三回結婚し、映画やテレビの出演実績もずらりと並んでおり、見ているとジェイソンは映画館にあまり縁がなかった己を自覚する。ノースの最後のテレビ出演は一九九〇年代のものだった。死亡記事はないから、まだ元気かもしれない。ならば『スノウボール・イン・ヘル』の映画フィルム（とされるもの）の出所がノースだという可能性もある。

ほかのルート、映画の出演者やスタッフからという可能性も残る。フィルムが非正規ルートに流れる方法などたくさんあるのだ。

この『スノウボール・イン・ヘル』は大々的に公開されたようには見えないが、それでもフィルムが作られて映画館に提供された。映写技師が海賊版の流出元となることもよくある。さらに、失われた映画を一般人が偶然発見することだってなくはない。ネットオークションでナイトレートフィルム入りの缶を落札した人間がチャップリンの『Ｚｅｐｐｅｄ』を発見したように。失われた一九六二年制作の中国映画『大小黃天覇』が、二〇一六年にＹｏｕＴｕｂｅで見つかったように。だから。

『スノウボール・イン・ヘル』の完全版フィルムがｅＢａｙやＹｏｕＴｕｂｅを流れていたり大叔父の屋根裏に眠っているなんてこと、ありそうだろうか？　いいや。だが、ないとも言い切れない。ジョージー・オーノは用心深いタイプだった。その彼女が金をかき集めてフィルムを買おうとしていたのなら、フィルムの実存を信じる何かの証拠があったはずだ。ジェイソンがここまで見つけた断片以上の何かが。

ジョージーの『スノウボール・イン・ヘル』への興味は、売り手に声をかけられるより前からのものなのだろうか？　それとも購入のチャンスが出てきたことで執着に火がついたのだろうか。この差は重要だ。もし取引相手と接触する前からほしがっていたとしたら――彼女のこの映画への関心が映画マニア仲間に知られていたなら――計画的な詐欺のターゲットにされた可能性もある。

それならこの売り手が、ジョージーのことをもっとよく知った後、彼女を食い物にするのをやめたことにも説明がつくかもしれない。

だがもしフィルムが現存し、取引が真実であった（途中で考え直しはしたが）場合、そのフイルムの出所は、個人のコレクションか制作関係者の遺品である可能性が高い。

どこかから捜査の手をつける必要がある以上、出演者や制作スタッフを追ってみるのは悪くない糸口だろう。


ジェイソンが『ヒッチコックとその影響』の講義で『鳥』を学生に見せてから戻ってくると、五時近くになっていた。映画の途中で、ダールの講義メモがじつはヒッチコックの『恐喝《ゆすり》』という古い映画についてのものだと気付いたため、残り三十分の講義と解説ははったりだけで乗り切った。次の〝講師格付けレビュー〟の点数が思いやられる。

さらに気持ちのやり所がないことに、サムからまだ返事の電話が来ていない。

今回ジェイソンは、ジョニーに電話をかけた。東海岸では夜八時近くなので家にいるところを邪魔するかもしれないが、仕方ない。

何回か呼び出し音が鳴ってから、出たジョニーが開口一番に言った。

『ああ、電話しようか迷ってたの。サムと連絡ついてる?』

15

心臓が止まったが、ジェイソンの耳には平静に問い返す自分の声が聞こえていた。

「どういうことなんだ？　そっちにいるんじゃないのか」

『今日の朝一でワイオミングに飛んでるの。ずっと電話に出ないのよ』

「ワイオミング？　どうして。母親に何かあったんじゃ？」

ルビー・ケネディには四月に会っていた。療養中のジェイソンが彼女の牧場に滞在したのだ。六十代のミセス・ケネディは元気にあふれて見えたが、こればかりはわからないものだ。

『私の知る限り、お母さんは元気よ。ロードサイド切裂き魔《リッパー》に関することだと思うんだよね。ベドウウーっていうところに登るって言ってた』

「登る？　ベドウウー？」

ベドウウー保護区にあるポール山には美しい岩層の景観があって、ロッククライマーやハイカー、マウンテンバイク乗りに人気のスポットだった。どれもサムには当てはまらない。

そして、画家にも人気の景色だ。

ジェイソンの記憶の中に、並んだ松の木、寂しげな岩場、憂いのある月光の絵がよみがえる。イーサンの描いた絵。ベドウウーは、イーサンが好んで描きに行った場所だった。

「どうして、そんな」

『さてねえ。自分の中で何か思いついたんでしょ。どういう人かは知ってるじゃない』

「何時間も携帯をオフにする人じゃないのは知ってる」

『そうね。でも……』

ジョニーには気になることがあるようだ。

「でも？」

『はっきりはしないんだけど』と認める。『ちょっとおかしかったのよ。ボーン・ロードの存在がわかってから、ずっと変だった』

「でもあれはサムの責任じゃないだろう。あの頃は主任じゃなかったんだし」

誰を納得させようとしているのだろう、ジョニーはすでにジェイソンが言っているようなことは、そして言っていないことも、十分承知しているのだし。サムは……サムにはどうせ届かない。

大体、サムはイーサンがロードサイド切裂き魔《リッパー》の犠牲者だと信じていたから、これは普段の事件と同じではないし、感情を排除した彼のいつもの論理もどこかへ失踪中かもしれない。

『わかってる』

「サムは一体、何を探すつもりなんだ」

『何だろうねえ』

「どうして一人で？　そんなバカなこと、彼らしくない」

ジョニーは辛抱強く答えた。

『一人かどうかはよくわからないから。どこに行くか以外、あまり聞いてないのよ。そんなに心配してるわけじゃないんだけど、でもこれだけ連絡がないとは思わなくて』

「俺は心配だ」

ジェイソンはきっぱり言った。

『ごめんなさいね。状況を知ってるならあなたかと思ってた』

「シャイアンの地方支部に知り合いがいるんだ。そっちに連絡を入れてから折り返すよ」

『わかった。ありがと、ジェイソン、助かった。あの人ホントに最低野郎なところもあるけど、慣れるとクセになるのよね』

ジェイソンは「まったくだ」と呟いて電話を切った。一、二分かかってチャールズ・レイノルズ――ＦＢＩシャイアン地方支部長でサムの昔からの友人――の自宅電話番号を探し出す。

今回は、遅いだとか家の電話にかけてもいいかなどとは迷わなかった。番号を押して待ちながら、呼び出し音を数えてジリジリしていると、ついにつながって聞き覚えのあるざらついた男の声がした。

『レイノルズの家だ』

まさに、ザ・ＦＢＩ。

「どうも、チャック。遅くにすみません。俺はジェイソン・ウエストです。サムの――」

『あいつはたった今ドアから入ってきたところだ』レイノルズがかぶせた。『一番手はお前にゆずるよ。俺は次でいい』

鼓動数回分の間が空いた後、受話器が手渡され、ジェイソンの巨大な安堵は巨大な怒りに置き換わっていた。

『やあ――』

「一体どういうことだ、サム！」

『え？』

およそ初めて、サムの声は困惑していた。

「朝からずっと電話してたんだ。一体どこにいたんです？　ジョニーはすごく心配してる。どうして俺に――いや誰かに、どこに行くか言ってかなかったんです？　どうして一人で行ったんです」

息継ぎのためにジェイソンは止まるしかなく、そこでサムが、まるで幾度も説明してきたかのように『林道７００号を越えると携帯の電波は入らない』と言った。きっとジェイソンだけでなくレイノルズにも聞かせるためだろう。

『もちろん、そうでなきゃお前にもかけ直していた。心配させて悪かった』

きっと本心だろうし、返事としては正しいのだろうが、疲労して忍耐すれすれという声で言われても尖ったジェイソンの神経はなだめられなかった。

『ジョニーには、一日私用で休みを取ると言ったし、行き先も伝えてある』

「し、私用で休み？」

まるでそれが異世界の概念であるかのようにジェイソンの舌がもつれたが、ありていに言って、サム・ケネディとは相容れない概念である。ワイオミングでの滞在期間を除いては、サムは歯医者に行く休みすら取ったことがない——ジェイソンの知る限り。

「休みを取ってワイオミングに？　どうして昨日の電話で教えてくれなかったんです」

『じつは言ったとは思わないか？』とサムが陰気な冗談をとばす。

ジェイソンは笑えなかった。

「言われたら覚えてますよ」

サムは本気で、どこにいたかも何をしに行ったかも言うつもりがなかったのか？　ジョニーがベドウゥーのことを黙っているだろうと思って？　それともジェイソンが象徴的な場所に気付かないと思って？

ただしジェイソンも、今回その場所にどんな意味があるのかはよくわからない。だが、サムに何かが起きていることだけはわかる。

『いいか、ウエスト』サムはそこで切り、溜息をついた。言葉を選ぶ。『こんなにずっと電波が入らないとは予想していなかった。山を下りて車に戻るまで予想外に時間がかかった。それだけだ。明日また話そう。それでいいか?』

明日? いいや、全然よくない。

それでも「いい」ということにするしかないのだろう、サムはチャック・レイノルズのキッチンに立っていて、次はチャックとの話し合いが待っているのだし、そもそもすでに謝罪はして明日の説明も約束したのだし。ならこのまま続けてもジェイソンの気持ちを吐き出すだけにしかならない。じつは本当に何かがあるんじゃないかという不安も、すべて。

「わかった。それでいい」とジェイソンは絞り出した。

サムはためらったようだが、結局くり返した。

『明日また話そう』

そして電話は切れた。

はっ。ジェイソンを安心させ、なだめるのに使ったのは四十五秒。

まあいい、一瞬ひやりとはしたが、安心させたりなだめたりなどしてもらわなくても結構だ。ぼそっと言われる『愛している』が聞けたらもっとよかったが、サムは人前では滅多にそういうことは言わないし、どうやらもっと大事なことで頭がいっぱいだ。

ジェイソンは一、二分ぐずぐず考えてから、ジョニーに電話をかけた。ジョニーはたしかにサムが『私用の休み』と言ったと証言したが、やはり彼女もその言葉をジェイソン同様まともに受け取ってはいなかった。同じく、〝サム〟と〝私用の休み〟を水と油の組み合わせのように感じていたからだ。

『休みの日だって、何時間かに一度は電話を入れてくるじゃないよ』とジョニーがつっこんだ。

「だよな。そうだよ」

『あそこがそんな人里離れたところだなんて知らなかったし』

ジェイソンは曖昧に応答した。また別の、嫌な考えが湧き上がっていた。

たとえ国立公園での登山中は携帯圏外だったとして、車に戻れば留守電が溜まっているのはわかったはずだ。どうして返事をしなかった？　どうしてラライーに運転して戻るまで沈黙していた？　ジェイソンから電話があるまで？

バルタザール・バードルフ――愛称はＢＢ――は、スチームパンクのテレビゲームに出てくる洒落た葬儀屋のように見えた。すらりとした一九三センチの長身、紫の絹織物のウエストコートにＭＯＴＯの革ブーツを履いている。赤い髪を後ろに垂らしていて、顔は細く長い。目は青かった。シルクハットはかぶっておらず――ジェイソンに言わせれば惜しい――しかし懐中時計は持っていて、木曜の朝に自己紹介をしてきたジェイソンを追い払うためにそれを効果的にひけらかしていた。

「すまないね、行くところがあって」バードルフはジェイソンに言った。「だがこの精神病院へようこそ」

「どうも」ジェイソンは去っていくバードルフの背へ声をかけた。「また後で」

必ず。

とはいえ、その「後で」がなかなか実現しない。

記録上、バードルフ教授はこの日はＵＣＬＡ構内にいるはずなのだが、サンタ・クラリタか、さもなければ己の移動要塞にいるも同然だった。講義をしていない時は、オフィスで学生と話しているか電話中だ。避けられていると思いたくなるほどだが、バーンがこのアーキビストにジェイソンの正体をバラすわけはないので、アレックスが密告したのでなければ（現時点ではこれも考えにくい）ただの嫌な偶然だろう。

ジェイソンは、バードルフを重要参考人の一人だとみなしてはいたものの、まだ追っていない手がかりのひとつという程度にすぎない。なので講義のない一日が始まると、まず腹を据えて『スノウボール・イン・ヘル』の残る俳優と制作スタッフを探しにかかった。

時間のかかる作業だが、それには慣れている。

彼の捜査活動のうち多くの、もしかしたら大半の作業は、ネットか電話で片付けられるものだ。

まず、監督のヘンリー・ウォルシュからとりかかる。

ウォルシュは一九八一年にフランスで死去していた。

プロデューサーのリーランド・ウィーラーは一九七五年にハリウッドで死去。

撮影監督のダドリー・ソーンダースはグラナダ・ヒルズで一九八〇年に死去。さらに死が続く。美術監督、編集技師、助監督、音響、特殊効果、視覚効果、撮影機材スタッフ、などなど。

ジェイソンは手早く、名前を一つまた一つとまっすぐの線で消していった。

エンディングまで。

映画を作るのにこんなに大勢が関わっているなんて、どうして今まで意識しなかったのだろう？　小規模のインディーズ映画でさえ裏には驚くほど膨大な人数が関わっている。

その全員が制作の前段階・撮影中・後段階のすべてに関わってくるわけではないにせよ、かなりの人数がどこかの時点で参加しているため、ジェイソンの仕事は気が滅入るほどの量になる。さらに徒労感を増すことに、これらの容疑者集団のほとんどは天上の上映会に旅立ってしまった後だとわかってきた。

記者のタラ・レニーを演じたヨランダ・フラワーズと、マシュー・スペイン警部補を演じたジョー・ノースを除けば、『スノウボール・イン・ヘル』制作に関わった人物は、皆ジェイソンの手の届かないところにいた。

もっとも現状、ヨランダとジョーにも手が届くわけではないが、とりあえずＩＭＤｂのデータベースで死亡扱いになってはいない。それ以上調べても何もわからなかった。

ヨランダに関しては、死亡記事がないのはおそらくただの見落としだろう。端役が多かった。それこそタラ・レニー役が彼女の一番大きな役だ。彼女に関する記述は、連続ドラマの『ＦＢＩアメリカ連邦警察』に一九六七年、トゥイッケナム夫人役でクレジットなしの出演で終わっている。

だがジョー・ノースは――。

ジョー・ノースのキャリアは、輝かしいとまではいかなくとも長いもので、映画データベースを調べながら、ジェイソンはノースは生きているという確信を強めていった。

もう引退してはいる。まあそうだろう。九十歳代だ。

高齢者保険のメディケアや社会保障を通じて居場所はつきとめられる。そもそも現役でなくとも、きっとまだ再放送のロイヤリティとか何かをもらっているだろう？

ノースが六十年代から七十年代のテレビに出演していたからには、彼はＳＡＧ（現ＳＡＧ－ＡＦＴＲＡ）に所属していたはずだ。映画俳優組合《SAG》－米国テレビ・ラジオ・アーティスト協会《AFTRA》は、テレビ俳優やジャーナリスト、ラジオパーソナリティ、音響技師、歌手、声優などの労働組合であり、近年ではインフルエンサーやファッションモデル、ほかのメディア関係者まで含まれる。

ＳＡＧ－ＡＦＴＲＡの代理人部門は世界各地のタレント事務所を傘下に置いているので、ノースのエージェントが組合員であった可能性も高い。本部はロサンゼルスのウィルシャー大通りにあるが、結局は電話で五十五分待たされて、ジェイソンの知りたい情報が得られた。

ノースのエージェントであったハーマン・アルバンは亡くなっていたが、アルバン事務所はまだ存在しており、そこに連絡して三十分後、ジェイソンはジョセフ・エドワード・ガント（ノースの本名だ）の住所と電話番号を入手していた。

どうやら、ノース——というかガント——は、ノースハリウッドに住んでいるようだ。

ジェイソンはその番号にかけ、心の中で祈った。

留守電を予想していたが、耳に心地いい深いアルトの女性の声が応答した。

ジェイソンが名乗って、ごく簡単に用件を伝えると、相手のメアリー・ベス・エリストフ——『ジョーイの同居人の一人よ』——が〝ジョーイ〟に取り次いでくれた。

『ＦＢＩだって？』

その声は電話ごしに意外と高く細く響いたが、ここまでジョー・ノースの動画に山ほど見入ってきたジェイソンにはすぐに彼だとわかった。

『遅かったな、とうに時効だよ』

「何が時効なんです？」とジェイソンは聞き返した。

奇妙なしわがれ声が聞こえて、ジョー・ノースが笑っているのだとわかる。

『何でも好きなのを言ってくれ、全部やってきた』

「それは期待できそうだ」

ジェイソンの返事に、ジョー・ノースがカッカッと笑った。

その声がいきなり途切れて、ひそひそとした囁きに変わる。何秒かしてやっと、数人が囁き交わしているらしいとわかった。

「もしもし?」

ジョー・ノースが会話に戻ってきた。

『あんた、話が聞きたいと言ってたな。それでいいんだろ?』

捜査の証人がこれほど話に乗り気なことは滅多にないが、とにかくこのチャンスは逃したくない。

「そうです。もしご都合がよければ午後――」

ノースがさえぎった。

『今来られるかい。うちの娘っ子がランチをこしらえてくれるよ。ルルベルが聞きたいことがあるって言ってるしな』

娘っ子? ランチ? ルルベル?

「えー……と、わかりました」とジェイソンはたよりない返事をした。

『心配すんな』カラカラとノースが笑う。『誰も嚙みつきゃせんよ。そんなにはな!』

その家は、ノースハリウッドのベン通りにあった。昔ながらのスペインのヴィラ風の愛らしい家の前には、夏のさなかに咲き乱れるコテージドライガーデンがある。古きハリウッドのワンシーンのようだ。あと必要なのは、花籠を手にした色気のある女優の卵と、二匹のスコティッシュ・テリア。

ジェイソンは鉄の扉を抜け、でかいサボテンとラベンダーの茂みにはさまれた石の道を進み、ステップを上って両開きの大きな玄関前に立った。

ドアで迎えたのは、濃く日焼けした細身で上背のある、まっすぐな銀の髪と青く鋭い目をした女性だった。ハイウエストの男性用ズボンで男性用のチェックシャツの袖をまくり上げ、古典的なレズビアンという雰囲気を放っている。

「ＦＢＩの捜査官には見えないねえ」

マーゴットと名乗った彼女は、がっかりした様子だった。

ジェイソンは身分証を出した。

「フラー社の訪問ブラシ売りとして潜入捜査中なもので」

マーゴットは笑って、身分証はいらないと手を振った。

「あんたの歳じゃそんなのもう知らないだろ。映画の見すぎじゃない？」

「この頃は特に」と白状し、ジェイソンは財布をしまった。

彼女につれられて明るく風通しのいいリビングに通される。つやつやした木の床で、いくつもの窓からきれいな庭が見えた。大がかりな——そして間違いなく高価な——リフォームにもかかわらず、家にはなつかしのハリウッドの魅力があふれていた。いや、そのヴィンテージのハリウッド感は、部屋にいる住人たちが醸し出すものかもしれない。高齢の男性と、そこそこ年配の二人の女性が、くつろげそうな〝モダンコテージ〟風の椅子に座っていた。

ジェイソンには女性のほうはわからないが、男性はたしかに、あのジョー・ノースを一度くしゃっと丸めた感じだった。

ノースが立ち上がる。今でも長身で肩がまっすぐだ。そしてジェイソンと握手をした。

「会っていただけてありがとうございます、ミスター・ノース」

小柄でエレガントなアフリカ系アメリカ人の女性が口を出す。

「もっと前に逮捕しに来ないとね。『ヘヴィ・イーヴィル』の出演で罪状は足りたでしょ」

全員が笑い、そしてジェイソンは、今日は長くなりそうだと覚悟したのだった。

実際には、これまでで一番楽な証人聴取だった。

普段は陶磁器の皿やクリスタルのグラスでランチを提供してもらえることもないし、情報すら提供されないこともある。だがジョー・ノースと彼の友人たちは食を愛し、酒を愛し、おしゃべりを愛し、しかも来客を愛していた――たとえ捜査官のバッジを持った客でも。

もっとも、隠し事のある人間の中には、自分には隠したいことがあると気付いていない者もいる。ドン・ミラーがそうだった。連続殺人犯《シリアルキラー》のドン・ミラーではなくアマチュア考古学者のほうだ。殺人犯のほうには隠し事があっただろうし。アマチュア考古学者のドン・ミラーは半生に渡って数千の貴重な遺物を、合法的あるいは非合法的に買い集め、溜めこんでいたのである。そのすべては政府に没収されて、これからきっと五十年かけてきちんと分類整理されていくのだろう。

「あのイギリス映画がそいつで有名になってたが、英語の映画の中で〝ホモセクシュアル〟という単語を使ったのは、じつは俺たちが最初だったね」

ノースが鶏のクリーム煮を食べながら言った。

「あれだよ、俺のやった役がドイルの役の部屋で見つける本に、その言葉が書かれてるんだ」

白ワインを飲み、マーゴットに一つうなずく。玄関で出迎えてくれた銀髪の女性だ。それから言った。

「いい香り《ブーケ》のシャルドネだな。かすかにシトラスのアンダートーンがある」

「いい桃の香り」とマーゴットがうなずく。

ノースは、ジェイソンが思っていたよりはるかにいい役者だったに違いない。彼の役柄は多くがタフな二枚目で、頭より拳を使い、いつも女をモノにするタイプだった――ごくまれに彼女を刑務所送りにするほかは。だが素顔はこの気さくでおしゃべりな老紳士とくる。

「あなたは『スノウボール・イン・ヘル』を撮影した時、結婚されてましたよね？」とジェイソンは聞いた。

「この人はいつも結婚してたもの」

メアリー・ベス、小柄なアフリカ系アメリカ人の女性がそう述べると、またしても皆が一斉に笑った。

「それ以外の道があるとは知らなくてな」ノースが答えた。「というか、なかったんだよな。あの頃は。まともなキャリアがほしい人間にとってはな。デイビッドにも何回か忠告したんだよ。あいつは俺よりいい役者だったが、ただ、ルールの中で生きられなかった」

「生まれる時代を間違えたのよ」とルルベルが悲しそうに言った。

ルルベルはこの中で一番若かった。五十代後半から六十代頭だろうか、老いても豊満な金髪女性で、どうやらスリラー作家志望らしい。すでにジェイソンに質問を浴びせ、銃の訓練やテロリストのプロファイリング、公海上での犯罪について聞き出していた。ジェイソンの捜査のほとんどが文化的な資産を取り戻すことだと知ってがっかりはしていたが、生きて動くＦＢＩ捜査官を質問攻めにする気はまだ満々だ。

「あなたとデイビッド・オーブリーは親しかったんですか？」

ジェイソンはノースにたずねた。

「そうでもなかった」ノースがウインクした。「あいつのなまっちろい顔のボーイフレンドがいつもうろついてなきゃ、もっと親しくなれたろうが」

マーゴットが言った。「あの映画は事実に基づいてたんじゃない？　トリビューン・ヘラルド紙には本当にドイルがいたってこと？」

ノースが鼻を鳴らす。

「そうは言ってたけどな。いやいや、あの頃はいろんな映画がそうフカしたもんさ。〝実話を元にしています！〟」嘲り声だった。「とにかく、名前は変えてあるだろ。そんなバカやったら訴えられちまう」

「そうよ」ルルベルが作家志望者にありがちな断言口調で言った。「名誉毀損で訴えられたら、たちまちキャリアが台無し」

「だがあの映画がもう一度日の目を見るなら、うれしいね。俺のやった最高の演技の一つだった。オーブリーは、あれがでかい出世作になると信じてたよ」

ジェイソンは水をさしておく。

「完全版のフィルムが見つからない限り、どのくらい日の目を見られるかはわかりませんよ。あなたがたよりだったんですが」

ノースは残念そうに首を振った。

「自分が出たどの映画でも、フィルムをもらおうなんて考えたこともなかったね。記念に配るようなもんでもないしな。何のためにもらうんだ？　今とはわけが違う、あの頃は古い映画を見たいからってデッキにビデオテープを入れるなんてことはできなかった。俺だって、見たけりゃ夜更かしして深夜放送で、ポルノのＣＭを我慢しながら見るしかなかったんだ。皆と変わらないよ」とカエルじみた笑い声を立てた。「ま、俺は自分の演技はとても見らんないけどな。昔からずっと無理さ」

「ジョーイは居間に、当時出た映画ポスターを飾っているの」とルルベルが教えてくれた。

「それは是非見たいです」とジェイソンは答える。

そのまま全員で広々とした居間にパーティーを移して、ジェイソンはノースのヴィンテージポスターコレクションを鑑賞した。

「大体いつも、ポスターのほうが映画よりよかった」とノースが明かす。「俺はポスターを見ちゃ、この映画に出たいって思ったもんさ」

『スノウボール・イン・ヘル』のポスターも出来がいい。赤と黒の鮮やかな対比がレイノルド・ブラウンの作品、というかその模倣を思わせる。

下側のキャッチフレーズにはこうあった。〈誰だって自分の物語を抱いている、ミスター・ドイル。そうだろう？〉

ノースがいきなり言った。

「プリントを持ってたのは誰だったと思う？　つまり、フィルムを。オーブリーだよ。ただし死んだ頃にはまた次の夢をつかもうとして売っ払った後だったかもしれないな」

「デイビッド・オーブリーが『スノウボール・イン・ヘル』の完全版フィルムを持ってたんですか?」

「そう言ってたよ。嘘をつく理由もないしな。これを知ってどうなるとも思えないが。あいつは随分昔に死んだから」

「一九六七年に」

あの映画が作られてから十年後。たしかに、誰もほしがらないフィルム入りの缶を大事に持っておくにはいささか昔すぎる。

「ボーイフレンドのほうはどう?」犯罪小説家志望のルルベルがそう口をはさんだ。いい着眼点だ。「オーブリーが死んだ時もまだつき合ってたの?」

「あのジャンキーがほかに目移りするとは思えないね」ノースが答えた。「何せあのガキは、まさにオーブリーに首ったけだった。撮影中も片時も目を離そうとしなかった」

「あなたがいたら私だってそうなる」とメアリー・ベスがからかった。

ジェイソンには、彼らの関係性がよくつかめずにいた。女性陣は皆、あちこちの制作会社でバラバラに働いていたらしいから、そこからの繋がりだろうか。ただの仲がいいルームシェア仲間? 血縁があるふうではない。ルルベルとメアリー・ベスにはカップルらしき雰囲気もあったが、四人全員が互いに気を許し、親密にすら見える。居心地はいいが、謎も深い。

「彼は何歳でしたか？　オーブリーのボーイフレンドは」

「成人はしてなかった。合法の年齢じゃなかったことしかわからんな」とノースがむっつり言った。

「誰かが通報して保護するべきだったねえ」とマーゴットが言う。

「無駄さ。ありゃウリセンだ。未成年の男娼《ウリ》。また逃げ出すだけさ。大体、オーブリーよりもっとヤバいものから逃げてたのかもしれないしな」

「名前は思い出せますか？」

ジェイソンはたずねた。細すぎる望みの糸だ。その少年が生きて成人できたかどうかもかなり怪しいし、35ミリの映写機がなければ見られもしない謎の映画フィルムを後生大事に持っていたとも思えない。

「駄目だな」ノースが答えた。「ミッキー、マイキー？」

「ラストネームは」

「あったんだろうけどな。ファーストネームもはっきりしないよ。ほかの誰かと記憶がごっちゃになってるかもしれないし」

「写真とか？　ひょっとして？」

「ないね。あの頃はあちこち転々としたからな」ノースが辛辣な笑みを浮かべた。「俺はさ、スクリーンの中でも外でもタフガイで通そうとしてきたんだ。そのほうが安全だろうってね。

だから、思い出の品とか記念品を取っとくことはしなかった」

16

サムからは木曜の十時すぎに電話があった。

『やあ。どんな一日だった？』

その声は二杯分のウイスキーサワーの滑らかな響きを含んでいる。

ジェイソンは本日最後のメールの〈送信〉を押してから、打ち明けた。

「忙しいばかりであまり収穫がなかった。そっちはどうです？　まだワイオミングですか？」

あれから二十四時間弱経って、水曜夜のサムとの奇妙な電話のやり取りの後で十分に気持ちを整理したジェイソンは、現実と向き合い、二人の仲がどう発展しようとサムの心の動きに対して自分は周囲と同程度にしか理解できていないのだ、という事実を受け入れていた。

その事実はいささか苦いが、わかった上でこの関係に踏みこんだのだ。サムはサムでしかない。ジェイソンはジェイソンでしかない。妥協点が肝心だ。

『それだが、今ＬＡへ向かっている』

「ＬＡ？」驚きを隠せない。だがすぐ思い出した。「ああ、捜査会議ならぬ検討会ですか」

納得はいく。ＬＡ支局は、もともとロードサイド切裂き魔《リッパー》の捜査を担当していた。

『明日の夜、ディナーに行けるか？　一緒に夕食を食う時間ができるくらいには早めに切り上げられそうだ』

これぞ譲歩。記憶にある限り、サムがジェイソンとの夕食のために仕事上がりを早めようとしたことはない。

ジェイソンの喜びは、すぐしぼんだ。

「しまった。予定があるんです」

『だろうと思った』ウイスキーサワーが言わせているようだ。『キャンセル可能か？』

「残念ながら、無理です。仕事なので」

『そいつは畜生だな』

サムの言い方にはワイオミングのカウボーイ風味があった。カウボーイだったことはない男だが。

『夕食後の一杯くらいは？』

会えるならジェイソンだって会いたいに決まっているだろう。

「俺の家はどうです？　真夜中すぎには帰れると思うので」

『仕事で出ているには遅い時間だな』とサムが述べた。

笑いこそしなかったが、ちょっと笑える。専任の捜査官が週五十時間労働で、週末や休日も含め常時オンコール態勢であることはサムも知っているだろうに。家で家族とすごせない夜はそう珍しくない。大体、サムの労働時間こそ週七十時間はあるだろう。

サムは勘ぐるたちではないが、時おり意外な嫉妬心をのぞかせるところがある。なら全部話しておくほうがいい。

ジェイソンは、アレックスから招待されて映画マニアのクラブに彼の連れとして行くことと、この会に行くのがどうして自分の捜査で大事なのかを、ジョージーがイーライ・ハンフリーをＦＢＩに告発してからクラブ内での空気がおかしいというアレックスの証言を強調しながら、説明した。サムの側から返ってくる深々とした沈黙が気にかかったが、何とか、やっとのことで、映画保存の仕事の重要性について演説したりサムとのディナーに行くほうがいいとべらべら話すのはこらえた。しゃべればしゃべるだけ後ろめたいことがあるように聞こえるし、そんなことは何もないのだ。

少なくとも、ないはずなのだ。

『随分な偶然だな』

やっとサムがそう、語尾を溜めて言う。どの出会いを言っているのか、ジェイソンにはすぐわかった。

「そうですね」本音を付け加える。「俺にとっては運のいい偶然だった」

『だな』

「で？　明日、家に来ますか？」

緊張するようなことではないのに、不意に自信がなくなり、サムが気を変えて会うのをやめるのではないかと不安になる。

おかしな話だ。初恋でジタバタしているティーンエイジャー同士というわけでもないのに。

それなのに、聞きたくない返事に身がまえていた。

『明日の夜だな』サムが言った。『楽しみだ』

安堵感は、その前の緊張と同じくらい馬鹿げているが、両方ともリアルな感情だった。

「週末はいられますか？」

『検討会は土曜までだ』サムがためらった。『土曜の夜も、滞在をねじ込めるかもしれない。保証はできない』

「金曜だけでも……うれしいですよ。また会えるのは何週間も先だろうと思っていたから」

どうしてか、その正直な返事にサムは不意を突かれたようだった。

『ああ、俺も会いたい』とぼそっとこぼす。

二人が夜更けの電話をするようになった頃、ジェイソンはビデオ通話にしようと誘ったことがある。だがサムは、目をとじてジェイソンの声を聞くのが好きだと言って拒んだ。そのほうがそばに感じられると。そう言われては反論できなかったが、今日のような時はできたらサムの顔が見たかった。その目の表情を見たい。

「じゃあ明日の夜に」ジェイソンは言った。「愛してます」

サムの言葉はひどくひそやかで真摯で、ジェイソンの喉が詰まる。

『愛している、ウエスト』

それに続いたダイヤルトーンは、世界の何より孤独な音だった。やっとジェイソンは、眠りにすべり落ちながら、どうしてベドウウーの山に登ったのかサムから何も説明されていないことに気がついた。


結局のところ、バードルフ教授をこちらから追いかける必要はなくなった。

金曜の朝、アーカイブ調査研究センターのエレベーターから降りると、バードルフがジェイソンのオフィスの前をうろうろ歩いていた。

ジェイソンを見つけると、彼は懐中時計をしまって呼びかけてきた。

「やあ。話がしたいのだが」

シャーロットと電話中だったジェイソンは、今夜は家から警備員のホラスを追い払っておいてくれと念押しし、携帯電話をポケットにしまった。

「よかった。俺も話したかったので」

「ポップの話じゃ、きみは警察だって？」

「ポップ？」

ジェイソンは内心毒づいた。そうだった。ポップ・マッキンタイア。老いた警備員兼・営繕係兼・地獄耳男。ジェイソンの疑惑は当たっていた――バーンとの会話を、少なくともその一部をポップに盗み聞きされたのだ。

「ポップが聞いたんだが、バーンがきみの捜査に全面的な協力を約束したそうだな。一体きみは何を捜査する気でいるんだ？」

勘弁してくれ――バードルフはこの会話を二人の間だけにしておく気がまるでない。建物内の図書館二階にまで届きそうな声だ。

「続きはオフィスの中で話しませんか？」

「ああ、話してもらうとも！」

幸いにしてまだ時間が早く、ほかの職員は来ていない。ポップすら、その不在がかえって目を引くくらいだ。

そうではあるが、ジェイソンの偽装はすべて剝がれたと思っていいだろう。

ジェイソンがオフィスの鍵を開けると、バードルフが割りこんで中へ入り、吐き捨てた。

「バーンが警察なんかと一緒に職場の仲間を調べるとか！」

ジェイソンは明かりをつけた。

「お座りください、バードルフ教授」

「世間話に来たわけじゃない」

今日のバードルフはレザーベストを着ていて、丈長でフリンジ付きのモカシンブーツを履き、編みバンド付きの大きなつば広帽をかぶっていた。でかいリボルバーを下げれば完璧だ。

「ではお好きに」

ジェイソンは鞄を下ろすと、机の向こうの椅子に座って背中を預けた。けげんな目をバードルフへ向ける。

「警察を避けたい理由が何かおありですか？」

バードルフがジェイソンの丁寧な言い方を真似た。

「いいや、警察を避けたい理由は何もおありではないよ。大学側が何考えて警官を中に入れたんだか知りたいんだ。これは、教育の自由に対するあからさまな侵害行為だ」

「俺は警官ではありません」

「教育者じゃないのはたしかだろ」

ジェイソンは唇を上げた。

「あなたがご自分の教室やその外で何を言ってようが、俺にとってはどうでもいいことです。目的はあなたではない。ジョージー・オーノの死にあなたが関わっているというなら話は別だが」

「ジョ、ジ、、ジョージー？　何の話をしてる？　どうしてジョージーの名前がこんなところで出てくるんだ」

　そこでジョージーの名前が出てきた理由に思い当たったのか、温かみのない蛍光灯の光でわかりにくかったが、バードルフは顔色を失ったように見えた。

「だがあの捜査は終わったんじゃ……」

　ジェイソンの表情に何を見たのか、バードルフは机の横の椅子にドサッと崩れた。

　ジェイソンは言った。

「オーノ教授のご遺族は、彼女の死の状況を受け入れられずに苦しんでいるんです」

「状況って？　事故だろ。ほかに何があるんだ」

「自殺？」

「ありえない」バードルフが心底断言した。「絶対に」

「殺人？」とジェイソンは水を向ける。

「殺人？」バードルフがぽかんと口を開けた。「誰が――バカげてる！」

「オーノ教授を最後に見たのはいつです？」

「一体何回この話をしなきゃいけないんだ？　俺が彼女に何かするわけがない。動機は？」

「質問に答えていただけませんか？」

「どうせ答えはもう知ってるんだろ？　こんなのはハラスメントだ」

ジェイソンは口を開く。バードルフがかぶせた。

「わかったよ！　百万回目だけどな！　彼女とは木曜の夜にディナーを食った。金曜の朝に俺の家から出てった。隣人が、車で帰る彼女を見ている」

「そしてあなたはいつ町を離れたんです？」

「金曜の夜に発った。帰ってきたのは火曜だ。彼女が家から出てったのを最後に会ってない」

バードルフの証言は常に一貫していた。今回もぶれはない。

「隣人が木曜の夜、あなた方の口論の声を聞いていますが」

「その後に俺たちがヤッてる声も聞こえただろ、いつもそうなんだよ。喧嘩して、ヤる。俺たちの関係は激しかったからね」

「あの夜はよりを戻したんですか？　あなた方は別れていましたよね、たしか？」

「別れてた？」バードルフは驚いた顔になった。「俺たちはカップルじゃなかった。恋愛関係じゃなかった。彼女とはセックス付きの友達で、この付属部分がまあ格別だった。あれほどのセックスパートナーはいなかったね」本気で惜しんでいる様子だ。「もう二度といないだろうな」

ほほう。バードルフが語る二人の関係性は、周囲の見方と違っていた。それでも――気に食わない男だが――彼の言葉には真実味があった。

不愉快な真実だが、それでも真実だ。

「では、オーノ教授はあなたに恋心を抱いてはいなかったということですか?」

「こ、こ、恋心? 俺に? ジョージーが?」バードルフが口から唾をとばした。「ジョージーは誰にも、ましてや俺には、恋心を抱いちゃいなかったよ。彼女の恋心は、ハロゲン化銀結晶の作り出す、暗い劇場の十メートル幅の映画スクリーンで動き回る幻《ゴースト》に捧げられていたんだ」

アレックスは、オーノを誰より知るのはバードルフだと言っていた。そのとおりかもしれない。

「あなたとオーノ教授は、古い知り合いだ」

「それ質問かい? ああ、ジョージーのことは十年近く知ってるよ。十年近く友達だった」

「ええ。ところで、映画スクリーンといえば、オーノ教授が『スノウボール・イン・ヘル』という映画について口にしたことはありませんか?」

バードルフはぎょっとした。

「どこでそいつを聞いたんだ」

「ジョージーが祖父に話したんですよ、失われたノワール・フィルムの名作を発掘したと思うと」

「彼女が発掘したわけじゃない。発掘した人間から買おうとしてたんだ。でもその取引がポシャっちまった。売り手がビビって逃げたのさ」

「売り手が誰なのかは知りませんか？」

バードルフは首を揺すって否定した。

「いや。聞き出そうとしたが、信用されてなくてさ、俺が取引を横取りすんじゃないかって」

少しキツネめいた笑みになる。「的外れな心配とは言えないね。あのフィルムはアーカイブに収められるべきなんだ。とにかく思うに、相手はネットで会った誰かじゃないかな。彼女、チャットとかフォーラムに熱心に入り浸ってたから」

「カリーダ・ロイスは、大学の誰かじゃないかと」

バードルフが首を振る。

「あの女は何も知らないまましゃべってるだけさ。大学の誰かなら、俺のところに来るはずだ。俺が専門家だし。人脈もある」

ジェイソンはその見解について一考した。どちら側の主張も成り立つ。

「そのフィルムが本当は存在していない可能性はありますか？　取引が詐欺で、その映画フィルムへの関心を知られていたジョージーがターゲットにされたとか？」

「いや。フィルムは実在してるよ。そもそもジョージーの『スノウボール』への執着は、売り手から連絡が来た後に始まったもんだ。その映画について調べるだけ、手に入れたいとのめりこんでいった」

「たとえそうでも――」

「彼女は俺に、フィルムの断片を見せてくれたんだ。六コマ分、オリジナルから安全フィルムに焼き付けられたものだ。俺はＹｏｕＴｕｂｅにアップされた分は全部見たが、あのフィルムはどれとも違った」

「そのフィルム片はどうなったんです？　遺品の中にはありませんでしたが」

「売り手が、気を変えてフィルムを手放すのをやめた後、返せと要求したんだよ」バードルフはジェイソンをにらみつけた。「お前、警官じゃないって言っただろ。なら何者だ？」

ジェイソンは自分のＩＤを出して見せた――サムならきっと〝芝居がかっている〟と評するところだろう。当然だが、バードルフは怒りでまさに真っ赤になった。

「ＦＢＩ！　十倍も悪いじゃねえか！　イーライのことで来てんだな、お前？」

それにはジェイソンが面食らった。

「いえ、違います」

「何言ってんだ。イーライは『スノウボール・イン・ヘル』の違法コピーをジョージーに売りつけようとなんかしてねえぞ」

「したとは思っていませんよ」

「ジョージーが何考えてたのかわからんね。なんでイーライに噛みついたのか。だが警察に訴えたことで、彼女は周りから見限られたんだ。俺は彼女に言ったんだよ、違法なことなんか何も起きてないってさ。映画ファンの集まりなんだぞ、大体？　あんな古い映画やレアな映画の出所の問題点とか、知らなかったわけでもあるまいし」

「俺が聞きこんだところでは、彼女は著作権侵害について強い懸念を抱いていました」

「俺たちだってみんなそうだよ。そりゃ。だけどな、何も正義ヅラして――」

「彼女が公的機関に訴え出たことが、クラブ会員の多くを動揺させたのは理解できます」

「多くっていうほど数はいない。俺たちはほんの内輪の仲間内で、コレクションの映画をひっそり見せ合ってるだけだよ」

　ジェイソンはコメントを控えた。

「ジョージーがクラブに入会できたのは、俺が紹介者になったからだ。おかげで、俺まで出入り禁止になってもおかしくなかった。あいつはそれさえ気にしなかったんだ。ああしたフィルムの多くは、いずれうちのアーカイブに入る。持ち主たちといい関係を築いておくのは俺にとって大事なことなんだよ。いくらそれを言って聞かせても、一旦頭がいっぱいになると、もう止まらない。そんでクラブから追い出されて、彼女は傷ついてたよ。俺は聞いたね、『ほかにどうなると思ってたんだ？』って。そしたら彼女、脅しをかけてきたんだよ！」

「誰を脅したんです？　あなたを？」

「俺？　違う！　とにかく……全員をだよ。全体的に。そんなことしたって誰とも仲直りできるわけないのにさ。最悪のダメージを与えておいて、まだ足りないみたいに」

　そうは言っても、それは本当にジョージーによる最悪だったのだろうか？　ヒックの話だと、ジョージーの告発はそもそもから曖昧だったものが、たちまちあやふやになっていったという。彼女ははぐらかそうとしたのだ。そう。ジョージーは、多くの知人につながる交流の橋に火はつけたが、すべてを崩壊させることまではしなかった。

　誰かがそのことを知っていた。

　ジェイソンは考えこみながらたずねた。

「あなたから見て、オーノ教授には人を見る目がありましたか？」

　バードルフは笑い声すら立てていた。

「人を見る目は一切なかったよ。人間の本質というものがまるでわかっちゃいなかった。人の心の動きが理解できなかったから、警察につき出した相手の家にまた招かれて当然だと思ってたんだ」

　バードルフが首を振った。

「本当のところ、ジョージーは人間というものがあまり好きですらなかった。自分の人生に入ってくるのは、架空のキャラクターだけにしたかったんだ」

17

金曜の夕方、ジェイソンがイーライ・ハンフリーの家でのディナーに向けて着替えている時になって、J・Jから電話があった。

『誰が夕飯に来ると思うよ?』

ジェイソンは黒いシルクのTシャツを着て、裾を黒いジーンズに入れた。客室の鏡に自分を映す。まあやや不吉な感じはするが洒落ている。あっさり答えた。

「サムだろ。昨日の夜電話が来た」

『あ、そうだったか。そうさ、チーム全員を飯につれてくってさ』

チームというのは、ロードサイド切裂き魔《リッパー》の検討会のことだろう。

「連続殺人犯の話ほど食欲をそそるものはないからな」

すでに遅れそうなジェイソンは、やむなく見当たらない靴を探しにかかった。このサイズの部屋の中で見失うとか——ああ、あった。クローゼットの中だ。

『だな』J・Jが咳払いをした。『で、だな、俺がさっきまであんたに連絡できなかったのは、ジョージ・ポッツにあそこに放り込まれて――』

　そこで止まる。言い直した。

『いいニュースと悪いニュース、どっちから聞きたい？』

　ジェイソンはブーツのファスナーを上げ、体を起こして溜息をついた。

「いいニュースから」

　どうせ〝いい〟ニュースも〝悪い〟ニュースも見当はついている。

　他人にとっての凶報を気にすることは滅多にないＪ・Ｊが、珍しくまた言いよどんで、咳払いした。

『困ったことに、俺の〝いいニュース〟はむしろあんたにはかなり悪いニュースなんだ』

「ラッセル、いいからさっさと言ってくれないか？」

　Ｊ・Ｊがまくし立てた。

『驚くなよ？　俺はリッパーの捜査班に復帰したんだ！』

　一瞬ジェイソンはその意味を考えてから、やや懐疑的に「おめでとう？」と返した。

『そうさ、めでたいよ。この捜査班に選抜されるなんて大出世だ』

　おもしろい話だ、アダム・ダーリングと組んでいた頃、Ｊ・Ｊはそれが出世コースだとは考えていなかったのだから。だがジェイソンはその反論を呑みこんだ。理解はできる。アダムとＪ・Ｊは、ほぼ死体安置所巡回業務に専念させられていたのだ。ＬＡ支局担当の新設かつバージョンアップされたリッパー捜査班にサム・ケネディによって選抜されるのは、それとはわけが違う。

「俺はごめんだけどな」

『あんたがこの捜査班に？』

ラッセルに笑われて少々ムッとしたものの、仕方ない、ジェイソンはかけらも近づきたくないのだ。連続殺人犯《シリアルキラー》の捜査班――検討会だろうと井戸端会議だろうと――には。

そんな呼び方は意地が悪いか。サムだって、遊びで腕利きをそろえてこの検討会を開いたわけではないし。

『だからさ、仕方ないけど、俺は今週末はこの検討会に時間を取られることになる』ラッセルは本気で申し訳なさそうだった。『だから……』

「こっちは俺一人だな」ジェイソンは引き取った。「大丈夫だ。そうなると思ってた。ジョージからも今朝、きみをほかの任務に移すという話はされてる」

『移ったわけじゃないけどな。この検討会は週末だけだし。その後また戻ってくるよ。こっちの捜査班で手一杯ってこともないだろうしさ。そうなったとしても、ケネディはすぐ解決する気満々だ。今度こそ、完全に』

「だろうな」

J・Jが見せた予想外の肩入れはありがたいが、今後ジェイソンは時間を惜しんで働くしかなさそうだ。

『それにバークルに共犯がいたのをつかんだ以上、そいつをつき止めるのも時間の問題さ』

「それは確定なのか？　バークルに共犯者がいたのは？」

『共犯者とはちょっと違うかもな。同業者？　合作相手？　奴らは殺害記録をシェアしてたんだ』

ジェイソンは口を開け、それからとじた。J・Jはそんな捜査情報を明かすべきではないのだ。そうしたのは、ジェイソンとサムの関係性のせいだろう。

彼の沈黙に向けて、J・Jが珍しく遠慮がちに言った。

『俺は、ケネディに忌み嫌われてると思ってた。正直、また捜査班に選ばれるなんて夢のまた夢だろうと。あんたがケネディに何か言ってくれたのか？』

ジェイソンは、鏡の自分に向かって苦笑した。

「俺が何を言おうが彼は気にもしないよ。きみが選ばれたのは、アダム・ダーリングと一緒に最初の捜査班にいたからだし、ジョージがきみを買ってるからだ。自力で勝ち取ったことだよ、ラッセル」

『やっぱりか』いつもの生意気なJ・Jが出てくる。『あと聞いてくれ、俺たちの事件についてのネタもあるんだよ。オーノの検死報告書を詳しく見てもらった。その法医病理学者によれば、オーノの体のあざは例の性的行為より以前の、口論の時に付いたと考えられるそうだ』

「それは見立てどおりだな」

『そう。ただオーノの喉元、首の紐の周囲に、本人の爪と矛盾しない傷がある』

「矛盾しない？　本人の爪痕と一致したということか？　はっきりした証拠か？」

『検死官が死因を〝事故〟から〝不明〟に変更するくらいには、決定的な材料だ』

「そうなのか」

『そうだよ。これでもう基本的にはよくないか？　だろ？　元上院議員のお望みはかなったろ』

「その入り口には立てたな、ああ」

『これがありゃLA市警は事件を洗い直すだろ。俺とあんたとで、再捜査を催促できるだけの材料を集めたんだ』

　無論、それほど単純な話ではない。キャプスーカヴィッチが、この新しい証拠を州検事に提出するかどうか判断することになる。

　ジェイソンはゆっくりと言った。

「そうだな」

『俺たちの仕事はここまでなんじゃねえかな。殺人犯を捕まえるのまではこっちの仕事じゃないだろ』

　またもJ・Jが正しいことを言った。犯人探しは彼らの役目ではない。今回の任務は限定的なものだった――LA市警の捜査を検証し、方針ミスや手抜かりや見逃しがないか確かめる。足元がいきなりなくなったような感覚――よりどころがなくなった。少なくとも、ジェイソンの事件はもうなくなった。

『俺も完全にわかってるわけじゃないけどさ』とJ・J。『でも後は、報告書を書いてキャプスーカヴィッチに渡すくらいしかすることないんじゃないか？』

そう。ほとんど、何もない。

「その前に、あと少しだけ確かめておきたいことがある」

『あー。この前気になることがあるって言い出した時、あんたは結局地下室で射撃の的にされたんだぞ。忘れてないだろ？』

捜査範囲を逸脱したせいでジェイソンがほかにどんな目に遭ったかを持ち出さないのは、J・Jにしては気を使っている。

ジェイソンは忘れていないし、また叱責されるリスクを冒すつもりもなかった。

溜息をつく。

「きみの言うとおりだな。今夜のディナーをすませたら、明日、大学のほうも引き上げることにするよ」

『ほらほら、お手柄だろうよ、ウエスト』

「だな。ありがとう」付け加えた。「夕食会、楽しんでくれ」

『そのつもりさ』

J・Jの声が遠ざかり、それからまた戻った。

『それとさ。さっきの』

「ん?」

『あんたが何を言おうがケネディは気にしないっての、違うからな。あんたが部屋に入ってくるとケネディの目つきが変わるんだ。人類などひとり残らず滅べって顔が、ほんの一瞬だけ、思い直しそうになる』

J・Jが、笑いながら電話を切った。

「ひとつ貸しだからな」

七時十五分、アレックスは自分のニッサン・リーフに乗りこんできたジェイソンへそう告げた。

「〝きみにそれを議論する気はない〟」と返して、ジェイソンはシートベルトを締める。

アレックスはさっと、乗り気ではない笑みを投げた。

「いいね『ジョー、満月の島へ行く』か。時には映画も見ないとね。でも〝きみに〟じゃない、ミスター・ワトゥーリは〝きみと〟と言ってる。何度もね」

アレックスが一気にギアを入れてＵＣＬＡの駐車場からワイトン通りに車が突進する間、ジェイソンは重力に負けて黙っていた。

「とにかく」ウッドラフ通りを曲がりながらアレックスが続ける。「ＢＢから午後に電話が来て、きみはＦＢＩだから気をつけろって」

ジェイソンはさっと彼を見た。

「バードルフはどうしてきみに？」

「ああ、全員に言って回るつもりだったんだよ。僕から始めたのは、きみと僕が仲良しだってポップに聞かされたからさ」

「マジか」

一人緊急通報システムか、ポップは。

「そこでひとつ、きみに貸しなのさ。ほかの皆には黙ってるように、僕がＢＢを説き伏せた。きみの目的はジョージーを殺した犯人だけだし、それは僕ら全員にとって大事なことだろって、彼を言いくるめた。きみは誰の映画コレクションにも手出しする気はないと、そう保証したんだぜ。海賊版や著作権侵害には興味がないって。アーカイブ機関での彼の立場を悪くしたりもしないと。約束したんだから、もし嘘だったら――」

「嘘じゃない、誓うよ。俺は誰の映画コレクションにも手は出さない。海賊版にも著作権侵害にも興味はない」ジェイソンは付け加えた。「常にそうである、という約束はできないが、今回の捜査はジョージー・オーノに何が起こったか調べるためのものだ」

アレックスはうなずく。目は前の道に向けられていた。

「それと、今夜は来ないようBBに言い含めた」ちらっとジェイソンへ視線をとばす。「飲むと口が滑るたちなんだよ。まだきみに腹を立てているし。だから、彼がいないほうがお互いのためだろう」

「ありがとう。本当に。恩に着るよ」

アレックスがむっつりとうなずいた。

ビバリー・ヒルズにあるイーライ・ハンフリーの豪邸までは車で十分もかからない。陽が薄れはじめた頃、その家が見えてきた。

ハンフリーが住んでいるのは手入れされた茂みとビロードのような芝生に囲まれた、フランス風のシャトーだった。この地区はジェイソンにもお馴染みだ。というか、ここから一・五キロくらいのところにウエスト家のお屋敷があって、大学入学までそこでずっと育ったのだ。まさになつかしの我が家。

家から出たことは、干渉の激しい家族からは単に形ばかりのものだと見なされたが、ジェイソンは本気だった。あれ以来、親の家で暮らしたことはない。両親を愛していないからではなく（心から愛しているし）、自分の道は自分で切り開くと心に決めていたからだ。

そしてやり遂げた——政治の名門という裕福な特権階級に生まれた恵みはありつつも。どれも彼には不要なものだったが、恩恵を受けていないと言うつもりはない。

「いい家だ」

巧みなハンドルさばきでアレックスの小型電気自動車がくねるドライブウェイを走り、ミアータとメルセデスの間に入ると、ジェイソンはありきたりな感想を述べた。

「まあね、悪くないだろ」アレックスが返す。「大理石の床と手描きのフレスコ画、小さなホームシアターが残念ポイントかな？」

「人間、身の丈にあったもので我慢しないとな」

ジェイソンは悲しげに吐息をついてみせる。

ニヤッとしてから、アレックスが言った。

「きみを紹介はするよ。でもそれ以上は僕に期待しないでくれ」

「心配いらないよ、今夜、銃をぶっ放しながらここから逃げ出す予定はない。悪名高きハンフリー氏にお目にかかりたいだけだからね」

アレックスはあきれ顔で目をきょろっとさせた。

「きみは相手を完全に間違えてるよ。イーライは、ただの昔かたぎの古めかしい映画コレクターだ」

そうかもしれない。だがイーライ・ハンフリーはかつてインディーズ映画の配給業者をしており、そのコネやリソースは海賊版業界でも有用なはずだ。

「誰だってひそかな秘密の顔があるものさ」

「たしかに、きみにはね」

「ハンフリー夫人は存在してるのか?」

「いや。でもイーライはゲイじゃないと思うよ」一拍置いて、アレックスはつけ足した。「彼はシャウバッハクンストの陶器人形コレクション専用に、部屋をしつらえてるんだ。僕の趣味ではないけれど、あの人形はかなり値が張るんだよ」

ジェイソンは眉を上げる。「それでもゲイじゃないって言うのか?」

アレックスはすました顔をしたが、答えようとはしなかった。

考えこみながら、ジェイソンは呟く。

「陶磁器は専門外だが、ウォーレンドルフ・シャウバッハクンストのことは聞いたことがあるな。裸の子供が小ヤギとじゃれ合っているやつだ。それか?」

「子供じゃなくて天使《ケルビム》だね。イーライはそのあたりには興味がないよ、それを勘ぐってるなら。彼は布切れしか着てないような金髪女性に目がなくてね。布切れしか着てない、成熟した金髪女性に」

「納得した」とジェイソンは微笑んだ。

「そう願うね」

アレックスがドアを開けて、二人は車から降りた。

さわやかな夏の宵は、排気ガスとシトラスと、そしてほんのかすかに北部の山火事の焦げ臭さも含んでいた。黄色いバラと薄紅色のギンバイカが咲き誇る中、彼らは緑が植えられた石の壺を通りすぎ、小ぶりな柱廊玄関に出た。メイドが出迎え、くるみ材の床と大理石タイルの前庭を横切って、両開きの扉を抜けた先は広々とした中庭だ。アンティーク風の金茶色の煉瓦が敷き詰められて重厚な青銅の柵に囲まれていた。古びたブロンズのランプが立ち、金色の光輪を煉瓦に投げかけている。背景では高さのある滝がしぶきを上げて海水プールに流れ落ち、グラスを載せた盆を持つ制服姿のメイドが、談笑している四、五人の男性の間を回っていた。

ほぼ瞬時に、ジェイソンはスティーブ・ドゥーガンの姿に気付いた。ドゥーガンはジェイソンの父ピーター・ウエストの財務顧問で、テニス仲間でもある。ドゥーガンにここで出くわすとはうれしくないサプライズだったが、ウエスト家の恒例パーティーでジェイソンを毎年紹介されないとわからない様子だったし、この実家の古なじみがこの場でジェイソンに気付くことはまずないだろう。

メイドが、カクテルの盆を持って二人の前で止まった。どのカクテルも色が異なり、グラスも一つとして同じものがない。

ジェイソンの視線を受けて、アレックスが解説した。

「いいなと思ったものを取るといいよ。どうせ、二度と同じものは出ない」

風変わりだが、おもしろい。ジェイソンは薄金色の泡を立てる何かが入った、薄切りライム付きのロックグラスを取った。飲んでみるとライムとジンジャーエール、ラムのカクテルだった。暗く不穏な味がする。ある意味ぴったりか。

アレックスは背の高い、青い何かのグラスを選んだ。

「きみを皆に紹介しよう」

乏しい白髪で銀縁の眼鏡をかけた、ひょろっとして優しそうな男性のほうへ顔を向ける。

「彼がイーライだ」

視線を感じたかのように、イーライ・ハンフリーがこちらを向いた。曖昧な表情が、にこやかな歓迎の笑顔に切り替わる。

「アレックス！　来られたのか」

アレックスとジェイソンが挨拶をしに歩み寄る間、ハンフリーが隣にいる男に何か話しかけ、相手が笑ってうなずいた。

そのハンフリーの連れには、どことなく見覚えがあった。中背、がっしりして濃く日焼けし、プラチナ色の髪を刈り上げている。だがはっきり思い出せない。黒いサングラスのせいか。それとも髪型が違うのか？

「楽しみにしてましたから」アレックスは、ハンフリーの隣の男へ微笑みかける。「また会えましたね」

「それで、そちらは？」ハンフリーがおだやかな青い目をジェイソンへ向ける。

ハンフリーの連れはうっすらと余裕の笑みを浮かべて、ジェイソンをじっくり見ていた。

ジェイソンも微笑み返した。この笑い方を知っている。この男を知っている。だが、誰だ？

アレックスが言っていた。

「イーライ、彼は友人のジ——」

「ジャックです」ジェイソンはきっぱりさえぎり、ハンフリーへ右手を差し出した。「ジャック・ダント」

アレックスに目配せすると、とまどった顔をしていたが、幸い何も言わなかった。

「こちらとても素敵なお宅ですね、ミスター・ハンフリー！」とジェイソンは無意味にクスクス笑った。

「今夜参加してくれてうれしいよ、ジャック」とハンフリーが答えた。「アレックス、きみはシェプのことは覚えてるだろ？　ジャック、こちらは僕の親友、シェプだ」

「会えてうれしいよ、ジャック」と、シェパード・デュランドが言った。

18

ジェイソンがシェパード・デュランドに会ったのは、一度だけだ。二月にフレッチャー＝デュランド画廊でのことで、十分もなかっただろう。ジェイソンがあの時と姿を変えている以上——というか二人ともあの時と姿を変えていたが——デュランドが思い出すことはないはずだ。

はずではあるが、確信はなく、鼓動が激しくなった数秒、ジェイソンはもし正体がバレたらどうすればいいか考えをめぐらせていた。

いや、バレなかったとしても、どうすればいい？

デュランドはニューヨーク州で参考人として探されていたが、指名手配はされていない。理由の一部はデュランド家の富とコネによるものであり、一部には、まだ逮捕状が出ていないためだ。デュランドに対する証拠は、司法取引をほしがっている殺人犯からの告発を除けば、ほぼ状況証拠なのだ。ケープ・ビンセント警察はデュランドの聴取を行うまでは告訴するつもりはない。デュランド本人はまず〝弁護士からのアドバイス〟という建前で、後には国外脱出することで、聴取から逃れた。

今、その彼が戻ってきた。プラチナに髪を脱色してシーザーカットにしているあたりに、帰国が知れれば捜査機関が逮捕状を出すかもしれないという不安がうかがえる。だがジェイソンの捜査は瓦解したし、デュランドの一番重い罪はニューヨーク州でのものだ。

ジェイソンはにっこりし、握手を交わし、〝攻撃は最大の防御〟という金言に従って、小首をかしげてたずねた。

「どこかで会ったことが?」

デュランドはためらってから、答えた。

「きみには見覚えがあるな」

「モデルをしているからね」とジェイソンは澄ました。

「だろうね!」

デュランドが慇懃な合いの手を入れる。

ハンフリーはおっとりした笑みで二人のやり取りを見ていたが、童話のおじさんめいたのどかさと裏腹に、目の中に鋭い険があるようにジェイソンは感じていた。とはいえ、ジョーゼット・オーノの件があったから、ゲストがつれてくるゲストに警戒するのは無理もない。

四人で空虚なおしゃべりを一分ほど続けた後、アレックスが「ディナーの前にみんなに紹介するよ」とジェイソンをつれ出した。

「どういうことなんだ?」

聞こえないくらいまで離れると、そう囁いてくる。

「シェパード・デュランド。彼をどのくらい知ってる?」

「そんなには。僕は、名前を聞いたくらいだ。そんなに顔を見せないし」

「彼は、複数の殺人に関する参考人として、聴取を要請されている」

　アレックスが足を止めた。

「シェプが？」

「振り向かないでくれよ」とジェイソンは警告する。

「ありえないだろ。シェパード・デュランドが？　フレッチャー＝デュランド画廊の？」

「とんでもない話だよな、わかるよ。彼は根っからのサイコパスだ。決して二人きりになるな。本気だからな。じゃ、この話はとりあえず忘れて――」

「忘れる？　冗談だろ」

「冗談は言ってない。警戒させたくないんだよ。残りの相手に俺を紹介してくれ。時間が作れたら、こっそり抜け出して電話をかけてくる」

　アレックスは呆然としたまま首を振った。

「あとさ、偽名を使うなら言っといてほしかったよ」

「予定が変わったんだ」

　ジェイソンはにっこりと、背の低い三十代の男性へ笑いかけた。こちらを険しく見ているようだ。

「ジャック・ダントです。こんばんは」

「カート・フォーブスだ」カートはジェイソンの手をおざなりに握り返した。アレックスをにらむ。「そういうことか」

「カート」というアレックスの声は苦かった。

「じつのところ、僕らはただのいい友達なんだよ」とジェイソンは言う。

カートが二人に背を向けた。

「おやおや」と言ったのは〝ジャック・ダント〟。ジェイソン本人は謝罪がわりに顔をしかめた。アレックスが首を振る。

その場を離れると、ジェイソンはたずねた。

「カートとの間に何が？　聞いてもよければだけど」

「何回かデートしたんだよ。それでおしまい。僕にはね。カートにとっては何か素敵なことの始まりだったらしい」

ジェイソンはぼんやりとうなずいた。カートにいささか同情していた。思いが返ってこないことほどつらいものはない。

だがそこで、サムは今このロサンゼルスにいるのだと、まさに捜査班とのディナーの最中で、数時間後には再会できるのを思い出していた。


カート相手の不手際を除けば、映画マニアの夕食会メンバーたちはこの上なく友好的に歓迎してくれた。ジェイソンはスティーブ・ドゥーガンとテニスの話をし、ライリー・リネッツという年配の元警官とは野球と大谷翔平の話で盛り上がり、演技指導コーチのオリヴァー・サラーとはバードルフの不在を残念がった。皆の映画談義を傾聴する。新作。旧作。駄作。名作。上映中におしゃべりする人々。とりわけ、上映中に携帯電話相手にしゃべる人々。

アレックスから「どこかおかしい」と言われたのは覚えていたが、見る限り、ここの人々には不穏さなどひとかけらもない。デュランドとハンフリーは別として。

とは言っても、デュランドとハンフリーからも格別の不穏当さは感じられない。たしかにデュランドはサイコパスではある。だがサイコパスには見えない男だ。かわりに魅力的で金のある暇人に見えた。

それにそう、デュランドとハンフリーはやたら二人きりでいるし、何かひそひそ囁き交わしている様子はあったが、それだって久々に会った旧友同士だからとも言える。ジェイソンがこれだと、はっきり指をさせるようなことは何もなかった。ただの勘だ。

その勘が告げてくる。そう、この二人は何か企んでいると。ジェイソンに関わることかもしれない。デュランドがこちらに気付いたとか？　ハンフリーが噂で何か聞きつけた？　アレックスがバードルフの口止めをするのが遅すぎた？

あるいは、この二人もいい勘の持ち主なのか。

やっと隙を見て抜け出せたジェイソンは、一階のじつに豪華なゲスト用バスルームに向かった。シンクに水を出し、ヒックの仕事場の番号にかける——と、留守電につながった。

金曜夜、七時五十五分。ヒックのような仕事人間でも時にはあきらめて家に帰るのだろう。連絡先をスクロールした。家の番号を聞いていたと思ったのだが、携帯のアドレス帳には入っていないようだ。財布を探したが、腹立たしいことにオフィスの鍵付きの引き出しにしまってきたのだった。ヒックの仕事場にかけ直し、今度は伝言を残した。

「今、金曜の七時五十七分です。これを聞くかもしれないチャンスに賭けて。シェパード・デュランドが戻ってきてます。現在イーライ・ハンフリーの家にいる。俺はケープ・ビンセント警察に連絡を取ってみますが、向こうは動く準備はできていないでしょう。デュランドに対する最有力の証拠はカーク殺しのものだ。検察がまだ告訴に後ろ向きかは知りませんが、デュランドは外見を変えているから、告訴の可能性があると考えているようです」

もしかしたら、運がよければ、ヒックは一日の終わりに外から留守番電話をチェックするかもしれない。だがこれを聞いて動いてくれるだろうか？　そこが問題だ。

ジェイソンは水を止め、パティオへ戻った。

アレックスが問いかけるような目をする。ジェイソンは肩をすくめた。

二杯目のカクテルの盆が回された後、一行はプールの逆サイドにある、蔓《つる》で覆われた四阿《あずまや》に移動した。ディナーが、古びたブロンズのランタンに照らされた長いテーブルで供される。食事はとても美味しく、胡椒の利いたコーンのカルボナーラパスタと、ズッキーニとリコッタチーズのガレット、アーティチョークのローストサラダ、そして潤沢なワインだった。

話題は映画のことに戻り、ジェイソンは適当に聞いていた。さっきからデュランドにちらちら見られている気がするのだが、反応しないようこらえる。デュランドには緊張や動揺は見られない。今夜を心ゆくまで堪能しているように見えた。

デザート（ラベンダー色のアイスクリーム、ココナッツ、レッドビーンズの甘煮、削り氷、新鮮なイチゴ、焼いたココナッツフレークを背の高いグラスで退廃的に調合したもの）がすむと、一行はぞろぞろとハンフリーのホームシアターに移動し、一九三二年制作のシャーロック・ホームズの映画『消えたレンブラント』を見た。

九十分弱のその映画は、アーサー・ウォントナーがベイカー街の探偵を演じたホームズシリーズの第二作だ。薬物中毒の芸術家が起こしたレンブラントの窃盗事件を中心に話が進むが、きわめて筋がややこしい。ジェイソンにとっては残念なことに、盗られたレンブラントの奪還より、脅迫やなくした恋文のほうに時間が割かれていた。

映画が始まって十分ほどで、ハンフリーとデュランドがそっとホームシアターから出ていった。

追うかどうか、ジェイソンは選択を迷う。二人が何を企んでいるのか知りたい気持ちと、捜査機関が帰国に気付いたとデュランドに知られたくない気持ちがせめぎ合った。

そもそも、ハンフリーとデュランドが何か〝企んでいる〟と思う根拠もない。スクリーンでくり広げられている会話から逃げたかっただけかもしれないのだ。たとえば――。

『きみは僕を、妻のいる男とは呼んでくれないのか、ワトソン』

『まさか、そういうことなのか？』

『きみもこの知らせを聞きたいのではないかね。僕は婚約したのだ』

『親愛なる友よ！　それはおめでたい――』

『ミルヴァートンの家政婦と』

『何という真似を、ホームズ！』

『情報を求めてのことだよ、ワトソン』

『さすがにそれはやりすぎでは？』

デュランドと友人だからといって、それだけでハンフリーを共謀者と見なすこともできない。

それでも。

五分ほど葛藤した末に、ジェイソンは自分の携帯電話が震え出したふりをして、アレックスに断り、スクリーンをさえぎらないよう身を屈めながら部屋を出た。

ホームシアターのドアが後ろで閉まった時、廊下をつかつか歩いてくるハンフリーが目に入った。一人だ。

ジェイソンは曖昧に微笑み、メッセージ画面をスクロールした。「いつも最悪のタイミングでかけてくるんですよ」とハンフリーに言う。

ハンフリーは儀礼的な笑みを浮かべた。丸縁眼鏡の奥にある曇った目は冷ややかだ。

「僕は名前を覚えるのが苦手でね。きみは誰だったっけ？」

ジェイソンはスクロールをやめて、ポケットに携帯をしまった。

「ジャック・ダントです」

「アレックスの友人？」

「最近のつき合いですけどね。俺はＵＣＬＡで映画学を教えているので」

「なるほど」

ハンフリーが何やら考えこみながらうなずいている。

「シェプは映画を最後まで見ずに帰ったんですか？」とジェイソンは他意のないふりで聞いた。

ハンフリーが唇をすぼめる。

「どうやらラストが読めてしまったようでね」

「残念。シャーロック・ホームズは常に驚きに満ちているのに」

「あまり嗜んでいないとそう思うかもね」

ハンフリーがまた冷え切った微笑を浮かべ、シアタールームへ入っていった。開いたドアがそのまま閉まる。

「嗜む」ジェイソンは呟いた。「へええ」

一分待ってから、彼も室内へすべりこんだ。

「BBがどうして警戒してたのかわかるだろ」と大学へ戻る車内でアレックスが言った。

ジェイソンは帰りの運転手を申し出たのだ。あれだけ質のいいワインがあふれていたのに、ほとんど飲まなかったし。だがやはり酒を控えていたアレックス——おそらくジェイソンが何をしでかすかという不安から——に断られた。

「どうしてだ？」

この長い一日、ジェイソンはするべきことにきちんと集中してきた。仕事に。だがもうじきサムに会えるのだと、今夜の首尾には不満があれど、それでも胸に押さえきれない幸福感がこみ上げてくる。自分の車に乗り換えて、とにかく一刻でも早く家に帰りたい。

「今日のフィルムもいずれアーカイブに入るんだ。邪魔さえなければね」

「ひどい状態のフィルムだったな」とジェイソンは感想を述べる。

アレックスからあきれた目を向けられた。

「きみの仕事は美術品の保全じゃなかったのかい。保全という理念は、移ろいやすさを受け入れてこそだろう」

「異論はないが」

だが何をいつ保全するかの判断には、選別がつきものだ。そして選別は、批評と同じく、主観に左右されるものなのだ。

短い沈黙が落ちた。

「名目上『消えたレンブラント』は失われた映画とされている」アレックスが言った。「ハンフリーがどこからどうやってあのフィルムを手に入れたのかはわからないし、今日見たのは完全版じゃなさそうだけど、あのフィルムを無事にアーカイブ機関に迎えられればＢＢにとっては大手柄だ」

「だろうね」ジェイソンは好奇心からたずねた。「きみはどうしてあの映画マニアたちの仲間になったんだ？」

「ＢＢとは古いつき合いだからね。僕はもともと映画学専攻なんだ」

「それがどうして？」

アレックスが淡く微笑む。

「美術学士なら範囲が広くて、色々な可能性があったから。僕は映画オタクなんだよ。別に自分で映画を撮りたいとかはなくて、熾烈な映画業界での生き残り競争なんてしたくもなかった。僕はただ、美術で身を立てたかっただけだ。今は大体、それができてる」

「『スノウボール・イン・ヘル』という映画について聞いたことは？」

「ないな」ちらっとこちらを見た。「どうして？」

「オーノ教授は、自分がその映画フィルムを入手しようとしている話を会員たちにしていなかったか？」

「してたとしても、僕がいない時だね。聞いたことのない映画だよ」

「一九五〇年代のゲイのノワール映画だ」

アレックスは首を振っていた。

「そんな映画が存在するわけない。ありえないよ。あの『Ｖｉｃｔｉｍ』が出たのだって一九六一年になってからだ。このジャンルでは、僕らはイギリスに大きな後《おく》れを取ったんだ」

「いや、本当に作られたんだよ。ＹｏｕＴｕｂｅで一部を見た。失われた映画としてもリストアップされてる」

「それをジョージーが見つけたっていうのか？」

「ある意味ね。多分。正体不明の売り手が彼女に接触して、オリジナルのフィルムから転写したというコマをいくつか見せた。彼女からそのフィルム断片を見せられたバードルフも、本物だろうと思ったそうだ」

「あいつから何も聞いてないぞ」

「オーノを出し抜いてそのフィルムをアーカイブ用に入手できないか狙ってたんだよ」

「ああ、それはＢＢっぽいな。そのフィルムは結局？」

「売り手が気を変えて取りやめだ」

少し黙っていてから、アレックスが言った。

「デュランドはきみに気がついたと思うかい？」

「それはわからないが、きな臭いと感じたんだろう」ジェイソンは溜息を殺した。疲れる一日で、疲れる夜だった。「身の危険に鼻が利かないようなサイコパスは、何十年ものうのうとしてはいられないさ」

「それは……そうなのか。あそこの画廊で法的な揉め事があったらしいとは聞いてたけど、デユランド兄弟がＦＢＩの容疑者になるなんて夢にも考えなかったよ。シェプが、なんて。そりゃ、うん、何と言うか……彼の笑顔には底の知れない感じはあったけど。握手も長いし。でも……」

「今夜あそこにいた人たち。バードルフは別にして、あれでほぼメンバー全員？」

アレックスが白けた息をこぼした。

「きみだって違うだろ。イエスでありノーだよ。ＢＢはいつも大体来るね。もっと年配の会員数人は……」

「日の届かないところへ旅立った？」

「ノワール映画っぽく言ったね。でもそう。それに、入ったけど来なくなった人もいるし。というか、あれは退会したんだろうと思ってたんだけど、時々、僕らに知らされてない……別の会員ランクがあるような感じがするんだ」

ジェイソンは、アレックスの横顔を眺めた。

「それは興味深いな」

「もう一つ、最近よく考えてたのは、ジョージーだけしか女性会員がいないのは変じゃないかって。これまで、ほかにはいなかった。今あのクラブには一人も女性がいない」

「俺もそれは気になった」とジェイソンは答えた。


「さて、お楽しみはここまでだね」とアレックスが、車から降りるジェイソンに言った。

月光に照らされたジェイソンのレンタカーだけがただ一台、学部の駐車場にとり残されていた。

ジェイソンは屈みこんでニヤッとする。

「でも本当は楽しくなかったか?」

「意外だけど楽しかったよ。きみはなかなかの……刺激物だ」

「もっとひどい名前で呼ばれたこともある」

「きっと呼ばれてただろうな、今夜僕らが帰った後にね」アレックスは寂しそうに微笑んだ。

「じゃあ、また月曜に、かな?」

ジェイソンはためらう。

「俺はもう月曜は来ないかも。捜査がひととおりすんだようだから」

「そうなんだ」アレックスの表情が曇った。「それは——そうだね、いいことなんだろう。次に何が起きるかにもよるけど。楽しかったよ、また会えてよかった」

「協力してくれて助かったよ、アレックス」ジェイソンは手をさし出した。「本気だよ。きみは……色々と複雑だっただろうに。この後どうなるかはともかく、きみとの約束は守る」

二人は握手を交わした。

アレックスが言う。「ありがとう。それを信じるよ」

「気をつけて」

ジェイソンは車のドアを閉め、ポンと屋根を叩いて別れを告げた。

ニッサンのリーフはゆっくりと滑り出し、静かに去っていった。

19

身辺整理をして大学での捜査を切り上げる明日まで財布は置きっぱなしでいいかとも思ったが、そうも行くまい。クレジットカードだけでなく、身分証も入っているのだ。

少し気になることもあった。

いつもの夜なら、大学のキャンパスでは色々なことが行われている。上映会、コンサート、劇、講座、スポーツなどは当然として、ただたむろっている学生たちもいる。だが金曜は資料館が五時、図書館が六時に閉まるので、この時間帯のパウエル図書館は美術館のように静かで、ジェイソンは自分のアクセスカードで防護扉を通った。

足早に、そっと、閲覧室の柱の影を抜けていく。夜間の無人の建物はどこも不気味なものがあるが、小さな城ほどもある建物となると格別だ。たよりないライトが吊り天井の間で揺らめき、謎めいた星と天井梁をきらめかせる。古きから新しきまでの本の香りが、乾いた木と革やくすんだバニラの匂いとともに宙を漂う。もう時間外だというのに、どこかから囁きやページをめくる音が聞こえそうだ。

エレベーターに着くと、地下行きのボタンを押した。中へ入る。ドアが閉まる。時計を見た。サムはもうジェイソンのバンガローにいるだろうし、家に帰りたくてたまらなかった。電話の会話は、ないよりはいいが、サムの目を見たいのだ。さわりたい。さわってほしい。

エレベーターのドアが開くと、気がくじけるような暗闇が広がっていた。

完全な闇ではない。だが一瞬、見当識を失うくらいには墓場めいていた。唯一の明かりは頭上の非常灯だけで、うっすらとした緑色の光がホラームービーっぽさを増してくる。

ジェイソンは音もなく細い通路を進み、施錠されたドアの並びを通りすぎた。キャンパスが手狭になっている割に、ここの狭いオフィスはほとんどが空き室のままだ。一つには、パウエル図書館に近い割に人の流れがないせいだろう。もう一つには、この環境の地下壕並みの快適、さのせいだった。

鼻につんとするのは、清掃用洗剤と、壁をすり抜けてくるような酸の香りだ。フィルムに含まれる酢酸セルロースが劣化して起きる化学反応、ビネガーシンドロームの匂い。平たく言うなら、古い映画フィルムが死んでいく香りだった。

肩ごしに後ろを見た。誰かいるような音も聞こえないし何も見えないが、どうも……自分一人ではないという感じがつきまとって離れない。

「ハロー？」

静寂。

「ポップか？」

静寂。

ジェイソンはオフィスに着くと中に入った。肌がざわついている。引き出しの鍵を開け、財布と身分証をつかみ、細い通路へ引き返した。目の隅に動きが見えて、さっと屈むと間一髪で何かがかすめ、ジェイソンは横っとびに銃を抜いた。

目の前にいたのは……ポップだった。

眼鏡のレンズをギラつかせ、髪を逆立てたポップがほうきを武器のようにかまえている。あるいは魔除けか。

「何をするんだ！」とジェイソンは怒鳴った。

「お前こそこんな夜中に何をしてたんだ！」

ポップの声には憤怒と怯えの両方があった。

「財布を忘れたんだよ」

信じられないというふうに、ポップの顔がしかめられる。

ジェイソンは一呼吸、ポップに拳銃をつきつけたままでいてから、それをホルスターに収めた。まったく予期していなかった、というわけではない。それどころか、ポップはそのあたりの使われていないオフィスで寝泊まりしているのではないかとジェイソンは疑っていた。

ポップが文句を言ってくる。

「なら明日まで置いとくべきだろ。用もないのに閉館時間に来るな」

「きみは？」

「俺が何だ？」

「きみは深夜十一時半に、ここに何の用があるんだ」

「あんたに言われる筋合いはない」ポップが刺々しく言い返した。「俺がいつ仕事に来るかはあんたに関係のないことだ」

ジェイソンは、距離を詰めさせまいとつき付けられたままのほうきを眺めた。ポップのしわくちゃの制服と乱れた髪を観察する。むき出しの恐怖と怒りをじっくりと見た。

威圧的ではないようにたたずまいを変え、両の手のひらを広げて示す。

「なあ、ポップ。お互い初対面で失敗したと思うんだ」

ポップが一歩下がる。

「そう思ってるのか、ああ？　あんたがしくじったのは、俺がペテン師に鼻が利くせいかもな」

「ペテン師？」ジェイソンは微笑んだ。「何のために？」

「抜かしてろ。あんたは警察《サツ》だ。サツの匂いは一マイル先からだってわかるんだ」

「俺はもっといい石鹸に変えたほうがよさそうだ」とジェイソンは返した。「だって、警察官じゃないからな」

「お前らはいつもそう言う。つまりサツじゃない、ＦＢＩだってことだろ？　俺はサツ以上にＦＢＩ《フェッズ》野郎が嫌いなんだよ！」

「どうしてだ？」

本気で興味があった。ポップが大学で雇用されたということは、重罪歴はないはずだ。まあ捜査機関嫌いの人間がすべて前科持ちとは限らないが。寂しい話ながら、自分たちを守り仕えてくれるはずの政府機関を蔑む模範的な市民、というのは存在する。

「エヴァン・フォアマンを知ってるか？」

聞かれて、ジェイソンはひるんだ。聞き覚えはあるがはっきりとはわからない。

ポップがまだ目をギラつかせてジェイソンをにらんでいた。

「あんたは若すぎて、一九七四年と七五年にＦＢＩ、司法省、ＭＰＡＡがインディーズフィルムの業者と映画コレクターを撲滅しようとした時のことは覚えてないだろうな」

「ＭＰＡＡって？」

ポップが唖然とした。

「お前はアメリカ映画協会《ＭＰＡＡ》も知らないのか、ボケナス！」

しまった。言われても仕方ない。ジェイソンが想像していたのはもっととりとめのないどこかの組織名で——まあ、もういい。

「なのに映画学の教師のふりなんかしやがって！」

「アメリカン・インターナショナル・ピクチャーズ対フォアマンか」ジェイソンは言った。

「思い出した」

たしかに、とうにパブリックドメインになっているはずの映画に対して著作権を延長、また再延長する映画会社の恥知らずなやり口の手先になったのだから、ＦＢＩの輝かしき瞬間とは言えない。

「そうだ」ポップがまくし立てる。「著作権というのは、アーティストを限られた期間保護するはずのものだった。強欲な映画会社が、制作者が死んでから何世代も先までずっと映画ファンから金を搾り取るためじゃない」

どうやらこの問題に強いこだわりがあるようだ。何十年もアーキビストのために働いてきたからだろうか？　それともほかの理由から？

著作権の期限の長さに激しい異論を持っているからと言って、その人間が海賊版関係者だとは限らない。死刑になる心配などまるでない人々の中にも、死刑制度に強く反発する人は大勢いる。

「それには賛同するね」ジェイソンは返した。「現在の著作権の問題は、法律のそもそもの意図とはズレてしまったところで起きている。制作者や公益のためになっていない」

ポップは大声を張り上げるのをやめて、ジェイソンをにらみつけた。

「映画コレクターがいなけりゃ、このアーカイブに残らなかった映画だってあるんだ」

「わかっている。そのとおりだと思うよ」

事実、現存する35ミリの映画フィルムの三分の一が、映画コレクターやフィルム業者のおかげで生き残ったもので、その彼らに〝著作権侵害〟〝海賊版〟のレッテルを貼った当の映画制作会社たちこそ、映画フィルムの保全などしようともしなかったのだ。

「適当なことを言うな！」

ジェイソンは忍耐力をかき集めた。

「最新版『ハリー・ポッター』の海賊版と、一九一〇年の『黄金虫』の非公式コピーを見せることの違いくらい、俺にもわかる」

「だろうさ。あんたは楽しくおしゃべりして、お気に入りの映画のコピー版を貸し借りする仲になったら――ジャジャーン！　だろ」

ジャジャーンの叫びに、ジェイソンはびくっとした。

「悪いけど、〝ジャジャーン〟って……何だ？」

「手錠をかけるのさ」

ポップが痩せた両手首を上げ、新しい腕輪を見せびらかすようにする。

笑うところじゃないのはジェイソンにもわかっていた。

「それではおとり捜査になってしまうよ、ポップ。きみはいつからここで働いてるんだ？」

「あんたが地上に生まれるより前からさ」

「俺は見た目ほど若くないが」

「あんたは三十四歳に見えるぞ」

「きみがこのアーカイブで働きはじめてから、三十四年？」

「俺がここで夜警を始めたのは一九七六年だよ」

「初期の頃からだね。でもきみはほとんど毎日ここにいるだろ。一体どんなことをしてるんだ？」

ポップは噛みつくような勢いで言った。「必要なことを何でもだ」

「わかったよ、そうか。この仕事で一番好きなところは？」

ポップはにらみつけ、ジェイソンのお願いをすべて却下しようとする精霊《ジニー》のように腕組みした。

「それに答える義務はない。自分の権利はよく知ってる」

ジェイソンは溜息をついた。ただもう家に帰ってサムに会いたい。それすら高望みなのか？

「きみの言うとおりだな、答える義務はない。俺が信用できないならそれでいい。だが海賊版や著作権侵害の捜査で来ているわけじゃないんだ」

むしろ、もしそんな目的の捜査だったらＵＣＬＡの映画アーカイブにはまず近づかない。

「なら何で、あんたはここにいるんだ？」

もうかまわないだろう。

ジェイソンは答えた。

「本当のところか？　オーノ教授の遺族が、彼女の死の捜査は不完全だったと感じたんだ。俺は、確認をたのまれた。それだけだ」

ポップは黙りこくった。分厚い眼鏡が彼の表情を、カフカ的な空白で塗りつぶす。

「きみはオーノ教授を知っていたかい？　彼女のオフィスもここにあっただろ」

それがオーノ本人の選択だったのか、同僚とのいざこざを防ぐためのバーンの配慮なのか、ジェイソンには今もってよくわからない。オーノについて深く知るにつれ、彼女本人の選択のようには思えていた。

ポップがせせら笑った。

「知っていたかって？　それ、オトモダチかってことか？　教授と警備員で？　ねえよ」

「だが時々は言葉を交わしただろう。おはよう、こんばんは。いい天気ですね。彼女についてどう思った？」

「あっちは教授でこっちは警備員だな、って思ってたさ」

ジェイソンはしげしげとポップを見た。ポップが喧嘩腰で見返してくる。いくつか聞きたいことはあるのだが、答えてもらえないことは明らかだった。今、ここでは駄目だろう。後でなら？　少し考える時間を与えてから。お互い一眠りした後とか。

「そうか、時間を取らせたね。お邪魔した」

ポップがほうきを下ろした。まだ警戒心むき出しだが、少し驚いたようでもあった。ほっとしたのではない。予想外だったのだ。

どうなると思っていた？

ジェイソンはそれについて、図書館に上がるエレベーターの中で考えこんでいた。

やはり、勘違いではない。ポップには何かおかしなところがある。

警察やＦＢＩを恐れるのには、相応の理由があるのかもしれない。ポップには何か隠していることがあるのかもしれない。

シャーロットはどうやらホラスに連絡を取れたようだ、キャロル運河に面するバンガロー裏の細い私道に停まっていたサムのレンタカー横にジェイソンが車を停めた時、あの警備員の姿はどこにもなかった。

車を降りると、夏の夜はブーゲンビレアと、熱せられたコンクリート、それに運河の湿った暗い匂いがしていた。頭上で電信柱がジジッと鳴り、街灯の一つが明滅する。

ジェイソンは家の横にある木のゲートの掛け金を外して、門をくぐった。

サイドドアのポーチの明かりが温かくともり、煉瓦のパティオにやわらかな光を投げている。キッチンの窓から、シンクの前に立って何か飲んでいるサムの姿が見えた。

ジェイソンの心が浮き立ち、春の朝の上げ潮のように幸せの波が満ちてくる。

サムが窓から離れ、ジェイソンが着くと同時にキッチンの扉が開いた。中へ入ったジェイソンをサムの腕が包み、そして二人は長い間、ただ何も言わずに抱き合っていた。

こうしてまたサムの腕に包まれるのは、この世界で最高の感覚だった。サムの鼓動を、自分の心臓の上に感じるのは。サムをまた抱きしめるのは。二度と離したくないほどだ。

だが無論、離さねばならないのだった。何か言わないとならない。ジェイソンは呟いた。

「永遠みたいに長かった」

「だな」

サムの声は静かだった。

「この先どうやってやっていくんだろう？　何週間も会えないのに？」

そんなふうにぶつけるつもりもなかったし、そもそも言う気のないことだった。ジェイソンは条件に合意し、承知の上で関係を続けている。それがこんなにも難しいとは知らずに。

サムは首を振って、何も答えなかった。

言えることなど何がある？　解決法はないのだから。少なくとも、双方が検討するに足るような方法は。

ジェイソンは長く、ほんの少しだけ揺れる息を吐き、下がって、微笑んだ。

「うれしくなるね、あなたがいる家に帰れるのは」

どうにか——もしかしたら——陽気に聞こえるよう努める。

サムが両手でジェイソンの顔を包み、じっと見つめた。

あまりにも重々しく、集中した表情を向けられて、ジェイソンの笑みが揺らいだ。サムのキスを予期していた——待っていたし、飢えたような所有欲を予想していたが、サムはただジェイソンの顔を手で包んだままだった。呟く。

「お前の髪」

「カモフラージュで」

サムが半分笑うような息で囁いた。

「俺からは隠れられないぞ、ウエスト」

そして身をかがめ、この上なく優しく、ジェイソンと唇を合わせた。

ジェイソンの息が詰まり、心臓が耳の中で轟く中、サムの舌が彼の下唇を滑る。湿って、じれったく、予感もしていない優しさで。

欲情に一気に煽られて呑みこまれ、ジェイソンの思考はすべて吹きとぶ。何もかも失せ、ただサムの唇を、サムの肉体を、サムを求める衝動だけ。

サムの後頭部で両手指を絡め、髪のやわらかなざらつきを、頭蓋骨の固い輪郭を、張りつめた首と肩の筋肉を感じてから、頭を引き寄せる。

ジェイソンは囁いた。

「言ったことがあるかどうか思い出せないけれど、あなたをとても、とっ、て、も、愛してますよ」

「ほう?」とサムが囁き返す。

ジェイソンはうなずいた。

二人の唇がまたふれ合う。繊細に、軽やかに、それから猛々しく。唇と舌に甘く翻弄されて、ジェイソンの瞼が震えた。自分の骨が溶けていくようで、サムの肩にしがみつき、その体を抜ける震えを感じ、その小さな地震を己の体で受け止める。

「くそっ」とサムがうなった。両手がジェイソンの背をなでさすり、尻をつかみ、ぐいと引き上げる。

ジェイソンは応じて呻き、両足をサムに巻きつけて、サムの口の甘く濡れた暗さに溺れた。頭のどこかでぼんやりと、水色のサイドボードとクッションベンチがある食事用小部屋《アルコーブ》をすぎ、リビングの白い長椅子に向かって動いてるのを意識し、無垢材の床がテラコッタのタイルに変わったのをうっすらと感じていた。

二人はその長椅子にもつれこみ、ジェイソンがサムのジーンズの前を開こうと手探りする間、サムはジェイソンの腰回りを探った。手と勃起が入り組んでもつれ合った挙句、ついにジェイソンは服から解き放たれてほっと喘ぐ。サムがジェイソンの手を押しのけて、自分のジーンズと下着を引き下げた。その屹立が跳ねるように自由になった。

サムの勃起は大きく、色も重さも際立っており、刈り立ての芝のような香りで――これはエセントリック・モレキュールズ03だろう――それと差し迫るセックスの匂い。両手をジェイソンの尻にくいこませて、ジェイソンに向けて激しく腰を突き上げてくる。

熱くて荒っぽくて、もうジェイソンは昇りつめている――たとえばすぐ外をホラスがうろついているかもしれないという冷や水のような考えでさえ、この激流を止められはしない。

首をのけぞらせ、叫んだ。

「ああ、くそ、うっ、サム、ああ、ああ、ああ……そこ、ベイビー！」

サムはおかしな笑い声を上げたが、リズムは崩さず、そのまま続けながら囁いた。

「焦るな、ウエスト、まったく――」

競争じゃないんだぞ。それは前も言われた。

いつも競争のように感じられるのは、一緒にいられる時間があまりにも短いからかもしれない。いつも二人のどちらかが携帯をつかんだり、飛行機にとび乗ったり、悪者を捕まえにいかねばならない。

サムが手の力を抜き、優しく、慈しむようにジェイソンの胸元、胸の中心を、腹をなでては、かすかな喘ぎや息を呑む音に重々しく微笑んだ。

ごく生真面目に告げる。

「お前は俺にとって世界で一番の好物だ、ウエスト」

ジェイソンは笑ったが、それにしても。これ以上は必要ないくらいの気分だった。おもしろいことを言うサム、熱く固く押し付け合う局部。サムのほかに何も必要ないのだ、きっと。

サムが二人の間に手をのばし、やわらかにジェイソンの陰嚢をすくい上げた。その形を確かめ直そうとするように。ジェイソンが口を開いてサムの舌を受け入れたと同時に、サムが突き上げはじめる。もっと強く、さらに勢いよく。ジェイソンは背をしならせて、これは――この角度は体がきつい――。

特に前兆もなく、オーガズムはただ湧き上がってあふれ、堰を切ったようにこぼれる気持ち――おかえり、帰ってきた、一緒のところへ――二人ともに息を求めて喘ぎ、力を使い果たしてベタつき、小さすぎる長椅子で震えた。

長い、揺らぐその数秒、ジェイソンはサムにぐったりともたれ、サムの速いドク、ドクという鼓動を聞く。そして運河のパシャ、パシャという水音――この夜中だというのに――、家の裏の路地を抜けていく車の音、砂利を噛むタイヤの音、開いた窓に遊ぶカーテンの音。

サムの腕は温かく、しっかり支えてくれる。上へ顔を向けると、サムはうっすらと微笑しながら目をとじていた。

「助かった、防水スプレーしておいて」

ジェイソンはそう呟く。サムが目を開けた。

二人して笑い出していた。

20

「指導者になって教える道を考えたことは？」とジェイソンは聞いた。

夜はさらに更け、厳密にはもう土曜だ。二人は寝室へ移動し、やわらかなランプの明かりの中、心地いいマットレスでくつろぎながら、アニスメルク――アニスシードで香り付けした甘い蜂蜜入りホットミルクを飲んでいた。デ・ハーンの恋人のアンナが、アニスシードフレーバーの角砂糖を二パックほどお礼に送ってくれたのだが、明日も仕事がある彼らにはぴったりのナイトキャップに思えた。

サムが聞き返す。

「教える？　いや、俺にはそんな忍耐力はない」

「俺にもないみたいだ。あると思ったんだけど。いざという時は教職という道が残ってるって、ずっと思ってたのに」ジェイソンは微笑んだ。「インディ・ジョーンズみたいにね。彼の本業は考古学の教授だった」

「彼の本業はインディ・ジョーンズだ。考古学を教えているのが隠れ蓑で。それはともかく、お前は代役で教えてたんだ。愛着があって精通していることを教えるのはまた違うだろう」

その言葉に、ジェイソンは小さな苦笑いを返した。空のマグをナイトスタンドに置き、くつろいで頭の後ろで手を組む。

「あなたは、ＦＢＩに入らなかったら何になってたと思います？」

このあたりの話題は、難しいものを含んでいる。サムは、イーサンが殺されてからＦＢＩに入ったのだ。目的を果たすために。

サムはホットミルクを飲みながら、あらためて考えているようだった。

「金持ちの牧場主？」とジェイソンは水を向ける。

「牧場主？」サムはあっけにとられていた。「俺がか？」

どうやら、この件はルビーの思い違いだったらしい。あるいはサムがあの頃の、世間を見返したがっていた小学二年生とは大きく変わった、というほうがありそうか。

「消防士？　宇宙飛行士？」

「俺は犯罪心理学者を目指していた」

サムはスパイスの利いたミルクを口に含み、じっくり考えながら飲みこんだ。

「今なら、金持ちとの結婚を狙うかな」とジェイソンへウインクする。ウインクなどまずしない男が。

「俺が本気にするかもしれないから、気をつけたほうがいいですよ」とジェイソンは忠告した。

「してもいいぞ」サムがしっかりと視線を受け止める。「いつかはするんだろ」

「いいですね。国の両側にいる俺たちがどうやってうまくやっていけるんです？」

「二人のどちらかが妥協する必要があるな」

どちらか、というサムの言葉が指すのは――。

「それはもう俺たちがやってることでは？」

俺たち、というジェイソンの言葉が指すのは――。

サムが言った。

「俺の仕事は、国の反対側からやるのは不可能なものだ」

「わかってます」

「国内の美術犯罪班《ACT》で、お前をほしがらないところはない」

「それは正しくない。まずACTには、今どこも空きがない。たとえあったとしても……」

「お前はLAを離れたくない」

それは質問ではない。揺るぎない断定の声だった。

ジェイソンは、LAを離れたくない。それは本当だ。だが彼がLAを離れたくない理由は、サムには重要に感じられないものなのだ。サムは母親から三千キロ離れたところに住むことに何の抵抗もない。もっとも、サムの母親はジェイソンの両親よりずっと若いが。ジェイソンは予想外に授かった子供であり、姉たちがほぼ成人してから生まれた。両親ともに、元気ではあるが高齢だ。

ジェイソンは、運河沿いのこの小さな家を気に入っていた。サムはホテルの部屋だろうとバージニア州スタッフォードにある自分の家だろうと、似たようなくつろぎっぷりだ。

ジェイソンは、ロサンゼルス支局の班の同僚を気に入っていたし——要はだ、どこかに移動したくはないのだ。このまま留まるほうが、仕事にもプライベートにも都合がいい。

だが、会えない日々の長さが心底つらい。

サムですら物足りなさを感じているようだ。

「そう言えば」ジェイソンは切り出した。「この間、この話をした時——まさにこのベッドで、あなたは一緒に住むのはいい考えかどうかはわからないと言ったんですよ」

「いい考えかどうかはわからない」サムが応じた。「ただ、一緒に住まないという考えは愚かだということだ」

サムが見せる彼の最大限の情熱が、ジェイソンの心の淀みを癒す。腕の中に戻るジェイソンにアニスメルクを浴びせかけないよう、サムがマグを高く上げた。

強くたゆまぬ、ドクン、ドクンというサムの鼓動に耳を傾ける。こんなふうにしていると心地いい。うれしい。リラックスして、幸せな気分だった。この雰囲気を壊したくはないが、どうしても知りたいことがある。

「どうしてベドウウーの山に行ったのか、まだ教えてもらってませんね」

サムがうなった。彼なりに「げ」と言ったようなものだ。

「寝物語には向かない話だぞ」

ジェイソンは頭を上げて、サムの顔の強いラインを見つめた。

「それでも聞きたいんです」

サムが無表情でジェイソンの顔を眺めた。

やがて、口を開く。

「バークルと、俺たちの追っている容疑者は、彼らの……キャリアの中で、三回会っていたようだ。その際、ノートを交換していた。殺人記録《キルログ》だ。最後のノートは、バークルが死んだ際の所有物にあった」

「となると犠牲者を殺したのは全部バークル本人だった？」

サムが頭を動かして肯定する。

「二人は一緒に犯行を？」

「いいや、そうは思えない。つながりがまだよくわからないが、随分昔から連絡を取り合っていたようだ。お互いのノートを比べ、相手から学んでいた。だから殺しにも類似性が出たのだろう。我々にわかっていることより、まだわからないことのほうがずっと多い。今わかっていることだけでも……」

恐ろしい。

サムはそうは言わなかった。当然。これらの怪物を、サムは怖がったりはしないのだ。怖がるべきかもしれないが。

ジェイソンはゆっくりと言った。

「もう、イーサンがロードサイド切裂き魔《リッパー》に殺されたとは考えていないんですね」

「ロードサイド切裂き魔《リッパー》は二人いる——二人いたんだ」

「バークルがイーサンを殺した犯人だとは考えていないんでしょう」

サムは淡々と言った。「俺は、イーサンはワイオミングの人間に殺されたと考えている」

ジェイソンは体を起こした。

「ボーン・ロードがワイオミングの住人だというんですか？」

「そうだ。ボーン・ロードのノートにあったデッサンやスケッチから感じたことだが、単にそこを旅していたという感じではない」

「ベドウウーのスケッチですか？　イーサン殺しと関連する？」

「俺にはそう見えた」

冷ややかなサムの横顔を、ジェイソンは食い入るように見つめた。

「探していたものは見つかったんですか？」口が乾いて感じられる。「イーサンの墓ですか？」

いや。それは理屈に合わない。イーサンの死体は発見されている。

それとも　じつは——。

サムが首を振った。

「いや」と言ってから、つけ足す。「自分が何を探していたのかよくわからない。名前や日付の書かれた工程表があったわけじゃないんだ。殺人犯が別の殺人犯に見せびらかしていた書きこみを、我々は今つなぎ合わせようとしている。元のメモや絵の中には、後に変更されたり飾りを加えられたものもある」

ジェイソンはあらためて考えこんだ。

「もし、イーサンがまだ生きていたなら？」

サムが暗鬱な表情になった。

「イーサンは生きてはいない」

「あなたがイーサンだと確認した死体が本当にイーサンだったと、百パーセントの確信がありますか？」

「最大限の確信はある。死体の状況を鑑みれば」

「これはただの仮定ですけど、もしイーサンが生きていたら？」

サムは首を振った。

安心できる反応だとは言えない。はたして「だから？」という意味なのか、「お前はどうかしてる」なのか。ジェイソンは黙ったまま、考えを整理していくサムを見つめた。

サムが不意に、今やっと思いついたというように言った。

「お前は——イーサンがもし生きて出てきたら、俺とお前の仲に影響すると思ってるのか？」

「しないわけないでしょう」

サムの表情はあまりにも——いや、ジェイソンにはその表情の意味がわからなかった。

サムがひんやりする口調で言った。

「まず第一に、イーサンが生きていてこの年月ずっと俺に死んだと思わせ、父親にも死んだと思わせてきたなら、彼は俺が知っていたような人間ではなかったということだ。第二に、イーサンと俺は……正直、今でも続いていたかどうかわからない。何十年も前の話だ。まだお互い子供のようなものだった。あの頃だってあまり共通点はなかった。今さら、何を共有できる？ただの他人だ」

「それはそうでも、あなただって——」

サムがさえぎった。

「第三に。俺は、イーサンを愛していた。それはたしかだ。だがイーサンに対して感じていたものは——お前に対する気持ちとは比べ物にもならない。まだそれがわからないのか？」

その答えはサムの目の中にあった。そしてそこには憤怒もあった。おかしなことに、何よりジェイソンを安心させたのはその怒りだった。

「わかってますよ。でもあなただってないとは言い切れないはずです、だって結局、決着はついていないのだし」

「時間の経過や状況の変化で心の整理がつくものもある。この場合、時間も経ったし、お前という状況の変化も起きた」

「そう言ってもらえてありがたいですし、別に俺はそんなに——何を言おうとしてるのか自分でもよくわからないんです。ただ、この人の死はあなたの人生を変えた。思うところがあって当然——」

サムがくたびれたように言った。

「そしてお前は、その生き方で俺の人生を変えた男だ」ほぼ手つかずのホットミルクをナイトスタンドに置く。「そろそろ寝るぞ。明日も忙しい」

ベッド脇にある青緑色のティファニーのランプの鎖を引くと、部屋が月光の薄闇に沈んだ。

サムが肩を枕に預け直して落ちつき、息をつく。

世界の重みがこもった溜息に、ジェイソンの心が揺れた。体をずらし、守るような腕をサムに回す。サムも応じて両腕をジェイソンに回した、二人はよりそうと、ほんのかすかなキスで互いを許した。


「いや。違う、児童ポルノじゃない」

サムが断言した。

「どうして言い切れるんです」とジェイソンは言い返す。

土曜の早朝、二人は家を出るところで、肩にノートパソコンのケースをかけて移動用のコーヒーマグを持ち、逆の手には車のキーを握っていた。

サムがあきれた視線をくれた。

「これが俺の仕事だからだ。忘れたか?」

「そうですけど、でも——」

「お前から聞いた話に基づいての推論だ。お前が描写した人間性からの。お前が説明した筋書きに沿って。この相手は小児性愛者ではない。それは児童ポルノの愛好会じゃない」

ジェイソンはバンガローのサイドドアに鍵をかけ、煉瓦の引き込み道でサムに追いついた。

「でも映画絡みのはずですよ。映像を見る会だ。おそらくは配信の」

「殺人動画《スナッフ》」

サムからはその一言きりだった。

ジェイソンは目を見開いた。

サムは、十二月の墓地のように暗く冷ややかに続けた。

「ここまでシェパード・デュランドについて判明したことを考え合わせれば、疑問の余地はないだろう。お前が相手にしているのはスナッフムービーだ。スナッフムービーの愛好会。小規模かつ閉鎖的。ワンダーランド・クラブ〔※児童ポルノで摘発された国際組織〕の再来ではなく。被害者は児童ではないんだ。そしてインターネットのどこかで起きていることでもない。リアルタイムでごく身近、生々しく感じられる距離で起きている。暴露されれば失うものは大きい。誰を仲間に引き入れるかは、この上なく慎重に選んでいるはずだ。そしてすぐ弁護士を盾にするだろう」

〝アーティスティックな〟スナッフムービーの存在もまれなら、スナッフムービーの配給組織はさらに珍しい。ただ、一九九八年と二〇〇〇年の国際的な摘発は大きな話題を呼んだ。

珍しくはあるが、サムが指摘したとおり、シェパード・デュランドとその余暇の遊びを考えれば、スナッフムービーの愛好家同盟を作り上げるくらいやりかねない。むしろこれなら、オーノがイーライ・ハンフリーについてＬＡ市警に告発した内容が変わっていったことにも説明がつくし、映画クラブに自分たちの知らない「会員ランクがある」のではというアレックスの疑念も裏付けられる。

そしてまた、対面したイーライ・ハンフリーにジェイソンが感じた本能的な薄気味悪さにも納得いった。不気味レーダーがきちんと機能しているとわかったのはありがたい。

サムがジェイソンの考えに割りこんだ。

「ジョニーに電話して、デュランドについて報告しておけ。我々の捜査に欠けていたピースの一つだ」

「了解」

部下のように指示を投げつけられて、ジェイソンは腹を立てるよりおもしろがっていた。それに、わかる。これはシェパード・デュランドに対するＢＡＵの捜査にとって大きな進展だ。ジェイソンの捜査にも大いなる追い風になるかもしれない。もしオーノが、どうやってかハンフリーの特殊な性癖を発見したなら——そしてハンフリーがそれに感づいたなら、オーノを排除する強い動機になっただろう。

もっとも、オーノの懸念が何かにつながることはなかったわけだが。彼女が警察相手に及び腰になったこともあって。ヒックによれば、違法な何かについて話をしに来たはずのオーノは、結局は海賊版の著作権侵害の件に落ちついたのだった。

そう、ジョニーもだが、ヒックとも話さなくては。だがスナッフムービー組織の摘発はＦＢ

ＩのＡＣＴの仕事でも、ＬＡ市警の美術品盗難対策班の仕事でもない。これは強行犯担当の仕事だ。ジェイソンとヒックにも役割はあるが、手錠をはめるのは彼らの役目ではない。ジェイソンとしてはかまわなかった。デュランドを誰かが仕留めてくれるなら、それでもいい。その場には居合わせたいものだが。

サムはすでに自分の結論を発表し終えて、携帯電話で話しながら木のサイドゲートへ向かっていた。ジェイソンは口を開け、カリフォルニアにまだ滞在するのかと聞きかけたが、やめた。どうやらもう視界に入っていないようだ。

皮肉な笑いは自分に向けられていた。虎は自分の模様を変えることはできないが、それでも努力した点は評価するべきだろう。ちらりと、竹とバナナヤシの垣根を見上げた。バナナヤシは花ざかりで、その甘い果実のような香りが朝の風を満たしている。

気がつけば、サムのそばにいながらジェレミー・カイザーについて問いただささなかったのは初めてだった。

そういうことだ。慣れようとすれば、いずれは何にだって慣れるのだ。

噂をすれば何とやら、キャロル・カナルの道に車を出してすぐ、ヒックからジェイソンの携帯に電話がかかってきた。サムの公用車は数メートル先で、サムはまだ電話で手駒たちに指示を出している。ジェイソンは、自宅の左隣に建つ二階建て現代建築の家にまた借り主募集の看板が出されているのに気付いた。よくもあり悪くもある話だ。前の住人が飼っていたオカメインコは、よくジェイソンの庭に逃げてきたのだ。その鳥を二回も〝救出〟する羽目になったし、毎回噛みつかれそうになった。だがそれでも、毎晩下手くそなギターを弾く隣人が引っ越してくるよりマシかもしれない。

『GOAだった』ヒックが忌々しげに言った。『すれ違い《GOA》。今、令状を取ろうとしてる。デュランドは昨夜は家には戻ってないし、ギャラリーにもいない。今のところ行方知れずだよ』

ジェイソンは毒づく。

「ニューヨークへ戻る気だとか？」

『そいつはどうかな。なくはないが。あいつと兄貴のバーナビーは、島での騒ぎの後仲違いしてるしな。その上、あっちのケープ・ビンセント警察のほうが証拠になりそうな材料が揃ってる。使いたがらないだろうけどな』

ジェイソンは最新の経緯をヒックに説明し、デュランドがおそらくはイーライ・ハンフリーと組んでスナッフムービー組織に関与しているというサムの仮説も話した。

『マジかよ。あいつはゴッサム・シティのワルの役でも狙ってやがるのか？』

ジェイソンは角を曲がって消えていくサムの車を見送った。

「思えば、自分のギャラリーを拷問遊びの場所にしていた人間だ、この程度は驚くようなことじゃないのかも」

『ああ、ま、こいつで風向きが変わる』ヒックはむっつりと言った。『上の連中にすぐぶっこんでこねえと』

「ですね」

『お前さんはライオンの巣にぶち当たる運があるよなあ、ウエスト』

「用心が足りないだけですよ」とジェイソンは答えた。

『となると大学からはもう引き上げか？』

「ええ。デュランドの名前が出てくる前から、別の角度でオーノの死の再捜査は要請できると思ってました。報告書にはそう書きます」

『いや本当にな、あの女性を変人扱いで片付けたのは悪かったと思ってるよ。何を疑ってるのか、俺たちのところで全部話してくれりゃあな』

「彼女が証拠を持ってなかったのなら――きっと持っていなかったんでしょうが、あなたに笑い飛ばされるんじゃないかと怖かったんでしょう。だって、もしシェパード・デュランドの名前がなければ、俺だって呑みこみがたい話だ。スナッフムービーなんて都市伝説だと思ってましたよ」

『オーノは簡単に引き下がるようなタイプじゃなかったが、もしデュランドににらまれたんなら勝ち目なんかなかっただろうな』とヒックが呟いた。

「そう思います」ジェイソンも答える。「あの犯行様式《MO》はいかにもデュランドだ。彼女の死の演出……あれにはまさにあいつの指紋がべったりだ」

『文字どおりそうならうれしいんだがな』

「全体像が見えたからには、そっちの捜査も違ってきますよ。きっと誰かが口を割る」

『ああ、いつも誰かがな』とヒックが同意した。

21

自分の荷物を引き上げにオーノ教授のマンションに着いたジェイソンを、ヒューゴ・クインタナがタッチストーンのロビーで待ち受けていた。

「俺はごまかされなかったぞ。お前が警察だとずっとわかっていたんだ」クインタナはそう宣言し、エレベーターの中までついてきた。「お前からはそういう匂いがする」

「そろそろコンプレックスになりそうだよ」とジェイソンは応じた。「俺が捜査機関の人間だとわかっていたなら、どうしてそんな態度なんだ？　俺は仕事をしているだけだ。きみと同様に」

クインタナが怒った雄鳥のように膨れ上がった。

「俺と同様に、だと！」険しい笑い声だった。「今さらご同業のよしみなんか言い出すな。協力的になってほしいなら、はじめから言うのが筋だろう。お前らのお仲間の青服連中はＬＡ市警の懐メロばっかりやりやがって」

「それどういう意味だ？」

「あいつらは、全部俺たちのせいにしたがった。俺たちが彼女に嫌がらせをして、不法侵入を見逃したんだろうって匂わせてきたよ。それか、俺たちが侵入者なんじゃないかってな。俺たちは無能か犯罪者のどちらかだ。ご自由に選べよ。すっかり決めてかかってた。警察の考えてることなんかわかってる、俺たち警備員をどう見てるかもな。借り物の警官、オモチャの警官、プラスチックのバッジをつけた警官ワナビー。全部言われたよ。警察からな！　誰かに何かありゃすぐ俺たちのせいさ。俺たちが仕事をしなかったからだってな」

ジェイソンには理解できた。警備員や刑務所の看守は、たしかになかなか尊敬されづらい仕事だ。だが楽な仕事でもないし、彼らが立派に働いていないわけでもない。

「システムに隙があったことは認めざるを得ないだろう」とジェイソンは言った。「防犯カメラ映像を四十八時間で上書きするのもその一つだった。夜間十時以降に監視抜きの入館を許していることもそうだろう。そうした手順は改めたほうがよかった。だが、気休めになるかはわからないが、警察の捜査報告書にはタッチストーンの警備チームの誰かに疑いを向けた箇所はなかった」

「誰かじゃなくてチーム全体を疑ってるだけだろう！」

ジェイソンは内心で溜息をついた。言葉の無駄だ。クインタナはすっかり敵愾心《てきがいしん》で凝り固まっている。彼にしてみれば、オーノの非難の的にされていたわけで、この自意識過剰ぶりも無理もないものかもしれなかった。

二人はオーノの部屋まで来た。クインタナはジェイソンが中で書類や手荷物をまとめるまで廊下で待つと言い張った。大した時間はかからない。

最後に、ぐるりと見回した。ジョーゼット・オーノの人生——そして死——の内側をのぞこうとした一週間だったが、今なお彼女が何者だったのか、何を望んでいたのかつかみきれていなかった。

（映画を見にいったとき、誰も感じていない白黒の感情を見て……）

だが誰かのことを本当に理解するなんて、耳当たりのいい幻想にすぎないのかもしれない。捜査機関で働く日々は、避けがたくそんな思いを抱かせる。誰かを信じるというのは、あえてのリスクであり、危険な賭けだ——たとえ大いなるサム・ケネディが相手であっても。

廊下に出て、部屋のドアは閉まるにまかせた。クインタナが手をつき出したのでキーカードを渡した。

「あとは好きにしてくれ」

だが下りのエレベーターの中で、クインタナは好奇心を抑えきれなくなった。

「彼女、殺されたのか？」

ジェイソンは肩をすくめる。

「そのようだ」

「誰がやったかわかってるのか」

「と、思う。証明するのは別の人間の仕事だ」

この煮え切らない返事がいかにも予想どおりだと言いたげに、クインタナが腕組みした。


ＵＣＬＡのキャンパスまであと少しというところで、ジェイソンはバックミラーに映るボロボロのシボレー・インパラに気付いた。

そのインパラは数台分後ろにいて、いつそこに付かれたのかわからない——というか付かれたと言っていいのかどうかも。ＬＡの裏道を走り回る金色のボロいアンティークカーは一台ではないだろう。あの車は、マンションの前でジェイソンを撥ねとばそうとしたのと同じ車かもしれないが、違う可能性のほうが高い。

それでも。

大学駐車場の入り口に近づきながら、ジェイソンは自分の車をどこに停めるべきか、警備員や大学警察への連絡手順、携帯している銃の状態を頭の中で整理した——撃つ可能性のある状況下で毎回神経質に拳銃を確認する癖は何とか直したが（フロリダで銃撃されてからついた癖だ）、最悪の事態に備えが足りないような不安がいつもよぎる。

備えは十分だ。ジェイソンは訓練を受けているし、心がまえもできている。必要すらなかったが。ジェイソンの車が曲がると、インパラは道をそのまま直進し、ゲートの前を、運転手の姿がちらっとしか見えないくらいの勢いで走りすぎていった。目深にかぶった中折れ帽、すぼめた肩……。

その車にはナンバープレートがなかった。


白日のもとで見ると——地下にあるアーカイブ調査研究センター内の部屋に日の光は届かないが——とにかく土曜の朝、並んだオフィスのドアが開いてやや酒の抜けきらない職員たちがゾンビのように細い通路を歩いていくのを見ると、ポップとの深夜の邂逅が奇妙な夢の一つに思えた。

靴箱サイズの自分のオフィスに入り、ノートパソコンを取り出すと、ハリー・スタイルズをかけて仕事にかかった。昼には報告書を仕上げてここを去りたい。

オーノの部屋の犯罪現場記録動画に最後の目を通して——クローゼットの中に吊られて発見

されたというのがもう、本来は何か変だと思われるべきだった（遺族はマットレスを処分しながら当然それを感じていたはずだ）——いた時、サムから電話がかかってきた。

「どうも！」

じつに予想外だった。どうせ今頃サムはおぞましい法医学の分析結果とか気味の悪い精神鑑定結果とかにどっぷり浸かっていると思っていたのだ。ジェイソンは曲のボリュームを下げた。

『やあ』

「調子はどうです？」

サムが単刀直入に言った。

『日曜も滞在すると知らせに電話した。月曜の午前便で戻る』

「冗談では？」

電話の向こうの沈黙は、完全無欠なものだった。

「それはよかった」ジェイソンはあわてて言った。「そんなことになるとは——いや、本当によかった」

『自分だけが妥協するものだと、お前が感じている気がしたからな』とサムが言う。

ジェイソンは言葉を選んだ。

「俺が妥協しやすい立場にいる、とは思ってます」

『そのとおりだ。だが』

「だが?」

『それはこの土日に話し合おう』

どういう意味だ。いい話か、悪い話か?

「了解。歓迎してないわけじゃないですよ。それはわかってますよね?」

『わかっている。今夜会おう。九時くらいになりそうだ』

「じゃあ今夜。愛——」

『愛している』

サムが愛想なく引き取って、電話を切った。

じゃあ、では。

ジェイソンは犯罪現場の動画確認に戻った。誰もが(彼も含めて)オーノがクローゼットの中で自慰に耽って死に至った不自然さを見逃していたのは、一つにはオーノの性癖に対する気まずさと、足元に散らばったアダルトグッズに気を取られたせいだろう。もしサムにこの動画を見せていたなら、すぐに馬鹿げた矛盾点に気付いて——。

メールの着信音が鳴った。

ジョー・ノースのハウスシェア相手のマーゴットから、添付ファイル付きのメールだった。

ジェイソンはそのメールを開く。数行程度の内容だった。

〈ジョーが昔の契約書のフォルダから見つけたものです。左から二人目がデイビッド・オーブ

リーのボーイフレンド。マーティ？　役に立てば。　M〉

期待に高なる鼓動で、ジェイソンはファイルをダウンロードし、クリックしてモノクロの写真を開いた。映画のセットにいる四人の男たち。オーブリーとノースはすぐにわかった。二人とも映画の衣装を着ていたのだ。ノースの右側にいるのは監督のヘンリー・ウォルシュに見えた。

ジェイソンは、四人目に注意を向ける。痩せて不健康そうな魅力がある。それにとても若い。これがマーティだろう、十代の男娼、そしてオーブリーの恋人。マーティの髪は淡く、角製フレームの眼鏡をかけて、オーブリーのことを見つめているようだ。オーブリーはそちらを見ていなかったが。

見覚えがあるような？　ジェイソンは首を左右にかしげ、ちょうどいい角度を探した。

（お前を見たことがあるかな、マーティ？）

写真を拡大し、ぽってりした口元と、大きな色のない瞳を表示した。

「わかった！」

ジェイソンは勝ち誇って座り直した。得意げだったが、同時にあっけにとられて、マーティことマーティン・マッキンタイア、通称ポップの姿を凝視する。元オーブリーの守護者、現アーカイブの亡霊を。

一時間後、ジェイソンはまだいささか唖然としたままだった。

大学の人事部によれば、職員の人事記録を維持管理する責任は各部署にあり、UC－PPSM80の規定に従って運用――等々、以下略。

大学の警備課によれば、マーティン・マッキンタイアは二〇一五年に退職していた。

二〇一五年。

それはアーカイブがサンタ・クラリタに移転した頃だろう。やはり同じ頃、ティム・ピアース（映画・テレビ・デジタルメディア学科長でアリック・バーンの前任者）も退任している。

そんな単純なことなのか？　ポップはその後もただ七年間働きつづけ、それに誰も気がつかなかった？

たしかに、ポップはその気になれば薄気味悪いくらい目につかなくなれるようだが。たとえば今だって、どこにも見当たらない。

ジェイソンはあちこちに連絡して、やっと友人と食事中のアリック・バーンをつかまえた。バーンはあっけらかんと、ポップの勤務スケジュールはまるで知らないと認めた。それどころかポップの勤勉さに感心していた。ポップはもうじき退職する年齢だろうが、あと一、二年は勤めてほしいものだと。

「もうじき退職！」ジェイソンの言葉はもつれた。「あの男は八十を越してるはずですよ」

『老けやすい人もいるからね』とバーンが受け流す。

その後、ジェイソンはポップがどこに住んでいるのか調べるのに時間を費やした。大学内の掃除用具入れ在住でないとして、だが。

大学の警備課が把握していた最後の住所は空振りだった。そのアパートは三年前に取り壊されてショッピングセンターになっている。社会保障庁を通して別の住所を入手したが、結局それもハリウッドにある私設私書箱サービスの住所だった。

進展ではある。それなりに。

次に調べたのは陸運局だ。社会保障庁に届けられていたのと同じ住所でマーティン・マッキンタイア名義の登録があった。一九六二年製の金のシボレー・インパラの所有者としてマッキンタイアの名がある。さらに興味深いことに、その車は一九六六年にデイビッド・オーブリーからマッキンタイアに名義変更されたものだった。

ジェイソンは少々の驚きとともに、その情報を嚙みしめた。こうなると、おそらく現存する唯一の『スノウボール・イン・ヘル』のフィルムの存在をジョーゼット・オーノがどこから知ったのか、段々と見えてくる――そしてそれが彼女の命取りになったことも。

だがなぜ、ポップは彼女を殺すような暴挙に出た？　オーノには、フィルムを渡せと彼に強要することはできなかったはずだ。

ポップはそれを理解していなかったのか？

オーノは、取引を拒否されて大人しく引き下がるタイプではなかった。ポップを脅したのだろうか。

どうやって？

ジェイソンは座り直すと、自分の臨時オフィスの、傷だらけでボロボロのドアを見つめた。疑り深い性格をしていたオーノは、もしかしたら優位に立とうとポップの身元を調べたのかもしれない。雇用記録とか。ポップの秘密を見つけ出したのか？　それをネタに脅した？

サム・ケネディほどの分析力がなくたって、大学での職（そもそも偽だが）を失うことにポップがどう反応するかは想像できる。

もう一つ、腑に落ちたことがある。オーノが相手を部屋に招き入れた――どれほど遅い時間だろうと自分がどんな行為の最中だろうと――のは、その人物が『スノウボール・イン・ヘル』の所有者だったからだ。

それに、ポップがオーノの性癖について必ずしも事前に知っている必要もない。たとえば彼女を殺害した後で寝室へ入り、どんな行為の最中だったか発見したとか。犯罪の天才でなくたって、そこに出ていた小道具を使っての自殺の演出くらい思いつける。

これで事件解決か？

いや解決はまだしていないが。答えは出た。ジェイソンにとっては。

連邦法にふれる犯罪が一つもない――海賊版や著作権侵害もなかったし州をまたいだ美術品

の移動やアートの国外販売もない――以上、連邦法は適用されず、ジェイソンはすべてをＬＡ市警に引き継ぐしかない。市警の調べがジェイソンの推測と一致すれば、あとは地方検事が起訴の判断をするだろう。

ジェイソンに残された仕事は、報告書を仕上げてキャプスーカヴィッチに電話をし、彼女の許可が下りたなら、オーノ元上院議員に連絡を取ることだけだった。

ジェイソンがＵＣＬＡを出た時には、午後五時を回っていた。

空の青が薄れはじめ、午後遅くの日差しがバックミラーで遠ざかる木々やビルをうっすら金色に染めている。道は空いていて、充実した気分だった。

キャプスーカヴィッチとの電話は上首尾に終わった。ジェイソンの期待も上回るほどに。自分が……償いをすませたような気がする。さらに肝心なのは、キャプスーカヴィッチのほうもジェイソンが贖罪を終えたと思っている節があったことだ。少なくとも、また信頼してもよさそうだと見られている。どちらにせよ、気付いていなかった肩の重荷が除かれた気分だった。

オーノ元上院議員への電話も滞りなく終わった。とはいえあの老人は泣いたし、それを聞くのはつらかったが。それでも元議員は真実を聞けてよかったとくり返したし、ジェイソンはその言葉を信じた。時に、得るものは真実しかなくとも。

運転しながらも金のシボレー・インパラに警戒していたが、尾けられている気配はなかった。やはり分別のある人間なら……まあポップがしでかしてきた（そして逃れてきた）物事を思えば、予断は禁物だ。

そして案の定、ジェイソンがキャナル運河沿いのD区画に着くと、数軒先に停められたインパラが目に入った。緑と青の大きなゴミ箱の影だ。

どうやら、今日相手のことを調べていたのは彼だけではなかったらしい。もっともポップのほうはのぞきに来ただけというようにも見えた。ジェイソンは携帯電話を取り出すと９１１にかけ、自分のバッジ番号を伝えて、ベニスビーチの分署に状況を説明した。指令室の担当者にインパラの外見を伝え、ポップの特徴を教えてから、自分もこの場にいて銃を所持していると念押しする。地元警察に撃たれるのもポップに撃たれるのと同じくらい避けたい。

ポップが銃を持っているとは限らないが。手近にあるものを使うほうが好きなようだし。とはいえ、ジェイソンをねじ伏せるのは小柄な女性の不意を突くのとはわけが違う。おそらく何か策を練ってくるだろう。

インパラと逆側に数軒分離れて車を停め、ジェイソンは車から降りると、バンガローまでの人気のない路地を、屋根や木の枝の影でできるだけ身を隠しながら小走りに駆け抜けた。神経は張り詰め、鼓動が荒いが、犬の散歩やゴミ出し中の隣人に出くわした時の用心に銃は低くかまえていた。夕食時なので近隣は食事の支度で忙しいようだ。ポーチからグラスの鳴る音や笑い声が洩れ聞こえる。料理の美味しそうな匂いが、路地の夏の花や饐《す》えた埃っぽさと入り混じった。腹が鳴る。朝食を食べる時間はなかったし、昼食休憩も取っていない。

サイドゲートに着いた。数回の深呼吸で息を整える。不意打ちは避けたい。

ホラスの存在にポップが恐れをなしたという可能性はあるだろうか？

あるいはホラスが銃を持ってあたりを見回っており、枝がパキッと折れた音でこちらに発砲してくるとか。

ジェイソンは口の中で毒づいた。隣の家の〈入居者募集〉の看板に視線が落ちる。

隣家の二階建ての一階ガレージを横切ると、上部が弧になった鉄門を抜け、静かに――落ち葉の上で可能な限り無音で――家の横を抜けた。木のフェンス前にあるゴミバケツからあふれかけのゴミに気付く。おかしな話だ、ここはもうひと月前から空き家だと思っていた。

背の高い木製フェンスに沿って移動しながら、サイレンが近づいてこないか、自分の庭に動きはないかと耳をすませた。サイレンは聞こえない。引き込み道ごしにパーゴラのウィンドチャイムの音、運河向こうの歩道のスケートボードの音、頭上をよぎる飛行機の音がする。

このフェンスが、思っていた以上にプライバシーに配慮されていた。ジェイソン自身の家を見るには、この上の二階デッキからが一番見晴らしがよさそうだ。

警察はまだか？

とはいえ、応援を求める電話から四分と経っていないだろう。神経を削る長い四分。

この家のサイドは床から天井までの窓だが、はめ殺しの景観窓だ。ジェイソンは角を曲がり、生け垣にはさまれた小道をたどって、焚き火台のある小さなウッドデッキに出た。デッキを横切って背の高いガラスドアを引いてみると、それなりの予感はあったが、やはり音もなく開いた。

鼓動が鎖骨を打ち鳴らす中、長い、家具のない部屋の奥へ向かう。暖炉、作り付けの棚、木の床が意識に入る。この数週間、人がいた形跡はない。オープンステアの広い階段を駆け上がり、銃をかまえて上にたどりついた。

（誰もいない。空き家だ）

誰もいないようには感じられる。だが一歩ごとに切迫感はつのるばかりだ。

ついにサイレンの叫びが近づいてきた。ほっとするどころか、その甲高い咆哮に尖りきった神経が余計煽られる。悪夢の中をスローモーションで動くような気分で、階段の上から、大きな寝室へと向かった。

頭の片隅で、ここでも作り付けの棚、暖炉、またもや窓、バルコニーに出るガラスドアの存在を意識する。

サイレンの大音量が壁や、家の裏路地の煉瓦にはね返った。ドタドタという足音、ボディアーマーがぶつかる音、無線の雑音が聞こえる――そしてジェイソンの家のウッドゲートが倒されるドサッという音。

そして、もっと遠くから、助けを求める誰かの叫び声。

運河のほうからの、細くしゃがれた叫び。

「誰か！　人が死んでる！　誰か！」

今度は何だ？

ジェイソンはガラスドアからバルコニーに出た。

何か固くて小さなものが靴底の裏で転がる。小石？　つい拾い上げて、大股にデッキを進んだ。運河の見事な風景と向こう岸の高級住宅街がよく見える。

思ったとおりだ。この二階のバルコニーからはジェイソンの小さな、日陰の庭がじつによく見渡せた。庭の端は葦の生えた土手で、運河につながっている。

年老いた男が、緑がかった水の中でバシャバシャとしぶきを上げながら何か叫んでいた。

ポップだ。

ポップは泳げないのか？　それとも何かの罠か——。

いや。次の瞬間、どちらも的外れだとわかる。ポップのほうに向かっていたボート遊びの人々も叫んだり指さしたりしはじめたのだ。

「一体……」

ジェイソンは手すりから身を乗り出し、騒ぎの原因を見つけた。警備員の青い制服を着た男の、膨れた死体が、水に広がる黄色い藻の中で仰向けに浮かんでいた。

ホラス・プラット。

めまいに襲われていた。ジェイソンは目をとじる。指の間から小石が落ちてデッキにはねた。手すりを握りしめ、長い息で心を鎮め、己を落ちつかせようとする。

警官たちが庭に押し寄せ、ポップを運河から引きずり上げた。ジェイソンは上から見守る。

何ということだ。

ぼんやりしていないで下に行って、この殺人事件はＦＢＩの管轄だと周知しなければ。ここにグレーゾーンはない。ＦＢＩ捜査官の、まさに裏庭での殺人？　連邦の捜査官を直接攻撃したも同然だ。ＦＢＩの鑑識チームが現場を調べなくては。ジェイソンは、まだ叫んで指をさしているポップを見つめた。警察がけげんそうに周囲を見回す。ジェイソンはヒュウッと口笛を鳴らして呼んだ。手を振る。

見下ろした視界に何かが入った。さっき落とした小石が靴先に転がっている。

凝視したジェイソンのうなじの毛が逆立った。

小石ではない。

小さな、丸っこい彫刻。

根付けだ。

それはジャック・オ・ランタンの根付けだった。

After The Movie-Town Murders

もう一つのエピローグ

CODA

まさしくジェイソンの希望どおり。トラヴィス・ペティ特別捜査官が、深刻かつ心配そうな──サムに対してだろう──顔で、ジェイソンの踏み荒らされた血染めの庭をうろつき回っている。

この際どんどんやるがいい。鑑識班に加え、ロサンゼルス支局がほぼ丸ごと──とりわけサムのロードサイド切裂き魔《リッパー》班でジェイソンが通報した時まだＬＡに残っていた面々──がやってきて、のそのそと泥とベゴニアをかき分けていた。

少々大げさか。それに今さらだ、すでに警官隊が現場を踏み荒らしている。文句などないが。

彼とサムは、キッチンのドア前の煉瓦敷き通路にある木のピクニックテーブルの前に座り、水際での鑑識作業を眺めていた。サムの上着を羽織っていても、ジェイソンは震えていた。そもそもいつ着させられたのかまったく覚えていない。

とにかく、もう黄昏時で空気が涼しい。湿っぽい夕方の風には犯罪現場用の薬品と、フェロモン過多の人々の憂いが絡みついていた。

ジェイソンは大丈夫だ。少し気分が悪く、直前のアドレナリンによる興奮のせいでまだ動揺もあったが。ジェレミー・カイザーがすぐ隣に、いつからか、住み着いていたと気付いてからも。

いや、顔も知らない隣人がカイザーだった証拠はない。賃貸契約書に書かれた名前とIDがドクター・ジェレミー・カイザーのものでないことは、すでに賃貸会社に確認済みだ。

そこに記されていた名前はローマン・ヨーク、いかにも偽名くさいものの（そしておそらくそうだが）免許証のコピーや他のIDのコピーを見る限り、ヨークはカイザーの分身ではない。

なら、何者なのだ？

すでに死人なのか、カイザーに協力しているのか、それともヨークがいた寝室にジェレミー・カイザーが作った精緻で風変わりな彫り物が落ちていたことには別の説明があるのか。それ以外にも山ほど疑問がある。

「電話に出てくる」

サムの声がジェイソンの思考を破った。

ジェイソンは顔を上げ、サムの陰鬱なまなざしを見て、一度固くうなずいたが、離れていく前からもう隣にあったずっしりした存在感が恋しい。

サムは、大きな体格からはイメージできない素早い身ごなしでピクニックテーブルから離れた。見事に鍛えられているからこそだ。あの年齢にしては、ではない。どの年齢にしても見事だ。心乱れていてさえ、ジェイソンは目を惹かれずにはいられない。今はただ、ドアを閉めて世界を締め出し、落ちついたふりをしなくてもすむ瞬間が来る時だけが心のよすがだ。

ジェイソンの落ちついたふりなんて、誰もだませていないだろうが。こんな事態を平然と受け止められる人間などいない。サムだって落ちついてなどいない。

到着したばかりのサムは、ジェイソンを抱き込んでしばらくただ立ち尽くし、何も言わずにいたのだった――ということはあの時に上着をかけられたのか？

この一時間ほどの記憶はおぼろげだった。

ペティが花壇の探索をあきらめ、サムを追いかけながらサイドゲートへ向かう途中、通りしなに義理がたくジェイソンへうなずいた。

ご勝手に。

サムが聞きに行ったのが、グッドイヤー捜査官とディアス刑事、ノーキス刑事がしているポップの事情聴取の結果ならいいのだが。もっとも、ホラス・プラットの死体を見つけた部分以外、ポップが真実を自白するだろうという期待はない。ジェイソンは長く揺れる息を吐き、両手で顔をこすった。

ホラスの死はジェイソンの責任ではない――警備員は必要ないしホラスを敷地内に入れたくないとはっきり明言していた。だがそれでも申し訳なさが残る。

厳密には、ホラスはジェイソンの敷地内で死んだわけではない。目視できる証拠によれば、隣家の狭い踊り場で殺されたのだ。三日前の夜のことだと思われる——サムとジェイソンがバンガローに泊まる夜は家を離れているようホラスに言おうとしたが電話がつながらなかったと、シャーロットの証言が取れていた。だが、結論は監察医が確認してからだ。

監察医には確認事項が山積みだろう。ホラスの死因とか。ジェイソンが見たところ、喉をかき切られたか絞殺だ。どちらだろうと凄惨な死に様だった。

隣の家をのぞきに行くような、何をホラスは目撃したのだろう？ そういう状況だったのだろうとしか、ジェイソンには思えない。隣の何かがホラスの疑惑を呼んだのだ。

J・Jが向かいのベンチにどさっと座った。

「引き上げるってよ」

物思いからさめて、ジェイソンはぽかんと聞き返した。

「何だって？」

「鑑識班だよ。今夜の仕事は終わりだ。もう出てくるよ。あんた、今夜はここで寝るつもりじゃないだろ？」

「この家は犯罪現場じゃない。それにほかのどこに行くんだ？」

「ここ以外ならどこでもいいだろうが。こっちの家が現場じゃないってのは屁理屈だって、あんたもわかってんだろ」

ジェイソンはくたびれた口調で言う。

「今は何ひとつわかってる気がしないよ」

隣家はまた無人になり、借り手は姿を消した。それはいいことか？　それとも悪いきざしか？　両方か。

今はただ自分のベッドで眠りたい。ただ……すべてが起きなかったことにしたい。ジェイソンの家に侵入した痕跡がないのは、奇妙な話じゃないだろうか？

Ｊ・Ｊが口を開けたが、木のゲートがきしんで開いた。サムが戻ってくる。ペティがそのすぐ後ろだ。ジェイソンはこみ上げる苛立ちを押しこめた。結局のところサムの捜査班からやってきたのはペティだけではないのだし、ならどうして不満や不安を彼に向けてしまう？

「あいつ、ＢＡＵの空き枠に応募したってよ」

Ｊ・Ｊを、ジェイソンは凝視した。サムのところに空きが出たということ自体知らなかった。プロらしく振る舞う自信がなかったので沈黙を貫いたが、Ｊ・Ｊはいつの間にか彼の性格を理解するようになっていたらしく、「ゴマすり野郎が」とぼそっとつけ足した。それから立ち上がる。

「何か必要なら連絡くれよ」

ジェイソンはうなずいた。その間もサムの表情を読もうとしている。サムの顔のラインは険しいが、到着したばかりの時にあった苦悩はもう消えていた。

Ｊ・Ｊがサムとペティとすれ違った。サムは気付きもしていなかったが、ペティとはよそよそしいうなずきを交わしていく。

戻ってきたサムが、ジェイソンの肩に片手をのせた。

「俺はラガーリと話をしてくる」

ジェイソンがうなずくと、その肩をぐっとつかんでからサムはルーシー・ラガーリ上級特別捜査官との話に向かった。

居心地悪そうなペティが残される。

「何か飲むものでも持ってこようか?」

ジェイソンは小さく首を振った。

「いいよ、大丈夫。どうも」

そのままサムを見ていたが――あまり機嫌が良くなさそうだがラガーリも同様だ――ペティの視線を感じて顔を上げた。

ペティは真剣な目つきで、どこか苦しそうにジェイソンをじっと見ている。

「大丈夫か?」

「ああ。あのさ……」ペティが口ごもった。「ぎくしゃくしていたのは知ってる。ただ、きみとサムが――それを乗り越えられてよかった、とだけ言いたくて」

ジェイソンは眉を上げる。「ありがとう」と礼儀正しく返した。

「じゃあ、飛行機の便があるからこれで行くよ。サムにも伝えてある」

当然そうだろうとも。だがジェイソンは、いかにもいいホストの顔をして答えた。

「わかった。来てくれてありがとう」


最後の捜査車両が路地をガタゴトと走り去り、最後の近隣住人が自分の家に戻り、最後の報道車両が排気ガスを残して遠ざかり、家に入って小さな赤い扉を閉めて鍵をかけると、サムとジェイソンは抱き合った。

きつく抱きしめ、言葉はない。長い間。


「ポップはフィルムを持ってるんですか？」とジェイソンは聞いた。

ずっと時間が経ってからのことだ。二人はベッドで、じめついた夜だというのに互いの腕の中に横たわっていた。ベッドを見下ろす窓は開けられ、コオロギの鳴き声がともすれば不気味な静寂をにぎやかに覆い尽くしている。庭に続く両開きのドアはしっかり閉められ、ベッドスタンドには手が届くように拳銃が置かれている。サムは安全地帯として自分のホテルの部屋に来ないかと誘ったが、ジェイソンは断った。

ジョージ・ポッツからのセーフハウスの提案を断ったように。

セーフハウス。本気か？

そんな一時的な手に何の意味があるだろう。目下の危機はもう去った。今のところは。永遠に隠れてはいられない。できたとしてもジェイソンは御免だ。仕事を放り出して身を隠すなど。とりわけ何から、あるいは誰から隠れるべきなのか、誰にも明言できない今の状況下では。

恐怖よりむしろ怒りが勝っていた。怖くないわけではない。だが守りに徹するのはもううんざりだった。

「ポップがフィルムを持っているか？」とサムがゆっくり、外国語を翻訳するような口調で言った。

「『スノウボール・イン・ヘル』のフィルムですよ。何か言ってませんでした？」

「それは……誰も質問していないと思う」

ジェイソンは長々とした息をついた。サムが聞く。

「それがお前の一番の関心事か？」

「一番というわけでは。関心はあります。そりゃね。どうしてオーノを殺したのかは言ってましたか？」

「しまいにはな。お前の推測が近かった。オーノは少し嗅ぎ回って、ポップが書類上は退職していたことを知った。それを材料に、あのフィルムをアーカイブに寄贈しろとポップに迫ったんだ」

「アーカイブに、寄贈」

サムが肩をすくめる。

「供述ではそう言っている。オーノは、あのフィルムはそもそも違法に入手されたものであり、誰もその利益を得てはならないと信じていた」

「は?」

「マッキンタイアの話では、オーノの解決策は、彼がアーカイブにフィルムをさし出せば、オーノはバーンに相談して、マッキンタイアがパートタイムかボランティアとして大学に残れるようにはからう、というものだったそうだ」

「彼女、本気でそんな?」

「そうだ。三連休明けまでマッキンタイアに猶予を与えてから、オーノはバーンに告発する気でいた」

「無茶だ」

「金曜の夜に部屋のドアを開けたオーノは、マッキンタイアを見て心から喜んだ。言うことを聞くとは思っていなかったんだな。マッキンタイアは空のフィルム容器を持参しており、よそ見をした彼女の背中をそれで殴った。思いきり。彼女が膝をつくと、マッキンタイアは彼女のバスルームの紐でその首を絞めた」

「ひどい話だ」ジェイソンは考え込んだ。「彼は、オーノの会話を何年も盗み聞いてきたんでしょう。何でどう殺害現場を演出するべきか知っていた。犯行時にはすでに、ある程度準備されていたのかもしれませんが」

サムがゆっくりと言った。

「フィルムのことは一番の関心事ではないと言うが、お前が最初に聞いたのはフィルムについてだな」

顔を上げて見ると、サムの青い目にかすかなとまどいの光が揺れていた。

「あのフィルムが、今となってはあの映画の唯一の完全版かもしれないんですよ」

「理解している」

ジェイソンはやや渋い笑いをこぼす。

「どうですかね」

「俺はただ、今度俺の〝こだわり〟がどうと言う前に、これを思い出してほしいだけだ」

だがサムの声にはふざけたような、ほとんど優しさに近い響きがあった。

ジェイソンはため息をつくと、サムの肩にもっと楽に頭を預け直した。

「似たもの同士ってやつですよ、単に」

「わかっている」サムがこめかみにキスをする。「それもお前の良さの一つかもな、ウエスト」

ジェイソンの小さな笑いは疲れたものだった。くたくただったが、眠るなど考えただけでも恐ろしい。待ち受けているはずの悪夢に自分をさらしたくない。

サムがナイトスタンドのグラスに手をのばし、一口飲んで、グラスの氷を振った。三杯目のウイスキーサワーだった。

ジェイソンはあまり飲んでいない。気の尖りを鎮めたくはあるが、無防備になりたくなかった。

「どうしてホラスが？」

そう問いかけた。事件のことは互いにあまり話していない。大体、何を話す？　また同じことが起きた。ずっとくり返すのだ、カイザーが——あるいはその回し者が——仕留められるまで。

サムがカタンとグラスを置いた。

「推論か？　ホラスは見てはならない何かを見たんだろう。それにお前がずっと姿を見せないことで不満が積もっており、ホラスのことが次第に大きな障害物に思えていたはずだ」

ジェイソンは考えこみながらうなずいた。

頭のてっぺんにキスをされて、顔を上げ、微笑する。サムのそんな細やかな優しさの下で、ゆっくりとだがたしかに、冷え切った心が温まってきていた。春の陽にほころぶ蕾のように。不確かな世界の中で、ここにはたしかな支えが、ジェイソンが信頼しはじめたものが存在する。たよりにすらしているものが。少し怖くはあるが、それが事実だ。

サムの視線は強く、真摯だった。

「ウエスト。ジェイソン？」

　ただならぬ口調に、ジェイソンは眉を寄せる。

「はい？」

「どこに住むかについて、俺の選択肢が狭いのは事実だ。だが、旅行先やその頻度についてなら、俺のほうが自由度は高い。使える金についても、言うまでもなく」

「言うまでもないなら言わなくても」

　ジェイソンは微笑み返したが、サムの声音や表情に心底当惑していた。

「最終的に二人でどこに住むかは、まだ先の話だ。俺は早期退職を考えてはいないし、お前はたとえ心の準備ができていても、東部に移住を望むかどうか不確かだ。そもそも心の準備ができていない」

　ジェイソンは体を起こした。

「サム――」

「最後まで聞いてくれ」

　そっと、なだめすかすようにサムがかぶせた。

　ジェイソンは体を戻し、サムの顔を見つめて、かすかだが雄弁な表情の動きに目を凝らした。

「俺は月に二度、お前に会いに、この家だろうが出先だろうが来るつもりだ。予定を合わせる必要はあるが、それくらいはできるだろう。さらに隙があれば、追加の時間をお前のために使いたい」

　そこで言い直す。

「俺たちのために」

「それって――」

　情けないことに、ジェイソンの声が詰まった。サムからそこまでの譲歩は予想もしていなかった。期待などしていなかった。まるで。

「それは……うれしいです。最高です」

「ならよかった。俺もその時間がほしいからだ。俺にも必要だからだ」

　サムが静かな声で答えた。

　その首に腕を回してぐいと引き寄せると、顔と顔が近づいた。瞼がはためいて唇が擦れ、鼻が当たるほどに。

「いいか？」とサムが呟いた。

　ジェイソンはうなずく。揺れる声で囁いた。

「とんだロマンチストですね、ケネディ」

ムービータウン・マーダーズ

2023年9月25日　初版発行

著者　ジョシュ・ラニヨン［Josh Lanyon］

訳者　冬斗亜紀

発行　株式会社新書館

〒113-0024 東京都文京区西片2-19-18
電話：03-3811-2631
［営業］
〒174-0043 東京都板橋区坂下1-22-14
電話：03-5970-3840
FAX：03-5970-3847
https://www.shinshokan.com/comic

印刷・製本　株式会社光邦

Printed in Japan　ISBN 978-4-403-56057-6